ハイランダーの秘密の跡継ぎ

ジェニーン・エングラート 作

琴葉かいら 訳

ハーレクイン・ヒストリカル・スペシャル

東京・ロンドン・トロント・パリ・ニューヨーク・アムステルダム
ハンブルク・ストックホルム・ミラノ・シドニー・マドリッド・ワルシャワ
ブダペスト・リオデジャネイロ・ルクセンブルク・フリブール・ムンバイ

THE HIGHLANDER'S SECRET SON

by Jeanine Englert

Published by Harlequin Japan, a Division of K.K. HarperCollins Japan, 2024

ジェニーン・エングラート

ミステリーとロマンスを好きになったきっかけは、児童向け推理小説『少女探偵ナンシー』と祖母の本棚のロマンス小説だった。執筆のことやペットの保護犬のこと、そしてミステリーとロマンスについて読者と話すのが大好き。

主要登場人物

フィオナ・マクドナルド……大地主の娘。戦士。
ウィリアム……フィオナの息子。
レアド・オードリック・マクドナルド……フィオナの父親。大地主。
オリック……レアド・オードリックの衛兵。
デヴリン・マクドナルド……フィオナの弟。
シーナ……フィオナのおば。故人。
ブランドン・キャンベル……フィオナの元恋人。ウィリアムの父親。大地主。
レアド・マルコム・キャンベル……ブランドンの父親。故人。
エミリア・アビゲイル・キャンベル……ブランドンの母親。故人。
ローワン・キャンベル……ブランドンの兄。
アンナ……ローワンの妻。故人。
ベアトリス……ブランドンの姉。
ヒュー……ブランドンの腹心。
スザンナ・キャメロン……ブランドンの婚約者。
ジェニー……ブランドンに仕えるメイド。
ミス・エマ……キャンベル氏族の医師のような存在。

1

一七四三年五月、スコットランド、グレンコー

「手を上げろ、この泥棒め」ブランドン・キャンベルは若者を見つめ、どなりつけた。

そのろくでなしはリーヴェン湖の暗い水の中にウエストまで浸かっていた。若者は動きを止めた。ブランドンは雄馬をじりじりと土手に近づけていった。この若いろくでなしに同情すらしていた。岩のように頭の動きが鈍いのだろう。鶏卵と干し牛肉を盗んだあと、なぜ足を止めて沐浴をする？　半日歩けばグレンコー峠の奥の暗がりへと姿を消せるのに。

警戒の震えが背筋を駆け上がり、ブランドンは眩しい朝日に目を細めた。本当に、なぜなんだ？

片手を宙に上げ、背後の二人に自分に任せるよう合図した。馬を降り、ウエストの鞘から短剣を抜く。もしこれが罠なら、若者に連れていかれるのは自分だけでいい。これ以上、兵士を失う危険は冒せない。キャンベル氏族はこの一年ほどの間にじゅうぶん損害を出してきた。マクドナルド氏族のせいで。

湖へ一歩近づくごとに、ブランドンの胸は締めつけられた。若者の背中にはしわの寄った傷痕が縫うように走っていた。紐状に盛り上がったピンク色の皮膚は、彼の皮膚が破れたあと治癒し、その後また破れたことを示していた。

ブランドンは足を止めてじっと見た。若者は動いていなかった。ウエストのまわりの水は今も澄んで静止している。その体は引き締まり、筋肉はたくましく発達途上だった。濡れた色の暗い髪は首のつけねにかすかに触れている。二十一歳にもなっていな

いのではないか？　きっとそうだろう。

ああ、何ということか。上唇を覆うほどのひげも生えていないような若者を切りつけたくはない。夢に見るくらい大勢の兵士を殺してきたのだ。今朝もまたその人数を増やす必要はない。だが、泥棒を無罪放免にするわけにもいかなかった。

草の中に質素な灰色の毛布が置いてある。鶏卵の茶色い殻と干し牛肉の黒っぽい塊がブランドンに訴えかけてきた。

秩序があるべきだ。結果が。必要なら罰が。新しく大地主（レアド）になったブランドンは、たとえ自分が望まずとも罰を与えるべき立場にあった。

「こっちを向け」ブランドンは命じた。

若者は動かなかった。

「こっちを向け、泥棒。さもないと、お前を攻撃することになる」

若者は身じろぎし、両腕で体を覆おうとした。

「おい。そうじゃない。手は体の脇につけて、こっちを向くんだ。手のひらは開いておけ。私から盗みを働いた泥棒の顔を見てやる」

若者が悪態をついた気がしたが、その声は湖の手前までは届かなかった。若者は腕をだらりとさせて体の両側につけ、手のひらを開いてこちらを向いた。

完璧な形に盛り上がった胸を見て、ブランドンは息ができなくなった。

「あっちを向け！」自分の兵士たちに向かってどなる。二人は命令に従った。ブランドンがその女性を見つめていると、喪失感と怒りの波が腐ったエールのように腹からせり上がってきた。短剣を鞘に収める。たとえ今朝誰かの胸を見たかったとしても、それがこの胸でないのは確かだった。

憎きフィオナ・マクドナルド。

「もし私が幽霊を信じていたら、お化けを見たのかと思っただろうな、フィオナ・マクドナルド」

ブランドンは肩を回し、体重を反対の足に移した。これほど久しぶりに彼女と会ったことで動揺と怒りに同時に襲われていた。いつものことだ。ごくりと唾をのむ。

ちくしょう。

フィオナは体を隠す代わりに両手で濡れた髪を梳(す)き、その動きに実にふさわしい形で胸が上下した。フィオナの緑色の目はいたずらっぽく輝き、それは幼い少女のころと同じだった。やがてその目が怒りで陰を帯び、ほほ笑みが消えて唇が引き結ばれた。

「私にとってのあなたも同じよ、レアド」フィオナは両手を腰に当てた。

彼女を見ていると、ブランドンの体はびくりと反応した。困ったことに、フィオナの美貌には気をとられる。昔からそうだ。だが、今日は気をとられている場合ではない。今日は。それに彼女はキャンベルの領地に現れ、こともあろうに盗みを働いたうえ、過去にあれだけの混乱と破壊を引き起こしたのだから、相応の始末をつけさせなくてはならない。今はキャンベルの誰もマクドナルド相手に優しい心は持っていない。特に、長く行方知れずだったこの雌羊に対しては。

「私がそっちへ行く前に、その忌々しい水から出てこい。今日はほかに急ぎの用件があるんだ」

「どうしてもと言うなら」フィオナは答え、大股で歩いて湖から出ようとした。何も隠そうとせずに。

「止まれ」ブランドンは命じた。

フィオナはへその真下までが水で隠れる地点で止まった。今もブランドンの夢につきまとうへそ。

運命とは、意地の悪い妖婦だ。

ブランドンはこの女を憎んでいた。自分を、自分の氏族を裏切り、自分の心を傷つけた女。それでも、彼女を守りたいという根源的な欲求は抑えられなかった。彼女はそれでも女性なのだから、たとえ根からの裏切り者だったとしても、ある程度の体面を守られる資格はあるのだ。

ブランドンはフィオナのまわりの地面を目で探した。服はどこにある？　呆れた顔をしながら自分の馬に近づいていき、キャンベル氏族の格子縞の織物の予備を、それを留めていた革紐から抜き取った。フィオナにこの織物を身につける資格はない。けれど、彼女に向かってそれを放った。

フィオナはプレードを受け取り、大量の短剣で刺すような笑顔をブランドンに向けた。ブランドンも同じような笑顔で応じた。

フィオナが湖から出て土手を登ってくる間、ブランドンは彼女を観察した。フィオナは肩でプレードを結び、位置を固定した。いたずらっぽいきらめきが明るい緑色の目に戻り、ブランドンは両脇でこぶしを握った。落ち着かない感覚が手足を駆け抜ける。彼女は何か企んでいる。

「マルコム、この女の両手を縛れ」ブランドンが命じると、兵士はこちらを向いた。

マルコムのためらいを感じ取り、ブランドンははっとした。マルコムは氏族の新入りで、フィオナが何でもやりかねない女であることを知らないのだ。

「か弱い女性に見えるかもしれないが、お前はこの女を知らない。この女はお前をその場で殺し、手についた血を拭いたあと、大枝を広げた木の下で林檎をおいしく食べるような女だ。美貌にだまされるな。彼女は戦士で、裏切り者だ。縛れ。今すぐに」

フィオナがブランドンに向かってにやりと笑った。

まずい。

ブランドンはマルコムに駆け寄ったが、手遅れだった。フィオナはマルコムの鞘から剣を奪い取り、彼のまわりで身をひねって膝の裏を蹴り上げ、同時に肘で首を突いた。

ブランドンの優秀な兵士の一人が、布人形のように地面に崩れ落ちた。今日こんなことが起きてもらっては困る。ブランドンはため息をついた。

「フィオナ！」ブランドンはその名にいらだちをまとわりつかせて叫んだ。「君を地面に押さえつけるようなことはしたくないんだ」

「なぜそんなことができると思うの？」フィオナはまるで狼が獲物を値踏みするように、はだしの足で軽く前後に動いた。「あなた、私の記憶より少し弱々しく見えるわ」

「レアド、ここは私が――」

「やめろ、ヒュー」ブランドンはどなった。「フィオナは私が何とかする。そろそろ私たちの間で起こったことの決着をつける時が来たんだ」

ブランドンは本気だった。体内に憤怒があふれ、フィオナが自分の氏族に、自分の家族に……自分にしたことの罰を受けさせたいという欲求に燃えた。

だが、フィオナ相手に剣を抜くつもりはない。

ウエストのベルトを外して脇に放る。首と肩を回し、スパーリングの体勢をとった。

「本当に剣を使わないつもり？」フィオナはたずね、頭を振った。

「ああ」

「そう」フィオナも持っていた剣を草の中に放った。「じゃあ、剣なしであなたを負かすわ」ほほ笑んでブランドンを見上げた。

「あるいはこんな小競り合いなどせず、君の手を縛って連行させてくれてもいいんだ」ブランドンは言った。「戦えば私が勝つよ、いつもどおり」

「あら。レアドという新しい役目のおかげで、私の記憶よりもずっと傲慢になったのね」

「君のせいで私が引き受けた役目だ……忘れたとは言わせない」

フィオナの足が一瞬だけ止まり、ブランドンはその機に乗じた。フィオナの体の中心めがけて飛びかかり、手足をもつれさせて地面に転がった。フィオナに三、四回太腿を蹴られ、一度鼻を殴られたあと、彼女を地面に押さえつけた。

あえぎながら、フィオナの耳元でささやく。「降参しろ、フィオナ。君を傷つけたくはない」

「すでに傷ついているわよ」フィオナは静かに答え、ブランドンの手の下でおとなしくなった。

全身に鳥肌が広がり、フィオナが自分の下にいる感覚のせいで、頭がまったく別の種類の記憶でいっぱいになった。野原だろうがどこだろうが、彼女と組み合うためなら何でも差し出せたころの記憶。

「君も私を傷つけた」ブランドンはやり返した。声を殺して悪態をつき、立ち上がって、フィオナを引っ張って立たせる。「縄を」兵士に命じた。

少し離れたところに立ち、赤い顔でおどおどしていたマルコムがブランドンに縄を放った。

ブランドンはそれを片手でつかみ、フィオナの両手首を体の前で縛った。鼻から流れている血をチュニックの袖で拭い、盗んだ卵と干し牛肉を包んでいる毛布のもとへと歩いていく。隣にもう一つ包みが置かれていた。膝をついて拾い上げようとすると、それが甲高い声をあげた。ブランドンは凍りついた。

何なんだ。

布をめくりながら、今にも膝から力が抜けそうになったが、自分を抑えた。片手で顔をこすって体を起こし、栗色の髪をした美しい赤ん坊の鮮やかな青い目を見つめる。

今朝は驚くことばかり起きるものだ。

赤ん坊が嬉しそうに声をあげてブランドンにほほ笑みかけ、両手を打ち合わせた。ブランドンは思わずほほ笑み返した。

それから、フィオナを振り返った。

フィオナは目を伏せた。「ブランドン、あなたの息子を紹介するわ。ウィリアムよ」

2

私の息子？

　ブランドンは自分に向かって喉を鳴らすその美しい小さな生き物を前に、目をしばたたいた。赤ん坊の笑顔には喜びが、歓喜が、希望が表れていた。しばらく出会っていない種類の笑顔だ。ブランドンはごくりと唾をのみ、目を凝らした。ブランドンとフィオナが密かに夜をともにしたことは一度ならずあり、ブランドンは父に反対されるのをわかっていながら、彼女を花嫁にしようとしていた。だがマクドナルド氏族がアーガイル城を襲撃した晩に、そんな思惑はすべて断ち切られた。

　この赤ん坊が自分の子である可能性は高いが、これは罠だろうか？　ブランドンは以前フィオナに裏切られ、そのせいで愛する人々が死んだ。

「君を信じる理由があるか？」ブランドンは問うた。

「私がそう誓うわ」

　ブランドンは耳障りな笑い声を発した。「君が誓う？　その程度のことではとても信じられない。君にはあれほどのことをされたのだから」立ち上がり、胸の前で腕組みをした。

「ふん！　じゃあ、自分で見てちょうだい。この子の腕にはキャンベルの印があるわ」フィオナはブランドンをにらみつけ、顔を振って赤ん坊を示した。

　ブランドンはしゃがみ、赤ん坊をくるんでいる灰色の毛布をそっと押しやった。赤ん坊の前腕に沿ってピンク色の卵形の痣があるのを見て、体に認識のさざ波が駆け抜けた。心臓が胸の中で激しく打つ。よく似た痣が自分にも兄のローワンにもあるのだ。

　ブランドンは顔を上げ、フィオナと目を合わせた。

彼女は無関心を装い、その顔から怒りといたずらっぽさは消えていた。表情の柔らかさと目の切望の色が真実を裏づけていた。ブランドンの胃が重くなる。

この赤ん坊は自分の子だ。

フィオナが自身と息子を受け入れてもらうことを、呼吸のための空気と同じくらい必要としているのがわかったが、ブランドンは受け入れるつもりはなかった。今は。おそらく、永遠に。

一年前のブランドンにできた選択はもうできない。今やブランドンはキャンベル氏族のレアドだ。そうさせたのはマクドナルド氏族であり、フィオナが彼らを導いた。フィオナの家族と氏族が理由もなく隠しトンネルからアーガイル城を襲撃したとき、ブランドンは即座に彼女に裏切られたことを悟った。二人は密会のためにそのトンネルを使っていて、フィオナはブランドンの氏族以外でその存在を知っているただ一人の人物だった。

こうしてブランドンが愛する多くの人々が亡くなった。その中には兄の妻子もいて、それはブランドンが愚かにもフィオナを信じたせいだった。襲撃のあと氏族は生き延びたが、極めて重大な喪失のせいで螺旋(らせん)を描くように混乱状態へと陥った。レアドだった兄は悲嘆に押し潰され、理性的な思考ができなくなるところまで追いつめられたため、時が経(た)つにつれてどんどん不健全で突飛な決断を下すようになった。ブランドンは氏族を破滅から救いたい一心で最終的に長老たちの要求をのみ、兄をレアドから退かせて自分がその役目を引き受けることに合意した。

決して望んでいなかった役目を。

何カ月も前に一時的な解決策として始まった措置は、ローワンの態度と行動が逸脱を続けたため、時が経つごとに決定的になり、ブランドンは新たな責任を受け入れざるをえなくなった。ブランドンの行動はすべて家族に、氏族に、千人以上の将来に影響する。自分の欲求や欲望、希望は二の次になった。

そして今、父親になったらしい。まだ準備はできていなくても拒めない責任のくびきがまた新たに生まれた。息子を、美しい男の子を授かり、レアドとして立つ不安定な地面が足の下でまた揺らいだ。

私の息子。

深く息を吸い、息子を胸に抱いて立ち上がった。現実的な解決策が見つかるまで、フィオナからは距離をとるべきだ。たとえ二人の間に子供がいても、フィオナと結婚はできない。今では。だが息子を追い払うことはできないし、追い払いたくもなかった。考えを巡らせ、計画を考え出す時間が必要だ。今から自分がすることは息子に永久に影響を与え、二度目のチャンスはない。感情は理性を鈍らせるだけで、息子を抱く時間が長くなればますます腹の中で感情が揺れ動くのを感じてしまう。新レアドとして、新米の父親として、失敗する余裕はない。

「ヒュー、この子を城へ連れて帰ってくれ」ブランドンはたくましい兵士のもとへ歩いていき、赤ん坊を渡した。

ブランドンの信頼どおり、ヒューは赤ん坊を優しく受け取り、自分のプレードでくるんだ。ブランドンの足場が安定するまでは、最も信頼する兵士であるヒューに息子を預けたほうが安全だろう。

「ふざけないで。その子は私の息子なのよ。私から取り上げるなんて許さない！」フィオナは叫び、ブランドンたちのほうへ近づいてきた。

マルコムがフィオナの肩をつかみ、もがく彼女を抑えつけた。ヒューは馬で走り去り、フィオナは彼がカーブの向こうへ姿を消すのを見ていた。

「マルコム、彼女は私に任せてくれ」ブランドンはフィオナの肘をつかみ、自分の傍らに強く引き寄せた。「お前は先に帰って客人のことを知らせてくれ。我々が戻るまで姉に赤ん坊の世話をしてもらえ。それからミス・エマに言づてを頼む。これほど長い間屋外にいた以上、赤ん坊がどんな目に遭ったかわかったものではない。ミス・エマに徹底的に診察してもらうんだ」

「はい」マルコムは答え、フィオナをじろりと見たあと馬で駆けていった。

兵士の姿が見えなくなると、ブランドンはフィオナのほうを向き、彼女をつかむ手に力を込めた。

「抵抗はやめろ」

「抵抗するつもりはないわ。馬鹿ね！　あの子はあなたの息子なのよ。腕にキャンベルの印があるの。それは否定できないわ」フィオナは鋭くささやき、ブランドンの足を踏んだ。

ブランドンはうなり、履いているブーツの薄い革越しに爪先を地面に食い込ませた。フィオナがはだしで良かった。

「フィオナ……」顔をしかめる。いらだちが体を締めつけた。「それはわかっている。私もこの目で見た。あの子が私の子であることは否定しない」

「じゃあ、どうしてそう言わなかったの？」フィオナはたずねた。

「赤ん坊がいても過去は変わらないからだ。君の行動のせいで……」ブランドンは言葉を切り、叫びださないよう声を抑えた。「大勢が死んだ。私の義姉(あね)……甥(おい)……二人ともあの晩死んだ。君が我々の城へ通じるトンネル、ほかの誰も知りようのないトンネルの秘密をもらしたせいだ。私は君を信じていたのに、君は私を裏切った。私たち全員を裏切った」

フィオナは体を震わせ、口を開こうとした。

「やめろ」ブランドンは言い、片手を上げた。「何も言うな。言い訳はいっさい聞きたくない」

「あなたは昔から頑固だったわね」フィオナは文句を言った。「話を聞いてくれさえすれば――」

「やめろ。二度と君を信じることはできない。あれだけのことが起こったんだ。何十年も前のグレンコーの虐殺以来ようやく、我々と互いの氏族の間に芽生えていた友情が、あの襲撃でまたも断ち切られた。君が私の領地に来たのは間違いだ」

「私はここへ来たかったわけじゃないわ。南のマクナブ氏族のもとを目指していたの。あの氏族の人と結婚したいとこがいるから。マクナブ氏族なら私を受け入れてくれるかもしれないと思ったの。彼らは私と同じで、私の家族とあなたの家族を嫌っているから。ここに立ち寄ったのは、少し休んで体を洗って、それから……食糧を手に入れるためよ」

「赤ん坊を……私の息子を連れて、一人でそんなところまで行くつもりだったのか？　何を考えていたんだ？　国境付近には今もイングランド政府の兵士があちこちにいて、次の攻撃を計画しているんだ。しかも君は……君は女性なんだよ、フィオナ。どんな危険があるかはわかっているだろう」

フィオナは勢いよく顔を上げた。「ええ、わかっているわ。あなたが思い出させてくれなくても」

フィオナの目に警告の光が灯り、ブランドンは唇を引き結んだ。フィオナの姉は何年も前にそうした蛮行の犠牲になっていた。ならず者の兵士たちが境界地帯をジグザグに進み、さまざまな氏族から略奪を働いていた時期のことだ。標的はたいてい女性だったが、店や家畜が狙われることもあった。それはブランドンとフィオナが友達としてともに耐えた喪失で、この十年間に経験した多くの悲しみの一つだった。

これ以上、悲しみは必要ない。

「とにかく放して」フィオナは懇願した。

「だめだ」ブランドンは腕組みをした。「君は私たちを裏切り、今度は私たちの土地で盗みを働いたところを捕まった。罪を償ってもらう」

マクナブ氏族のもとに一人で行くことも許すつも

りはなかった。特に、息子と一緒では。

　フィオナはブランドンをにらみつけた。「冗談でしょう。レアドになって頭がおかしくなったのね」

「そうかもな」ブランドンは顔をしかめ、縛ったフィオナの両手を引いて雄馬のそばへ行った。馬は丘の斜面で草の塊を食べていた。「さあ、乗れ」

「私は誰にも捕まらないわ。特に、あなたには」フィオナはそう言って、ブランドンに囚われたままもがいた。

　ブランドンが立ち止まってフィオナを放すと、過去の記憶のせいで手が一瞬うずいたが、その感覚を振り払った。「君は捕まってはいない。償う気がないなら行ってくれ。だが、息子は渡さない」

3

　フィオナは驚いて飛びのいた。「自分の息子を置いていけないわ」

「では、馬に乗って罪を償うしかない。選ぶのは君だ」

「強情を張るのはやめて、私とウィリアムを解放して」フィオナはブランドンをにらみつけて言った。

　吹き始めたそよ風に、ブランドンの肩までの長さの髪が揺れて上気した頬にかかり、濃い茶色の目がフィオナの目をとらえた。鷲のような端整な顔立ちにごまかしの気配は少しもない。フィオナが生まれたときから知っているのと同じ少年、あのころずっと、戦闘の晩まで愛していたのと同じ男性だった。

フィオナが望んでいたのはこの男性と婚約することで、ちんけな泥棒として扱われることではなかった。それなのに今、ブランドンはレアドで、フィオナは彼の敵なのだ。かつては気楽な喜びであふれていた彼の濃い色の目には、険しさが表れている。私のせいでこうなったのだろうか？

答えを知りたくなくて、フィオナは目をそらした。保護を求めていいとこのもとへ逃れるという考え抜かれた計画は、朝露のように蒸発しつつあった。あと十分ずれていれば、目的地へ出発していただろう。忌々しい十分。

フィオナが動かずにいると、ブランドンは顔をしかめた。「私に担ぎ上げられたいのか？」

ついていく以外にどんな選択肢があるだろう？息子を見捨てることはできない。今のフィオナにはウィリアムしかいないのだ。この世にたった一つ残された、愛すべき、信じるべき対象。息子をこの人でなしの生贄にするわけにはいかない。

フィオナはブランドンをにらみつけ、馬に乗ろうともがいたあと、結局彼が差し出した手に体重を預けて押し上げられた。ブランドンはフィオナの後ろに難なくよじ乗り、片腕をフィオナのウエストに回した。今まで千回も感じてきたおなじみの動作だ。

体が裏切り、ぶるっと震えた。フィオナは本心ではブランドンを恋しがっていて、そんな自分が憎かった。彼の確かな力強さが、晴れた暖かな午後のように体内を通り抜け、フィオナは一瞬それに慰められることを自分に許した。自分と息子の命と安全のために何カ月も戦ったあとでは、安心できることがありがたかった。かつては当たり前に思っていたこと。再び感じられるとは思ってもいなかったこと。

今は、自分以外の誰にも頼ることはできない。

この一年がそのことを教えてくれた。

フィオナの未来はまたたく間に変わった。父とマクドナルド氏族が秘密のトンネルを使ってアーガイル城を襲撃したあと、フィオナはブランドンに、十年前に母に捨てられたのと同じように捨てられた。フィオナは何通も手紙を送ってブランドンに許しと、父の残忍さから逃れて自分たちの赤ん坊を守るための手助けを請うたが、彼が来ることはなかった。その後自分の氏族から追放されたが、ハイランドで保護されない女性には死が運命づけられている。

そして今、新たな逃走計画を立てる時がやってきた。かつて愛した男性からの逃走。その皮肉に、フィオナは今にも笑いそうになった。

ブランドンはフィオナにおぞましい真実を思い出させてくれた。愛だけではじゅうぶんではない場合もあること。フィオナからの愛だけでは、母がそばにいてくれるにはじゅうぶんでなかったように。

フィオナは草深い牧草地の見慣れた地平線となだらかに起伏する灰色の山々を眺め、春だけがもたらしてくれる新芽の甘美な香りを吸い込んだ。グレンコー峠がそう遠くない場所にあり、それはまさに今後フィオナがマクナブ氏族のもとへ逃れる際の経路になってくれるはずだった。キャンベル氏族が自分の〝罪〟に科そうとしている何らかの罰に耐え、息子と二人きりになる時間を作ることができれば、この惨状から抜け出す新たな方法を編み出せるはずだ。

夜闇の中で何度もブランドンと秘密の逢瀬(おうせ)を重ねた経験がその計画を立てる助けになるだろうし、この剣さばきの腕があれば、自分の逃走を阻止しようとする兵士を一人残らず倒せるはずだ。

影に覆われた暗い小道や、小道のまわりの地表に露出した岩石を見ていると、疑念に切り裂かれた。夜闇の中、息子を連れて一人でこの道を行って、本当に生き延びることができるだろうか？　マクナブ氏族のもとへ着くには最低二日はかかるし、そのような旅は長く、必死で危険な時間になるだろう。

おばと弟が多少は守ってくれる自分の氏族の中でも生き延びることは難しかった。イングランド兵や移動中に出会った見知らぬ人間から手当たりしだい強盗を働くと決めている、氏族に楯突いたはぐれ者たちの中でどうやって一人でやっていけるだろう？

道に迷い、良識をかけらも持ち合わせていない男たちに、丘は隠れ処を提供してくれる。何年も前に姉がそのような攻撃の餌食になったことを思い出すと、今も体が震えた。

ウールのプレードが傷痕に当たってちくちくし、フィオナがくぐり抜けてきたすべてを思い出させた。身ごもったことを理由に、父に何度も鞭打たれた。体に打ちつけられる鞭の一回一回に、憤怒がこもっていた。おばと弟のデヴリンが父にやめるよう懇願する声が今も聞こえる気がした。罰はもうじゅうぶんだと父に言う声が。だが、レアドである父はフィオナが失神するまでやめることはなく、娘に赤ん坊を失わせると心に決めているかのようだった。

だが、息子は強い意志で生き延びた。フィオナも生き延びた。だから、二人はこの困難も同じように生き延びるのだ。

フィオナは背筋を伸ばし、自分と息子は誰の犠牲にもなるものかと決意した。キャンベル氏族の犠牲にも、マクドナルド氏族の犠牲にも、ハイランドの犠牲にも。自分たちはここを出ていき、自力で新しい生活を始めるのだ。

だがそのためには、お金と成功確実な計画、そして協力者が必要だ。今のフィオナには一つもないが、アーガイル城にはその三つが揃っているはずだ。それぞれが正確にどこに隠されているかはわからないものの、一つずつ見つけ、いずれは息子とともに逃げ出すために必要なものをすべて手に入れよう。

フィオナは丘の斜面を眺めながら顔をしかめた。

「どうしてこっちに向かうの？　平原を横切ったほうが早いんじゃない？」息子に会い、無事を確かめなくてはならない。

「私が自分の城へ向かう道筋に、君は図々しくも疑問を差し挟むのか？」ブランドンが言った。

フィオナは呆れて目を動かした。「私は息子に会いたいの」

「君が何をしたかを見てもらうために時間をとる」

「私が何をしたか？」フィオナは答えた。「いったい何の話をしているの？」

「やめろ」ブランドンは命じ、フィオナのウエストに回した手に力を込めた。

フィオナは反論をのみ込んだが、いらだちは募った。癪に障る男だ。

二人が沈黙する中、馬は進んだ。群れからはぐれた鳥の鳴き声と、急な坂道を登り始めた雄馬が鼻を鳴らす音だけが静寂を破った。やがてキャンベル領にある最初の丘の頂上に着くと、フィオナは村の外れの風景を見て息をのんだ。

衝撃に全身をかき乱され、馬上で姿勢を変えて身を乗り出した。記憶の中では活気あるわらぶき屋根の田舎家が整然と並んでいた場所に、黒焦げになった廃墟と燃え尽きた思い出の山の列ができていた。家族や家畜、子供たちはどこへ行ったのだろう？

「君の氏族の戦士たちが村人を焼き殺し、家を一軒残らず燃やし尽くした」フィオナの思考を読み取ったかのように、ブランドンは言った。

その言葉には冷ややかな響きがあり、フィオナは凝視することしかできなかった。故郷と同じくらい愛していた場所が荒れ果て、その原因はフィオナの家族に対する間違った信頼のせいなのだ。

胸の中で改めて羞恥心が芽生えた……続いて、怒りが。「私のせいではないわ」フィオナは言った。

「いや、君のせいだ。これ以上言い訳を聞くつもりはない」ブランドンは強い口調で言った。

だが、ブランドンはいつか聞くことになる。彼が何をしたかを。彼に捨てられたせいで、フィオナと息子が受けた大きな痛みのことを。だが、今のブランドンは聞いてくれない。それはわかっている。フィオナも責任を押しつけてくる彼の長広舌を聞く気はなかった。

唇を噛み、百まで数えて怒りを抑え込む。城壁にも辿り着かないうちに殺されるようなことをしては何にもならない。フィオナが注力するべきはウィリアムと再会すること、ここから遠く離れた場所での二人の将来を計画することだ。ブランドンが自分をどう思っているかは関係ない。もう、関係ないのだ。

4

ブランドンは地平線に目を凝らし、目の前の廃墟となった村を囲むグレンコー山脈のふもとに薄くかかる霧を見つめた。馬をゆっくりリズミカルに歩かせて城へと進む。鳥が山腹で鳴き、水がなだらかな斜面を湖へ向かってちょろちょろと流れている。

過去の単純さが恋しい。自分に押し当てられるフィオナの感触と、気楽な次男の務め。だが、あのような時間は自分にはもうないのだ。いいかげんそれを受け入れたほうがいい。

朝日のかすかな光が顔を温め、前へ進み続けるよう促してくる。今や自分は父親になった。いつもどおりに始まった朝が、目が眩むほど不快な展開を迎えていた。かつては父親になり、フィオナを妻として人生をともに歩むことに焦がれていたが、これは……。これは自分が思い描いていた未来ではないし、これ以上最悪のタイミングはなかった。

氏族は今も破滅の縁でよろめき、自分はこの数カ月で新レアドとしての足がかりをつかんだばかりだ。さらに父親なんて、どうやってなればいいのかわからない。わかっているのは、自分の父親のようにならないことだけだ。家族より氏族の責務を優先させる父親には。

ごくりと唾をのむ。幼いローザの良きおじであることは、父親であることとはまったく別の課題であり、どこから始めればいいのかわからない。しかも、フィオナにも対処しなくてはならない。氏族と自分への罪の責任をとらせる必要がある。どちらがより受け入れがたい問題なのかはわからなかった。

フィオナの髪が一筋、ブランドンの首をかすめ、そのくすぐったさに、二人が愛し合い、何の心配ごともなかったころに峡谷沿いを馬で歩いた記憶が蘇る。今やブランドンが背負う荷物はずいぶん増えた。

歯を食いしばる。フィオナの存在は不要な悶着の種だ。しかも、城に戻ればローワンにも対処しなくてはならない。レアドではなくなった今も、ローワンは権力を振るえるときは振るう。フィオナとウイリアムに会えば、自分の妻と息子を失ったローワンは最悪の態度をとるだろう。どれだけ時間が経とうと関係ない。兄の悲嘆には、妻子の死がつい昨日のことだったかのような生々しさがあった。

ブランドンが手綱を強く握りすぎたせいで、雄馬に引っ張られるのを感じ、馬がいななく声が聞こえた。「ごめんな」ブランドンは手の力を抜いた。

ローワンはフィオナを見れば激怒するだろう。限界点を超えるかもしれない。それだけは避けたかった。妻を亡くして以来、ローワンは過去と現在の間を、正気と目が眩むほどの悲嘆の間と同様に行ったり来たりしていた。

フィオナがブランドンにもたれ、青葉のほのかな香りが、芽吹き始めた新芽のさわやかな気配がブランドンの鼻孔をくすぐった。胃がひきつり、締めつけられる。フィオナからはいつもこの香りがした。まるで未来への、ブランドンの未来への希望の気配が内包されているかのようだ。

喉に酸がこみ上げ、ブランドンはフィオナとの間に少しでも空間を作ろうと後ろに下がった。このような〝甘さ〟は今、裏切りの苦い種を思い出させた。

馬は焼け落ちた家屋の新たな列のそばを通り過ぎ、穀物の倉庫とハーブの乾燥小屋へ近づいていった。家屋の再建作業がもうすぐ始まるはずだ。誰か一人でもフィオナに気づけば、噂（うわさ）は野火のように氏族内に広がり、それを止めるためにブランドンにできることはほとんどないだろう。

ありがたいことに、ヒューが今ごろウィリアムを無事に城まで送り届けているはずだ。これが、ブランドンが遠回りをしたもう一つの理由だ。息子の無事はブランドンにとって何よりも重要だった。それは思いがけない不穏な感覚だったが、息子を両親が作った混沌（こんとん）の犠牲にはしたくなかった。あの子がそんな目に遭う筋合いはない。

ブランドンは馬に角を曲がらせた。男性たちが今日の作業のための道具と新しい丸太を集め始めている。最初、彼らはこちらを何気なく見て、通り過ぎるブランドンに敬意を払うように会釈をした。だが二人が近づいていくと、男性の一人が、次にもう一人が動きを止め、やがて全員が作業を中断した。

「あの女だ！」一人の男性がフィオナの姿に仰天し、彼女を指さした。

「裏切り者！」別の男性が叫んだ。「くたばれ、フイオナ・マクドナルド、お前の家族も全員だ！」

ブランドンは何も言わなかった。今は自分が割って入る時ではない。彼らの憎しみが吐き出されるままにするのだ。フィオナはそれだけのことをしたのだから。自分はフィオナを死なせずにいるだけだ。彼女を過去から守るつもりはなかった。

男性からも女性からも次々と非難を投げつけられ、フィオナはブランドンの前で身をこわばらせたが、何も言い返すことなく彼らを見つめた。ブランドンは驚いた。昔のフィオナなら反論したか、それよりはるかに最悪な何かを叫び返していただろう。

ブランドンは肩をいからせ、雄馬を走らせて、正門前で暴動が起きる前に城に着くことに力を注いだ。

アーガイル城の石灰岩でできた高い門が前方で日光に照らされて輝き、丘の上に狼煙のように立っている。この門を見るたびに五感が揺さぶられた。青と緑のキャンベル氏族の旗が風になびき、胸が誇りでいっぱいになる。これが自分の氏族であり、自分がそれを破滅の縁から立て直すのだ。過去の自分たちより強くなるのだ。

いずれこのすべてを息子の手に渡す時が来るのだと思うと、手足がぞくぞくした。

私の息子。

馬は浅く暗い堀の上にかかる小さな橋を渡った。あと二十馬身ほどで再び息子に会えると思うと、驚いたことに熱意が体内を駆け抜けた。

手綱を引いて雄馬をゆっくり止まらせ、地面に降りると、顔いっぱいに笑みを浮かべ、柔らかな茶色い髪をした小柄な少年ジョセフに手綱を渡した。ブランドンがレアドになったあと、たちまち気に入った少年だ。仕事覚えが早く、人を満足させたい気持ちが強い子で、母親の死後は四六時中馬屋で過ごしていた。ブランドンにはその痛みがよく理解できた。

「レアド」

ジョセフは会釈して挨拶し、ブランドンは少年の肩をたたいた。自分の息子もジョセフのように頭が切れる学習意欲の強い子供になってほしいと思った。

ジョセフに背を向けてフィオナのほうを向く。馬から降りるのを手伝おうと手を差し出したが、フィオナはそれを無視した。ブランドンに向かって顔をしかめ、ぎこちない動きで馬からすべり降り、今にも顔から草の上に倒れそうになっている。ブランドンは頭を振った。頑固で気が強いかつてのフィオナは完全に失われたわけではないようだ。

氏族の人々がすでに門から城の扉までの空間を埋めていて、門の外にも小さな人だかりができていた。ブランドンは胃が痛くなり、歯ぎしりした。ここに長居すれば、群衆の規模は倍増するだろう。

ブランドンはフィオナに向かってうなずき、先に歩くよう促した。フィオナがためらったので、縛られた両手をつかんで前に引っ張ると、キャンベル氏族はさらに彼女の名を呼び、叫び声をあげた。

なぜフィオナが今こそブランドンの忍耐力をさらに試す時だと思ったのかはわからない。自分の状況の深刻さを完全には理解していないのかもしれない。ブランドンだけが、フィオナとキャンベル氏族の怒れる群衆がもたらす死との間に立っている。もしかすると、単に彼女をここに残し、彼らの手に運命を委ねるべきなのかもしれない……。

そのとき、息子のことが思い浮かんだ。

ブランドンは唾をごくりとのみ、フィオナを前に引っ張った。母親を失った息子がどんな思いをするかはわかっているため、できることならウィリアムにそのような苦痛を与えたくなかった。

今も叫び、宙にこぶしを振り上げ、フィオナが一歩進むたびに脅してくる氏族の群れを、二人の兵士がかき分けて道を作った。

「お前の命は残りわずかだ！」一人の男性が叫び、

城の扉に続く階段を上るフィオナに唾を吐きかけた。ほかの男性たちが同調して叫んだ。二人の男性がやはり通り過ぎるフィオナに唾を吐いた。

ブランドンは体内に燃え上がった保護欲の炎を抑えた。一年前なら、厚かましくもフィオナを侮辱した人間の首に剣を突き立てていただろう。今は自分の怒りと人々の怒りの間で引き裂かれていた。

フィオナは彼らを裏切った。

フィオナは私を裏切った。

ブランドンは何も言わなかった。自分が信用できなかったからだ。

一瞬だけためらう様子から、フィオナがその侮辱を耳にし、感じているのがわかった。だが次の瞬間、肩をいからせ、前をまっすぐ見て歩き続けた。

ブランドンはフィオナの自制心に感心し、まったく彼女らしくないと思った。

フィオナが階段を上りきると、ブランドンは自分たちの間の距離をつめ、彼女を軽く前へ押した。群衆のほうを向き、片手を上げて黙らせる。フィオナの擁護はできなかった。彼女がしたことを考えれば。フィオナが自分の息子の母親であることも、以前なら命がけで彼女を守っていたであろうことも関係ない。それは過去のこと。今、重要なのは現在だけだ。

「フィオナ・マクドナルドには、我々に対する罪の責任をとってもらう。このことは信じてくれていい。だから帰ってくれ。畑を耕し、失ったものを再建し、家畜の世話をするのだ。彼女の処罰について結論が出たら皆に知らせる。約束する」

「何を話し合うことがあるんだい、レアド?」鍛冶屋の親方のパーディじいさんがたずねた。「こいつが男なら、縛り首の縄の寸法を測るところだ」

「そうだ」ブランドンは答えた。「だが、彼女は男ではないだろう? 処罰も女にふさわしいものでなくてはならない。時間をくれ、公正な決定を下す」

「あとどのくらい待たなきゃいけないんです？」一人の男性が集団の後方から叫んだ。

「彼女の運命を決めるのに必要な限りだ」ブランドンは答えた。「さあ、行け」命令口調で言った。

のろのろと城から離れながら、口々に何か話している男性たちの様子から、ブランドンの命令に不満を持っているのは明らかだった。ブランドンも自分が彼らに迅速で公正な対応ができないことに落胆していた。だが、フィオナが相手だと難しいのだ。昔からそうだった。

ヒューが城の扉を開けて脇によけ、眉間に深いしわを寄せて二人を通した。

ブランドンはフィオナに続いて城へ入る間に、友人であり最も信頼する戦士であるヒューがこれほど不機嫌な理由が予想できた。

大広間の混乱を見れば、ローワンがフィオナの到着を知ったのは間違いない。兄がまたも騒ぎを起こしたため、兵士たちは普段のように城の中ではなく外で待っていたのだろう。割れた陶器がそこらじゅうに散らばり、引き裂かれたつづれ織りが炉棚の上の金属のフックから斜めにぶら下がり、壁の二組の大きな突き出し燭台（しょくだい）は支柱からもぎ取られたらしく、ばらばらになって石の床に落ちていた。

「私がここに来ていたころとは内装を少し変えたみたいね」フィオナがぼそりと言った。

別の人生の別の日であれば、ブランドンは笑っていただろうが、今日は違った。

「舌を抜かれたくなければ、君は話しかけられたときだけ喋（しゃべ）ってくれ」ブランドンは辛辣に言い返した。

混沌とした光景に、疲労感が全身を襲った。兄がかつての姿に戻る日は来るのか？　妻子を失ったことによる落胆と憤怒（ふんぬ）が、兄がレアドの座に戻れるまで、せめてブランドンと氏族のための戦力になれるまで収まることはあるのか？　何カ月もの間、ローワンは氏族全員にいらぬ緊張と不安を与えることしかせず、かわいそうな娘のローザが最もその被害を受けていた。ローザは実質的に、襲撃の晩に両親を二人とも亡くしたようなものだった。

　大広間の外れのアルコーブから新たな衝撃音が聞こえ、ブランドンの姉ベアトリスがそこから駆け出してきた。ブランドンを見ると、姉の顔に安堵が広がり、肩から力が抜けた。ベアトリスは次にフィオナに気づき、弟に向かって大広間を半分進んだところで凍りついたように足を止めた。

　ブランドンはヒューのほうを向いた。「フィオナを見張れ」そう命じると、フィオナに警告の視線を向けたあと、姉のもとへ向かった。

　ベアトリスの前に着くと、氷のように冷たく震えている姉の両手をつかんだ。

「やっぱり……そうなの？」ベアトリスはつかえながら言い、ブランドンの肩越しにフィオナを見た。

「ああ、でもその話はあとだ。ローワンは？」

　ブランドンは姉の両手を握り、低い声で話しかけた。ベアトリスはブランドンが今ヒュー以外で信頼できるただ一人の相手であり、この状況のせいで姉に、特に兄と幼い姪の世話をさせることで犠牲を強いているのも知っていた。強く活発な姉は疲れきり、怯え、苦しむようになっていた。その光景はブランドンに深い痛みを与えた。

「フィオナが捕まったという噂をギャリックが聞きつけてきたの」ローワンが信頼する友人で味方の一人であるギャリックの行動に、ブランドンは驚きはしなかった。「あなたが戻る前に急いで城へ戻ってきて、ローワンに伝えたの。ローワンは……」ベアトリスは室内の損傷を見回した。「冷静ではいられなかったわ。私は慰めようとしたの。落ち着かせるためにミス・エマの薬ものませようとしたけど、ローワンはそれを床にたたきつけたのよ」

「今は？」

「書斎の外。お父様の物を壊さないよう私が部屋に鍵を掛けたから、そのことで私に怒っているの」

「赤ん坊は？」ブランドンはささやき声で言った。胸の中で心臓が轟音をたてている。息子が無事かどうかを確かめなくてはならなかった。

　ブランドンの予想どおり、ベアトリスの顔が明るくなり、血色と温かみが戻った。「赤ちゃんは元気で健康よ。今は上の階の昔の子供部屋でミス・エマが世話をしているわ」

「良かった」ブランドンは姉にほほ笑みかけた。

「赤ん坊のところに行ってくれ、ローワンは私が引き受ける。兄上が落ち着いたら話をしてみよう」

　ベアトリスは再びフィオナをちらりと見た。「フィオナは？」

「ああ、彼女の処遇についても話し合うつもりだ」

「ブランドン、私がいない間にフィオナに魅了されないように気をつけて」ベアトリスはブランドンに向かってウィンクした。

　ブランドンは笑い、自分をからかう遠い昔の姉を思い出させる、そのちょっとした発言を楽しんだ。

「そんなことにはならないよ。さあ、行って」

　ブランドンがローワンを探しに行こうとする前に、兄が角を曲がって大広間へ入ってきた。

5

フィオナは爪先をもぞもぞ動かし、はだしの足をアーガイル城の大広間の冷たい床に食い込ませた。室内を見回し、前回訪れたときからの変化に驚く。襲撃のあと、この城で何があったのだろう?

あごひげを生やしただらしない男性がアルコーブから大広間に入ってきて、二人のほうへすばやく近づいてきた。フィオナは目を細めたが、その男性に見覚えはなかった。

「弟よ!」その見知らぬ男性が怒った声で呼びかけた。「よくもこの女を城内に連れてこられたな?」

フィオナは息をのみ、凍りついた。ローワン?

「それ以上近づかないでくれ、兄上」ブランドンは命じ、ローワンの胸を手のひらで押してフィオナから腕一本分の距離を空けさせた。

フィオナはあえぎ声をあげ、目を見張った。かつてはたくましくて背が高い、黒髪の近寄りがたい男性、人間の中にいる狼のようだった男性が、汚れて破れたチュニックを着て、脂じみた長髪と、食べかすがついているように見えるあごひげに覆われ、フィオナの前に立っている。その目は取り乱していて焦点が定まらず、呼吸はやや荒かった。

ブランドンの視線の熱さを感じたフィオナは、口を閉じるよう自分に命じ、黙って唇を結んだ。

フィオナはローワンにずっと敬意を払ってきたが、心からの好意は互いに抱いたことがなかった。一度も。ローワンにはフィオナの父親のような残酷な性質があり、気性が荒かった。長男として、二十歳にもならないうちにレアドの座についたローワンにはもともと傲慢さがあり、それが自分の要求がすぐに叶（かな）えられなければ気がすまない性質を助長していた。

たいていのレアドがそうした特質を持っているようで、ローワンはその伝統を継承していた。だからこそ、フィオナはブランドンの内なる優しさに、飛んで火に入る夏の虫のごとく吸い寄せられたのだ。

だが、この男性は……ローワンではない。フィオナが昔から知っているあの男性ではない。

「私がレアドとして何をすべきで何をすべきでないか、図々（ずうずう）しくもお前が指図するのか？」ローワンは怒声を発し、唾があごひげに飛び散った。

レアド？　フィオナの目の前でブランドンの肩が丸まり、両手がローワンの胸から落ちた。

「兄上、このことは前に話し合っただろう」ブランドンは口を開き、我慢強く静かに、まるで子供に言い聞かせるように話しかけた。「兄上はもうレアドではない。私がレアドだ。長老からそう命じられたんだ。覚えているだろう？　兄上が悲しみを乗り越える時間がとれるようにって」

ローワンは動きを止め、弟の言葉について考えた。目を見開き、まるで初めて見るかのように室内を見回す。それから両脇でこぶしを握り、それまでいたどこかの場所から目が覚めたような顔になった。ローワンはすすり泣き始めた。

フィオナの胸にいたたまれなさが湧き上がり、この場を辞してドアの外へ出て、あの怒れる氏族の群れと対峙（たいじ）するほうがましな気がしてきた。ヒューを振り返ると、彼は咎（とが）めるようにこちらを見たあと、フィオナの頭上の遠くの壁に興味深い場所を発見したかのように、目の前の場面から視線をそらした。

フィオナは困惑しながら前を向き、ブランドンが兄を引き寄せて抱きしめるのを見守った。

「私のアンナは死んだ」ローワンは弟の肩の上でもごもごと言い、また泣いた。

「そうだな」ブランドンは低くなだめるような口調

で答えた。

「息子も……」ローワンは泣き声をこらえ、鼻をすすった。

「しいっ、兄上。わかっているよ。言葉にならないほど無念にも思っている。ヒューに寝室へ連れていってもらおう。風呂に入ってひげを剃(そ)れば気分が良くなるはずだ。使用人を行かせるから手伝ってもらうといい。準備ができたらあとで話をしよう」

ブランドンは兄の腕をぎゅっと握り、抱擁を解いた。ヒューに向かってうなずき、ローワンを彼のもとへ連れていくと、ヒューがローワンの腕を取って大広間から連れ出した。

フィオナは動けなかった。改めてショックが全身を駆け巡っている。千もの質問があったが、口を動かすことができないようで、質問は一つも出てこなかった。

ヒューとローワンが大広間から出ていくと、ブランドンはくるりと向きを変え、フィオナと向かい合った。その目には憎しみが鮮やかに、熱く燃えていて、フィオナはとっさに彼から一歩離れた。

「君が私の家族に、私の氏族に何をしたかわかっただろう？　これが、君のしたことだ。兄は悲しみにやつれ、姉はぼろぼろになり、氏族は君を見たことで改めて怒りの混沌(こんとん)へ追いやられた」

フィオナはブランドンに向かって目をしばたたき、何とか絞り出せる言葉だけを発した。「ごめんなさい。まさかこんなことに――」

「謝ろうとしても無駄だ。謝罪を受ける気分じゃない。さあ、私の気が変わる前についてきてくれ」

フィオナはブランドンの背後で早足になり、割れたボウルやジョッキの破片をよけながら、彼の大きな歩幅についていくために急いだ。

「ウィリアムは？」思いきって言う。

ブランドンは答えず、客用寝室のある二階へ向かう階段を上った。フィオナの中で安堵が渦巻いた。少なくとも地下の囚人用の監獄や、じめじめした地下室に入れられる可能性は消えたということだ。

さっき出会ったマルコムが、フィオナたちの到着を待ち構えるかのように二階に立っていた。フィオナを見ると、彼は顔をしかめた。フィオナも顔をしかめ返した。

「ジェニーに新しい服を持ってこさせ、厨房に客人のための風呂の湯を用意させてくれ。それから兵士をあと二人呼んでドアの外で見張りをさせろ」

「かしこまりました」マルコムは答え、その場を離れた。

ブランドンは歩き続け、開いたドアの前をいくつも通り過ぎたあと、一つだけ閉まっているドアの前で立ち止まった。フィオナは両手を揉み合わせた。この部屋は知っていて、ブランドンが自分をここに入れることを選んだのだと思うと、落ち着かない気分になった。この部屋には、二人にとってあまりに多くの思い出がつまっている。

ブランドンはドアの鍵を外し、フィオナに中へ入るよう手振りで示した。

フィオナはためらった。「結局、私はここの囚人になるということ？」

「いや」ブランドンはため息をつき、ドアの錠に挿された鍵を手で示した。「前にも言ったとおり、君がここを出て、いちかばちかキャンベル氏族の人々にばらばらにされに行くのはいっこうに構わない。結局、そのほうが私もずっと楽になるしな」

「それなら、息子を連れて出ていくわ」

ブランドンが近くに、ブーツの先がフィオナのはだしの爪先に触れるほど近くに寄った。フィオナは彼を意識し、胃の中がざわめくのを感じた。

「出ていくのは構わないが、息子は置いていけ。わかったか？ 二度と同じことを言わせるな」

「わかったわ」フィオナは答えた。

「じゃあ、入ってくれ」ブランドンは室内を手で示した。「君の居心地に配慮すること以外にも、私には差し迫って対応すべき用件があるのでね」

「私もあなたを気の毒に思い始めていたところよ」

「哀れみは自分のために取っておけ、フィオナ。ここにいる時間が長引くほどそれが必要になるからな。そんなに長く君が生きていられればの話だが」

フィオナはブランドンの前を通り過ぎながら、彼の鼻からへそまで切り裂いてやりたい気分だった。血液が沸き立ち、ブランドンの顔に唾を吐きかけろと誘いかけてくるプライドをのみ込む。自分はブランドンが思っているよりも早く息子を腕に抱いて出ていくし、ブランドンはキャンベル氏族の中でそのことに最後に気づくうすのろになるのだ。

6

やっと午前の半ばになったくらいだったが、ブランドンは疲労に見舞われていた。頭の下のほうが鈍く、ずきずきと痛む。我が子の様子を見たあと、ミス・エマから薬をもらわなくては。

我が子。

頭の中で響くその言葉に飽きることはなく、ブランドンは赤ん坊の無事を確かめたいという熱意に突き動かされ、フィオナと階下の大広間にまき散らされた陶器の破片の混沌（こんとん）から離れるべく前へ進んだ。

三階の一室に辿（たど）り着くと、穏やかな気持ちが戻ってきた。その部屋はブランドンらきょうだいの子供部屋として使われていて、ローワンとアンナの子供たちが長い時間を過ごしていたのもここだった。

　ローワンが一年前に息子を亡くしたばかりなのに、今自分が息子に会いに来ているという皮肉に胃がむかついた。そろそろベアトリスに真実を告げ、ローワンにこの赤ん坊の血筋を打ち明けるのを助けてもらわなくてはならない。二人に隠しごとをするつもりはなかった。この世に残されたブランドンの家族は姉と兄だけで、彼らに深く影響を与えるはずの真実を隠し、二人を裏切ることはできない。たとえ二人がその真実に傷つくことがわかっていても。

　ミス・エマがブランドンの息子を抱き、ベアトリスが赤ん坊に向かって喉を鳴らしているのを見て、不安が鎮まってきた。ブランドンがそこに立ったまま、二人の女性が自分の息子の世話を焼く様子を眺めていると、やがて二人はこちらに気づいた。

「さあ、レアド」ミス・エマがブランドンを手招きした。「二人でこのきれいな赤ちゃんのお世話をしていますよ。この子を隅々まで診察しましたけど、健康で元気いっぱい。強い男の子です」

　ミス・エマの物言いたげなまなざしから痣を見つけたことがわかったが、姉のほうは気づいている気配がなかった。ブランドンはベアトリスがすでに知っていたらよかったのにと思いそうになった。

「ありがとう、ミス・エマ。あなたがこの子を世話してくれて助かったよ。私に薬を用意してもらってもいいかい？　頭が痛いんだ」

「あら、ちょうどいいのを持っていますよ」ミス・エマはほほ笑み、赤ん坊をベアトリスに渡した。

「ひとっ走りして取ってきますね」ブランドンの耳元でささやきながらドアを出て、静かに閉めた。

「姉君はもうあの子をかわいがっています。真実を知ってもそれが揺らぐことはないでしょう」

「ブランドン、この子かわいいわ」

　ベアトリスがブランドンにほほ笑みかけた。姉は母になることを切望していたが、結婚しても子宝に恵まれなかった。何度も祈ったのに、自然が再び自分を飛ばし、それを頼んだこともないブランドンに贈り物をしたと知れば傷つくだろう。

ブランドンは姉の視線をとらえ、真実を告げた。

「そうか、姉上がそう思ってくれて嬉しいよ。この子は私の息子で、姉上の甥なんだ」

ベアトリスのまなざしが揺らぎ、肩が落ちた。

「何ですって？」

「聞こえただろう。この子は私の息子のウィリアムだ。フィオナが私の子を授かったんだが、私は今朝までそのことを知らなかった」ブランドンは歩いていき、窓辺の長椅子にベアトリスと並んで座った。

「この子には痣もあるんだ」赤ん坊を覆っているプレードを押しやり、痣をベアトリスに見せた。

「このきれいな赤ちゃんがあなたの息子？」姉の目から涙があふれ、頬にこぼれ落ちた。「何というお恵みなんでしょう！」

「ああ、思いがけない恵みだ」姉が喜ぶさまに、喉から手が出るほど欲しかった安堵が生まれ、ブランドンは笑い声をあげた。

「さあ、親子でいるところを見せて」ベアトリスは言い、ウィリアムをブランドンの腕に抱かせた。姉は二人を眺め、両手を打ち合わせた。「お母様にあなたたちを見せたかったわ。きっと大喜びしたでしょうね。この子、目がお母様にそっくりだもの」

「そうなのか？」ブランドンは息子の澄んだ青い目の奥を見つめた。「ああ、確かに。きれいな目だ」

ベアトリスはブランドンの肩に片腕を回し、弟を抱いた。二人はしばらく黙って座り、そのまま小さな贈り物を、この一年間でたった一つの贈り物を見つめた。ブランドンの腹の奥深くに感謝の念が湧き、すぐさま幸福感が続いた。親指でウィリアムの柔らかく小さな頬をなぞったあと、腕をなで下ろす。小さな手に触れると、息子はブランドンの親指を貪欲につかみ、その握力にブランドンは驚いた。笑い声をあげる。「強い男の子だ」

「ええ、両親に似たのね」

〝両親に〟

この子が両親を伝統的な意味で、ブランドンがこの子に望むような形で知ることがないのは、あまりにも残念だ。この受け入れがたい状況にどう対処すればいいのかわからない。自分はレアドだ。ウィリアムの母親は敵であり、裏切り者だ。氏族の全員が彼女に罰が与えられることを望んでいる。

とりわけ、ローワンが。

「兄上にどう伝えればいいのかわからないんだ」ブランドンはぼそりと言った。

「言葉は見つかるはずだし、二人で一緒に伝えればいいわ。私たちは家族で、ウィリアムも家族だもの。ローワンはそういう絆を退けはしないわ」

「私もそう願うよ。もしローワンが大丈夫そうなら、三十分後に書斎へ連れてきてほしい。ローワンを丸め込んで風呂に入れ、使用人にひげを剃らせるよう、ヒューに頼んでおいた。それで少しは落ち着いて、現在に戻ってきやすくなるといいんだが。ダニエルも誘ってほしい。義兄さんがいたほうが、ローワンも数で負けた気がしないはずだから」

ベアトリスはうなずき、立ち上がってドアへ向かった。「私はローワンの様子を見に行くから、あとで会いましょう。うまくいくわ……きっと」

ブランドンが到着したとき、ローワンとダニエルとベアトリスはすでに書斎の中にいて、ブランドンを待っていた。三人が静かに話す声が廊下までもれ出ている。兄の落ち着いた平坦な調子に、ブランドンの足取りが少しだけ軽くなった。ローワンはしっかりしていて、現在にいるように聞こえる。これから行う話し合いにとっては好材料だった。

「我々がこれほどのことを経験したのに……あの女のせいで我々全員、とりわけブランドン本人が破壊と裏切り、痛みを味わったのに、なぜあの女をここへ連れてきた？　姉上よ、なぜだ？」ローワンは室内の中央にあるテーブルを挟む大きなベンチの一つに腰を下ろし、そうたずねた。

「この城に連れてきたわけじゃない」ブランドンは答えながら、部屋に入ってドアを閉めた。「盗みを働いたフィオナを湖畔で見つけたんだ。彼女が犯した罪を罰するのが我々の務めだ」

ローワンは腕組みをした。黒い目が挑むようにブランドンを見る。兄は入浴してひげを剃り、清潔な服を着ていた。昔のローワンのように見える。これほどこぎれいな姿の兄を見るのは久しぶりで、ブランドンは話し合いが思ったよりうまく進みそうだと自信を新たにした。

「なぜあの女が我々から物を盗む？　マクドナルド氏族の人間だぞ。何も困ってはいないはずだ」

「腹が減っていたし、沐浴のために立ち寄ったそうだ。私は逃げてもいいと言ったが、彼女はそうしなかった」ブランドンは兄の目を見つめたまま答えた。

ローワンは頭を振った。「そんな馬鹿な」

ベアトリスがブランドンに向かってうなずき、続けるよう促した。だが、ブランドンは急に口の中に羊毛をつめられたような気がした。「息子を置いては行かないと言うんだ」

「では、なぜ息子を連れていかせなかったんだ？　それがお前に何の関係が……」

ローワンは凍りつき、ブランドンに向けた目つきがついにすべてを結びつけたことを示していた。ダニエルもすぐに気づき、頭をかいてため息をついた。

「お前の息子だと言っているのか？」ローワンはたずねた。その言葉は鋭く、棘があった。

「そうだ」

「お前はそれを信じているのか?」ローワンは声をあげて笑った。

「兄上、あの子には痣があるし、目がお母様そっくりなんだ」

ベアトリスが言い添えた。「私も会ったの。キャンベル家の子よ。あなたの甥……私たちの甥なの」

ローワンが立ち上がって笑い声をあげた。長く不気味な笑い声を。「その子は姉上の甥かもしれないが、断じて私の甥としては認めない」

ブランドンの腹の中に怒りがこみ上げた。「兄上に私の息子を拒絶させはしない。あの子は敬意を払われるべきだ。私はレアドとして兄上にそれを要求する」

「要求だと?」ローワンは辛辣に言い返した。「レアドとして、お前にはまず氏族に対する責務がある。だが、お前は昔からあの女に甘い……弱いんだ。それは一晩では変えられない。一週間も経たないうちに、お前はあの女のベッドに戻り、彼女の言いなりになるだろう。あの女が戻ってきたのは、我々を完膚なきまでに破壊するためだ……お前を通じて!」

ローワンは囚われた動物のように書斎の中を歩き回った。

「一晩ではないよ、兄上。フィオナとの過去は氏族の人たちの、兄上の奥方の……息子の墓の中に埋葬された。後戻りするつもりはない」

「そうだ」ローワンはどなった。「そのとおりだ。私が言いたいのはそれだ」

「二人とも……」ローワンの言葉の激しさに気づいて、ベアトリスが口を開いた。二人に近寄ろうとしたが、ダニエルが肩をつかんで制止した。

「これは兄弟二人で話し合ってもらったほうがよさそうだ」ダニエルは言った。

ベアトリスは唇の端を噛んだが、夫に向かってうなずいた。ダニエルはローワンとブランドンの間でなされるやり取りが醜いものに、優しい姉の手にも負えないものになるとわかったのだろう。母親が亡くなって以来、兄弟の間に打ち込まれた楔（くさび）がじわじわと溝を広げていた。アンナの死によってその溝はさらに広がり、責務だけが二人を結びつけていた。

　ブランドンはベアトリスにせいいっぱい安心させるような視線を送ったあと、姉と義兄が部屋を出ていくのを見守った。ローワンは黙って立ったまま火を見つめ、ブランドンは待った。フィオナの登場がかき立てた新たな怒りを鎮めるために、ローワンが言わなくてはならない何らかの言葉を待った。話を聞こうとした。兄に対し、ブランドンにはその義務がある。

　ローワンが大きな暖炉でぱちぱちと音をたてる火から向き直ると、そこには剥（む）き出しの悲嘆があらわになっていた。兄のどんよりした目には痛みが光り、ブランドンは顔から熱と血の気が引くのを感じた。ごくりと唾をのみ、兄の視線を受け止める。兄の悲しみに自分が一役買ったという思いがブランドンを切りつけた。何度も、何度も、何度も。

　ローワンは片手に銀のブローチを持っていて、親指がその上をリズミカルにこすった。ブランドンはすぐにそれが何かわかり、息が苦しくなった。

「私がこれを妻に贈ったときのことを覚えているか？」ローワンの言葉は低く、きしんでいて、感情にまみれていた。

「ああ」ブランドンは答えた。「覚えているよ。兄上は何週間もかけて、その銀が理想の形になるよう加工していた」

　ローワンは笑った。「それなのに今も醜い、おぞましい銀細工だ」

　ブランドンは思いきって自分も小さく笑った。

「ああ、そうだね」

「でも、アンナは気に入ってくれた。大事にしてくれた。私が自分の手で作ったからだ。これを毎日着けてくれた」

〝死ぬまでは〟

言葉が出てこなかった。謝罪が発せられないまま宙に浮いた。悔恨の音がブランドンの耳元でうるさく鳴った。

ブランドンは過去に罪悪感を手放し、現状を変えるために思いつく言葉はすべて言ったが、何を言おうと効果はなかった。

義姉は今も死んだままだ。

兄は今も妻に先立たれたままだ。

美しく優しい姪は今も母親がいないままだ。

甥は死んだ。

自分のせいで。

ことが起こってからの月日に何度も感じてきた羞恥の穴が蘇り、沼のようにもう一度ブランドンを引きずり込もうとする。

ローワンは頭を振った。「けれど今朝あの女が、フィオナ・マクドナルドがそこに青ざめた顔で立っているのを見たとき……私は自分が想像していたようにあの女を殺さなかった。ただ考えることしかできなかった。ただ想像することしか……これが彼女ならと……」兄はブランドンと視線を合わせ、その目には遠くを見るような表情が浮かんでいた。ごくりと唾をのみ、苦心して声を発する。「アンナならと……」

その名前はあまりに長い間声に出して発せられていなかったため、空中で異質の響きを持った。

「アンナが私を導いたのだろう。だって、私はあの女を殺すことを夢見ていたんだ。マクドナルド氏族全員を復讐のために殺すことを」

ブランドンは動けなかった。起こった事態が理由でローワンがフィオナを殺すと本気で信じたことはなかった。フィオナはアンナを殺していない。フィオナはローワンの息子を殺していない。フィオナの家族が殺した。フィオナの氏族が殺したのだ。ブランドンはショックと畏怖の念でいっぱいになった。兄が激怒していることは知っていた。兄が悲しみに暮れていることも知っていた。だが今の今まで、兄の憤怒の深さを知らなかった。自分がフィオナと息子をこの城に連れてきたことで、どれほどのリスクを冒したかも気づいていなかった。

「弟よ、その目は驚いているのか……」

ローワンが近づいてきて、ブーツの音が石の床の上で響いた。兄はブランドンから腕一本離れたところで立ち止まった。

ブランドンは足を踏んばった。「驚いているよ」

「驚くことではない。私は昔からお前より陰険だった。だから、私のほうがレアドに向いているんだ」

黒っぽい目が細められ、ブランドンを見た。ついに二人の間で真実が開示された。たとえそのせいで氏族が終焉を迎えるとしても、ローワンはレアドに返り咲きたいと思っているのだ。

「兄上は私のことも殺したいと思っているのか？」

ブランドンは体重を反対の足に移し、息をつめた。そもそも自分は答えを知りたいのか？

兄の沈黙がブランドンを思いがけない激しさで殴った。

ローワンは本当に弟を殺したがっている。そのつらく残酷な真実に、爪先がぴりぴりするのを感じた。

「レアド、私がフィオナを殺したらお前はどうする？」ローワンの険しい視線の奥深くには闇があった。

「兄上がそんなことをするはずがない。私が知っている兄上はそんな人ではない」

「では、お前は私を知らないんだ」

「新しい兄上のことは知らなくても、前の兄上は父上ほど陰険ではないし、執念深くもなかった。前の兄上なら怒りからではなく理性で決断するはずだ」

「それは過去の話だ」

「なぜ今、こんな話を？　私は兄上を反逆罪と、私と氏族への背任の罪で捕らえることもできるんだ」

「私がお前にこの話をしているのは、怒りを寄せつけずにいることが日に日に難しくなっているからだ……」ローワンの黒髪の一房がこめかみで震えた。

「フィオナが長く生きていられるという幻想は捨てたほうがいい。お前があの女をかつて好いていようと、寝ていようと、愛していようと関係ない。たとえアンナでも、私があの女を殺すことを止められない時が来ると思う。あるいは、お前でも」

　ブランドンは肩をいからせ、両脇でこぶしを握った。ローワンは今も弟をなぶってくる。兄は怒りを解き放つ理由を欲しがり、必要としているが、ブランドンはそれを与えるつもりはなかった。自分の怒りを抑えなくてはならない。そして必要に迫られれば、フィオナと自分の息子を命がけで守るのだ。

　フィオナが自分の罪を償う方法はブランドンが決めることであり、自分の思いどおりに正義を行使する権利はローワンにはない。たとえ兄弟で対決するはめになろうとも。言葉で。あるいは行動で。あるいは剣で。

「レアド、話はそれだけか？」ローワンの言葉は硬く、声は低かった。

　ブランドンはあと一瞬だけ兄を見つめた。「ああ。今のところは」

7

　フィオナは狭い部屋の中を歩き回り、不安とエネルギーを発散させていた。頭の中にさまざまな可能性が絡みついている。ウィリアムとここで一緒にいられるようになるまで息をつくことはできない。だが誰もが自分を憎んでいる状況で、どうすれば子供を自分のもとへ連れてくるよう要求できるだろう？

　ブランドンが現れるまですべての部屋で暴れ回り、兵士を一人ずつ倒していくことはできる。少し疲れていて栄養不足だが、自分は強い。剣の一本……いや、二本さえあれば。

　フィオナは細長い窓から外をのぞいた。ここから出て別の窓へ下りられるだろうか？　今なら痩せているからできそうだ。それとも、小麦をいっぱいに積んだ眼下の荷車が落下の衝撃を和らげてくれることを願って飛び下りる？

　フィオナは唇を噛み、自分をたしなめた。馬鹿なことを考えた。我が子がいないと、まともにものが考えられない。これほど長い時間、離れ離れになったことはなかった。

「レディ・フィオナ、お風呂の準備ができました」

　ドアが開いて外から呼びかけられ、フィオナははっとした。振り返る。ブランドンと情事を重ねていたころに仲良くしていたジェニーという若い女性だった。フィオナがブランドンの寝室に人目を避けてこっそり出入りするのをよく助けてくれた。見慣れた顔を目にして、フィオナの唇に笑みが浮かんだ。

「こんにちは、ジェニー。会えて嬉しいわ」フィオナは言い、ドアに向かって歩きだした。

　ジェニーは一歩下がり、二人の兵士を通した。兵士たちは湯気の立つ湯で満たされた大きな浴槽を運び込み、フィオナをにらみつけて出ていく。ジェニーは二人に礼を言い、静かに入ってドアを閉めた。ラベンダーの棒石鹸と体を拭くためのタオルを胸の前で強く、それで身が守れるかのように握り、それ以上フィオナに近づくのをためらっている。

フィオナの笑みは消えた。「あなたが私をどう思っているのか想像もつかないわ」ジェニーの緊張をほぐそうとして言った。

「何も思っていません」ジェニーは急いで言い、早足で近づいてきた。「入浴用に石鹸とタオルを持ってきました。お手伝いは必要ですか？」

かわいそうなジェニー。ブランドンと同じくらい嘘が下手だ。メイドからは不安が日光のように放たれていた。だが、フィオナにはどうしても女性の話し相手が必要だった。ジェニーのかつての優しさにつけ込み、もう一度味方につけようとするほどに。

その思考に一筋の罪悪感が入り込んだが、それを跳ね返した。これは息子のため……ウィリアムの命を守るためなのだ。逃走計画を立てるにあたり、必要であれば誰であろうと利用するつもりだ。

「ええ、手伝ってもらえるとありがたいわ。入浴するのは久しぶりだから」フィオナは笑い、この状況を少しでも軽くし、ジェニーにくつろいでもらおうとした。「まあ、湖以外ではってことだけど」

ひそめられた眉に疑問がにじんだが、ジェニーはそれを抑え込み、フィオナに向かってうなずいた。

「では、お手伝いします」

ジェニーは石鹸とタオルをベッドに置き、フィオナが肩で結んでいたプレードのゆるい結び目をほどき始めた。織物は難なく床にすべり落ちた。

ジェニーは息をのんだ。「ああ、レディ・フィオナ……」ショックを隠しきれない口調で言う。

フィオナは身をこわばらせた。傷痕のことを忘れていた。ジェニーの見開かれた、傷ついた目を見て彼女の手を握る。「もう痛みはないんだけど、見た目は怖いわよね」

ジェニーはうなずいて石鹸を取りに行き、フィオナは湯気を立てる湯に足を踏み入れた。体を沈めて浴槽に座り、湯が肩にひたひたと寄せるとため息をついた。体内に幸福感が満ち、目を閉じる。

天国だ。

「お湯を注いで髪を濡らしてから洗いましょうか？」ジェニーはたずねた。

「お願い」フィオナは目を閉じたまま答えた。

ほどなくして湯が頭の上からゆっくりと注がれ、首を伝って髪を濡らした。フィオナはもう一度ため息をついた。

ジェニーは棒石鹸をフィオナの頭にこすりつけ、髪の中で指を動かして石鹸を泡立てた。そんなふうに触れられたり、優しく気遣われたりするのは久しぶりだったので、フィオナの目に熱い涙がにじんだ。

まばたきで涙を押し戻し、感傷を脇に押しやる。私は何も学んでいないの？　今は気弱になっている場合ではない。ジェニーを味方につけ、逃走の手段として利用するのだ。味方、少々のお金、ウィリアムをここから連れ出す方法。今、重要なのはそれだけだ。自分以外は誰も信用できない。

「髪をすすぎますか？」ジェニーは静かにたずねた。

「ええ、ありがとう」湯の滝が再びフィオナの頭を流れたあと、さらに湯が注がれ、泡はすべて消えた。

ジェニーは温かく柔らかい棒石鹸をフィオナに渡した。「着替えと下着を取りに行ってきます」

「一人で脱ぎ着できるような、あまりごてごてしていない服を持ってきてもらえる？　そのほうが息子にお乳をやりやすいから」

「はい」ようやくジェニーがかすかにほほ笑んだ。

「かわいい赤ちゃんですね。ご出産おめでとうございます」

「ありがとう……私がいつあの子に会えるかわかる？」フィオナは質問せずにはいられず、かすかな切迫感に声のトーンが高くなった。

ジェニーの笑みが消えた。「お子さんはもうすぐ連れてこられます。心配いりません。ミス・エマとレディ・ベアトリスがきちんとお世話してくださっています」

「良かった。ありがとう」

ジェニーが出ていき、フィオナは浴槽にもたれて凝りと痛みがゆっくり湯の中にほどけていくのに任せ、良い香りの棒石鹸で体を洗った。もうすぐ清潔な服を着て赤ん坊を腕に抱くことができる。そうすれば今日ばらばらになったすべてが結合して、再び自分が完全体であると感じられるだろう。

やがてジェニーが戻ってくると、フィオナは浴槽から出て、メイドに手伝ってもらいながら体を拭いて服を着た。服をすべて着て鏡を見たあと初めて、そのドレスに見覚えがあることに気づいた。見慣れたグレーのベルスリーブのドレスに胸が締めつけられる。アンナのドレスだ。アンナがそれを着ていたこと。馬鹿みたいに幅の広い袖のことで自分がアンナをからかったこと。私はこれを気に入っているのよ、この余分な布のおかげで息子にお乳をやるときに二人とも温かくいられるからと、アンナが教えてくれたことを思い出した。

「お体に合いませんか？」

フィオナが顔を上げると、鏡に映るジェニーと目が合った。メイドの若々しい眉間に心配そうなしわが刻まれている。

「いいえ、ぴったりよ。ただ、アンナのことと、最後に彼女がこれを着ているのを見たときのことを思い出していたの。それを思うとつらくなって」

ジェニーは視線を落とした。「私たちみんなそうです」

「ここではみんな私の死を望んでいるの？」フィオナはたずね、近寄らずにいられなかった危険海域に思いきって漕ぎ出した。自分とウィリアムが逃げるための合理的な計画を立てるには、その逃走がどれくらい難しいかを事実として知る必要があった。

ジェニーはフィオナから離れ、濡れたタオルとフィオナが城まで身につけてきたキャンベル氏族のプレードをせわしなくたたんだ。

「正直に言ってくれていいのよ。私たち、前は友達だったでしょう？」

フィオナがジェニーのほうを向くと、せわしなく動いていた手が止まった。ジェニーが顔を上げ、フィオナと目を合わせると、その大きなどんよりした目には痛みがにじんでいた。

「はい。前は友達でした……でも、今は？ 私の兄と婚約者はあの晩に死にました。私がそれを忘れることも、裏切ったあなたを許すこともありません。レアドの命令なのであなたにお仕えしますが、それだけです。私たちは友達ではありません」ジェニーは答え、今や彼女からは、さっきまで見せていた従順さに代わって怒りの振動が響いていた。

「正直に言ってくれて感謝するわ。ありがとう。下がってちょうだい」

「はい」ジェニーは答え、それ以上敬意のこもった会釈も挨拶もすることなく、部屋を出ていった。

フィオナはベッドにどさりと腰を下ろし、濡れたままの頭を両手で抱えた。味方を見つけるのは思っていたよりも難しそうだし、自分と息子を憎む人々でいっぱいの城で怒りに日常的に対峙するのはつらいだろう。何かほかのチャンスが現れることを願うしかない。あるいは、自分で作り出すか。いずれにせよ、創造的に、慎重にならなくてはならない……想像していたよりもはるかに慎重に。

8

ブランドンは寝室のドアを閉めた。疲労、混乱、不安が自分の中で、のしかかる重い責務の下でせめぎ合っていて、まだ眠ることができなかった。今は、まだ。頭の中で渦巻くものが多すぎた。

東向きに並ぶ細長い窓から月光が差し込んでいる。室内のたいまつが灯(とも)され、炉床でうねる火とともに石壁にちらちらと影を投げかけている。

何という一日か。今朝城を出たときは、領地の境界地帯を探索し、氏族の人々ができるだけ自立できるよう防衛体勢を改善し、農業と用水路と貯蔵を強化するための新たな方法を探しているレアドだった。

帰ったときは、フィオナと息子が一緒にいた。

帰ったときは、父親になっていた。あろうことか、父親に。

ブランドンは髪をかきむしった。それはブランドンを希望と同時に恐怖でいっぱいにする役割だった。

そしてかつて愛し、失い、嘆き、今は憎んでいる女性が二階下の部屋にいる。

くそっ。

息子のかわいらしい顔が脳裏に浮かんだ。自分たちが家族になっていたらどんな人生を送っていただろう。二人がかつて夢見ていたように、争う氏族を結びつけて、長年にわたる恨みを捨てさせ、ウィリアムを力強い、一つになった未来の象徴にできていたかもしれない。現状は、自分が絡め取られているもつれた網をどう解きほぐせばいいのか見当もつかなかった。

どうすれば息子を守り、フィオナに罪を償わせながらも、氏族に必要なたくましく強力なレアドになれるだろう？　実の兄に殺したいと思われているのだと思うと、今日の混沌（こんとん）と氏族が乗り越えなくてはならない困難が冷静に思い出された。

ブランドンは親指を見下ろした。そこは今も息子の幼い手で握られた記憶にうずいていた。あれほど美しい生き物が、フィオナと最後に過ごしたあのおぞましい夜から生まれるとはどういうことだろう？

だが正直に言うと、最後の逢瀬（おうせ）はおぞましさとは真逆で、二人で分かち合った情熱と愛を思い出すと体が熱くなるほどだった。フィオナの恐ろしい裏切りが明らかになったのは彼女が帰って数時間後のことで、その後の死と破壊が二人の人生を永遠に変えた。

フィオナが何をしたか知っていて、どうやって彼女を見ることに耐えられるだろう？　きっと氏族の人々が正しいのだろう。フィオナを絞首刑にして罪の報いを受けさせ、それで終わりにすればいい。だが自分が母親の死を命じたことを意識しながら、どうやって息子の目を見ることができるだろう？

くそっ。八方ふさがりだ。

ブランドンは窓の外の丘の斜面を眺め、涼しい風が髪を乱すのを感じた。夜気を吸い込むと、心臓の不規則なリズムが少し落ち着いた。起伏する真っ暗な野原に優しく降り注ぐ月光が、羊皮紙の上の冷たく明快な木炭の線のように見え、笑みが浮かんだ。

スケッチに使っている製本された日記帳をベッドの下から、窓枠の置きっぱなしにした場所から木炭を取ってくる。窓枠に座り、冷たい石の上で月光が開いたページに当たるよう体をずらした。

スケッチをすれば、いつものように心が落ち着くだろう。

過去にあったように、羊皮紙が答えを出してくれるかもしれない。手を動かす以外の方法では見つけられない答えを。

スケッチされたページをぱらぱらとめくる。ほとんどがフィオナのスケッチで、澄んだ揺るぎない視線を向けてくる彼女の姿に胸が締めつけられた。あまりに多くの秘密を二人は共有し、あまりに多くの夢を二人で育んできた。十年近く前に境界地帯で出会い、二人とも十代だったあの運命の日以来。

フィオナの心は母親との別れに対する悲嘆でいっぱいで、ブランドンはレアドである父に対する圧倒的な不満で憤っていた。

激情がたちまち二人を結びつけ、それはずっと変わらなかった。

最初の出会いを思い出し、ブランドンはほほ笑んだ。フィオナはそのときも木の標的に向かって短剣を投げていて、下ろされた長い赤毛は肩のまわりに荒々しく広がり、そばかすが散った涙の跡のある頬は体を動かしていたせいで上気していた。

「誰？」領地間の境界を示す七竈（ななかまど）の木立からブランドンが現れると、フィオナは問いただした。

「それはこっちのせりふだ」ブランドンは答え、手に持っていた短剣を握りしめた。ブランドンは病の床についている母への贈り物にするために、周辺の木の枝を切っているところだった。

「私はフィオナ・マクドナルド、レアド・オードリックの娘よ。あなたは？」フィオナはそう問いかけ、目の上に手をかざしてブランドンの背後高くに眩（まぶ）しく燃える太陽の光を遮りながら、ブランドンの目をまっすぐ見た。

「ブランドン。ブランドン・キャンベル、レアド・マルコムの息子だ」

フィオナがブランドンの顔を眺めた。「それで？」そうたずね、両眉を上げてみせた。

ブランドンは顔をしかめて腕組みをした。「それだけだ」

「どうして私のじゃまをするの？」フィオナの声に

はいらだちがにじんでいた。

ブランドンは笑った。「じゃまをするつもりはなかった。枝を集めていたら聞こえたんだ……泣いている声が」

フィオナの頬は赤くなり、目からはさらなる涙があふれた。「泣いてなんかいないわ」

ブランドンは肩をすくめた。「君が泣いていてもいなくても私はどっちでもいいけど、短剣は尽きたようだね」

ブランドンは自分の短剣をフィオナに差し出し、今も彼女の中で激しい戦いが行われているのを感じて優しい気持ちになった。心はあらゆることを感じ、気にしているのに、何も気にせず感じないよう必死なのだ。

その必死さは身にしみて理解できた。

それは、いまだにブランドンの中でもうごめいている必死さと同じだった。


それから数年、二人は数年間密かに会っていたが、やがて交際が周囲に明るみになると、互いの親は二人が会うことを禁じた。二人はそれを無視し、方法を見つけては逢瀬を重ね、それが二人の気持ちとこれからも会い続ける決意を強くした。

ブランドンはフィオナの顔のスケッチを指先でなぞり、次のページをめくった。過去が違っていたらと願っても、それが変わることはない。次男でも大事にされたいという願いが叶わないのと同じだ。

キャンベル領の設計のスケッチが次に続いた。ブランドンは先に進む前にしばらくそれらのスケッチを眺めることにした。長い間、作物の輪作と新しい用水路の案を練ってきたが、レアドとしての新たな責務のためにその作業は脇に置かれていた。すべてのページに、何時間も苦心して計算した詳細が記されている。だが、これらの価値を認める人がほかにいるだろうか？　特に、あまりに多くの別の心配ごとが目の前に迫っている今は。

例えば、どうやって境界地帯の防備を固め直し、戦闘で失われた大勢の戦士に代わる新人を訓練するのか。税金を払うための資金をどこで作るのか。ハイランドでの自分たちの立場を向上させるために、ブランドンはいずれ誰と結婚するべきなのか。

まったく。指の腹でスケッチをたたいた。

それらのことをブランドンはほとんど気にしていなかった。ローワンと父は深く気にかけていた。兄と父には生まれつき責務への期待がつきまとっていた。ブランドンにはこうした重荷を背負う発想がいっさいなかった。長い間、目立たない独立した存在として生きてきて、自分でもそれを好んでいた。

いらいらと身動きすると、寝室のドアの内側に吊(つる)された父の古い剣が月光に輝いているのが見えた。

ブランドンはそれをにらみつけた。

母を失ったときは痛みを感じたし、母を思うと悲嘆に襲われるが、父のために、人生の半分の間憎んでいた男のために一粒でも涙を流すことがあるだろうか？ それは良い息子がすることだ。自分が母を思ってしてきたことだ。今も毎年の誕生日と命日のたびにしていることだ。時には、ただ母の骨と灰の近くにいたいがために墓を訪れることもあった。

父の記憶は腹の中に岩のように硬い怒りを呼び覚ますだけだった。だが、おかげで自分は父のようにはならない、家族より責務を優先させることはしないという思いを新たにできた。もっとましな人間になりたい。息子の話を聞き、勇敢さと勇気と権力を持ちながらもどうすれば下位の者たちを踏みつぶさずにいられるかを息子に示すのだ。

現実が押し寄せてきて、ブランドンは息を吸った。結婚はできなくても、ウィリアムの母親を敬い、守ろうとも思っている。彼女を信用できなくても。父が母にした仕打ちのように、憎しみから彼女の命そのものを捨てさせることはしない。

　今朝フィオナを見ただけで心身がうずいた。あれほどの混沌と苦痛を与えられても、今もなおフィオナを恋しく思っていることも、彼女を見たとたん骨まで切りつけられた気がしたことも否定できない。

　二人は力を合わせて互いの氏族を一つに結びつけ、何世代もの間両者を争わせてきた確執を終わらせるという、とても高尚な計画を練っていた。

　いくつの晩、密かに会い、崖の縁で月光を浴びながら、あるいはリーヴェン湖の近くの土手に横たわって互いの夢を見ただろう？　フィオナはブランドンの脇に身を寄せ、髪を頬に押しつけて星を数えた。彼女は氏族の進歩のためのブランドンの構想に興味と知性を持って耳を傾け、ブランドンはイングランドとの国境の防備を固める戦略を彼女と話し合った。

　ブランドンがフィオナのあらゆる部分を、自分の手のひらの形を知っているほどに知っていた時代があった。二人のかつての親密な関係ゆえに、今日フィオナが湖の中にいるのを見たときは、襲撃の晩に彼女の裏切りに気づいたときと同じく彼女の喪失を深く感じた。この世界を生き延びるためにただ一人必要な人がフィオナだと思っていた時代があった。

　だが、ブランドンはフィオナなしで生き延びる術(すべ)を見つけ、今はもっとましな計画を思いつくまではフィオナとともに生き延びる術を見つけるつもりでいる。

　空を見上げ、道に迷って帰路を見つけなくてはならないときに探すよう母に教えられた、一つだけ明るく輝く星を見つめた。

「私の全存在を賭けて二人を守るよ、母上。今はどうすればいいか見当もつかないけど、何とかする。母上に孫の顔を見せられたら良かったね。ハンサムで強い男の子だ。私たちの誰よりも優れた人間になるはずだ。約束するよ」

　目の前の空白のページに視線を戻してスケッチを始めた。数分後、手の中の木炭が止まった。あの子の、息子の初めてのスケッチを見ていると体内にぬくもりが広がった。あと一日も経たないうちにあの子の頬のえくぼと、ぴくりと上がる眉、耳のまわりで軽く縮れた栗色の髪が見られる。

　フィオナとの最後になった運命の晩から美しい男の子が生まれた。そのことを忘れるつもりはない。美は誰も予想だにしていなかったときに生まれることがあり、ブランドンはそれをあまりによく知っていた。

　絵を窓の下枠に置く。「母上、見て。あなたの孫だ。母上に会いたいよ」

　外に目をやると、数本のたいまつが城に向かってくるのが見えた。遅い時間のため、村人が群れを作っているのを見ると背筋に警戒感が走った。男性たちの小集団はドアに近づき、衛兵と話したあと待機した。もう少し経てば、重い足音がこの寝室へ向かって階段を上ってくるのが聞こえるはずだ。

　ブランドンが顔をしかめ、窓の下枠から飛び下りてドアを大きく開けると、ヒューがしかめっつらでこちらを見ていた。

「入ってもよろしいですか、レアド？」

「ああ」ブランドンはヒューを中に入れ、彼の背後でドアを閉めた。

「予想どおり、フィオナ・マクドナルドが現れたという知らせが村中に広まったようです。懸念した男たちの一団が、彼女がまだ絞首刑になっていないことに不満を表明しに来ています。兄君より先に、レアドが彼らと話をしたほうがよろしいかと」

「私の準備ができたら話をするが、それまではしない。質問にはいずれすべて答えると伝えてくれ」

　ブランドンは腕組みをした。自分が村人の要求に屈することはない。レアドは自分であって彼らではない。

ヒューは両脚を広げて背後で両手を組んだ。ブランドンの言葉に不満があるという意味だ。

「まだ何か？」この長年の友人はほかに言いたいことがあるのだと感じ、ブランドンはたずねた。

「なぜレアドがレディ・フィオナをここへ連れてきたのかわかりません。あなたにとってもこの氏族にとっても、彼女は破滅の原因になるでしょう」

「フィオナを見捨てることができなかったんだ」

「なぜです？　あれだけのことをあなたと氏族にしたのだから、絞首刑がふさわしいのでは？」

「それほど単純なことではないんだ、ヒュー」

「といいますと？」

ブランドンは息を吐き、ヒューの目をじっと見つめた。「あの赤ん坊は私の息子だ」

9

部屋中にラベンダーの香りが漂っている。熱い風呂は至福だったし、ウィリアムを腕に抱いている今、フィオナが望むものはほとんどなかった。頭の上には屋根があり、じきに食べ物もお腹(なか)に入れられる。

ジェニーが持ってきてくれた灰色のドレスの身頃にウィリアムが吸いつき始めた。フィオナはベッドの端に座り、赤ん坊を腕の中で揺すった。

「お腹が空(す)いたでしょう、かわいい赤ちゃん。今日は一日大変だったわね？」ウィリアムに向かって喉を鳴らし、身頃の前の紐(ひも)をほどいて胸の先端を赤ん坊の口に入れた。

ウィリアムは貪欲に吸いつき、身をすり寄せた。

柔らかく温かな肌が自分の肌に当たる感触に心が落ち着く。フィオナはブレードを自分たちのまわりにきつく巻きつけ、ベッドの端で前後に揺れた。

そのうちシーナおばが昔歌ってくれていた歌が口をついて出てきて、フィオナは乳を吸うウィリアムにそれを歌って聞かせた。一日の始まりがどうであれ、二人は無事だ。今のところは。明日には疑問符がつくが、今ははっきりしている。この時間を楽しめるうちは楽しむつもりだった。

部屋の外の廊下をこちらに近づいてくる足音が穏やかな気分を打ち砕いた。フィオナは赤ん坊を揺する動きをゆるめ、深く息を吸った。恐れるものは何もない。今は、まだ。ブランドンは息子を守ると誓ってくれたし、フィオナは彼を信じるしかなかった。

ゆっくりとリズミカルな動きを再開し、ウィリアムの目を見つめる。赤ん坊はにっこりし、フィオナの指を手で握った。

ノックの音が聞こえた。「話がある」

安堵感が全身をふわりと包んだ。ブランドンだ。

「どうぞ」フィオナは呼び入れた。

ブランドンは部屋に入ってドアを閉め、掛け金を下ろした。フィオナの中の安堵感に代わってかすかな不安が湧いた。彼はほかの人を締め出したいの？それとも私を閉じ込めたいの？　フィオナが息を吐いてブランドンと目を合わせると、彼は唖然とした顔でこちらを見ていた。信じられないという思いが、開いた口と丸くなった目に表れている。

「私の子じゃないと思っていたの？　この子が私のお乳を飲んでいるのを見て混乱しているようね」

フィオナは今にも笑いそうになった。ブランドンの驚きと困惑が面白く、それは緊張した一日のあとではありがたい感覚だった。

ブランドンは小さなベッドの端にフィオナと並んで座り、うなずいた。「君がそんなにも……幸せそうにしているところは想像していなかった。しかもこの子は私の子だと思うと、膝の力が抜けそうだ」

フィオナは息を吸い込んだ。ブランドンの優しさ、正直さ、進んで弱みを見せるところは、かつて彼を愛していたことを強く思い出させた。あのころのことを。自分たちが別の形で、別のときに、このような時間を共有できていればよかったのにと思う。自分たちがレアドと裏切り者ではなく、夫と妻で、我が子の美しさと魅力に浸っているときに。

「家族との話し合いはうまくいったのかしら？　今はみんな、ウィリアムがあなたの息子だと知っているの？」フィオナはたずね、ウィリアムに巻きつけたキャンベルのプレードを直しながら、幸せだったころと実際には存在しない記憶を脇に押しやった。

ブランドンは視線をそらした。「君と話をしたかったし、ウィリアムに会いたかったんだ。みんなは私がここにいることを知らない」

フィオナの肌の下で不安が沸き立った。ブランドンは何を隠そうとしているの？

「あなたはレアドでしょう」嘲るように言う。「みんなあなたに仕えて、あなたの命令に従わなくてはならないの。あなたがみんなの許可を求めたり、何かを隠したりする必要はないのよ」

「私はローワンの怒りを見くびっていた。身の安全のために、君は室内にいるときはつねにドアに鍵を掛けたほうがいい。君の運命が決まるまで、私以外の男でこの部屋に入れるのはダニエルとヒューだけだ。二人はノックをして名を名乗る。それ以外の男は入れてはいけない」

ブランドンの目に一瞬不安がちらつき、彼はすぐにそれを隠したが、フィオナの胃は重くなった。

「何を隠しているの？」

ブランドンはなおもフィオナと目を合わせない。

フィオナはブランドンにつめ寄った。「この状況を切り抜けて息子を生かしておくだけでも難しいはずよ。私たちの間で隠しごとをしないで。あなたはいやでも私を信用しなくてはならないし、私も同じ。ウィリアムのために」

「フィオナ、ローワンは君を殺したがっている。私のことも殺したがっているんだ」

「ローワンが私を殺したがることには驚かないけど、あなたを責めるのは理解できない。本当に、ローワンの怒りは私たち両方に向いているの？」

「ああ。私がいるときは君とウィリアムを守れるが……私がいない時間が心配だ」ブランドンはフィオナと視線を合わせた。「ローワンの目には、私でさえ今まで見たことのない闇が、激しさがあった。君も用心してくれ」

「それならなおさら私を解放して、ここから逃がしたほうがいいわ」

「いや。それは……」ブランドンは言葉を切り、フィオナがウィリアムに乳をやるためにゆるめた身頃から出ている肩と背中に再び視線をさまよわせた。

フィオナはそっぽを向いてプレードで体を隠そうとしたが、ブランドンがその手を止めた。

「この傷を見ないふりはできない」

肩甲骨に沿って長く網目状に続く傷痕をブランドンの親指が愛撫し、フィオナの体に震えが走った。肌が粟立つ。

「誰にやられた？」ブランドンがたずねた。

フィオナは見なくても、ブランドンが顔をしかめているのがわかった。暗さを帯びた彼の声音がそう告げている。

「父よ」

ブランドンの体がこわばり、フィオナの体に置かれた手に力がこもった。「赤ん坊のことで？」

「ええ」フィオナはささやき、プレードのウール地を握りしめた。胸の中で心臓がどくどく脈打つ。

「私の子を身ごもっている間に？」

フィオナはためらった。ブランドンは答えを知っている。フィオナが今、はっきり言った。なぜそれ以上言わせようとするのだろう？

「フィオナ……」ブランドンが口を開いた。「話してくれ」怒りのせいで声のトーンが低くなっている。

「わかったわ」熱く大きな羞恥がフィオナの中に芽生えた。父に鞭打たれた。一度や二度ではなく、何度も。父はフィオナに赤ん坊を失わせようとした。氏族への見せしめにフィオナを罰しようとした。

実の弟も鞭打ちを止められなかった。フィオナの命が助かったのは、おばのおかげだ。鞭打ちが終わると、おばはその都度フィオナを看病し、健康を回復させてくれた。おばの愛情とお腹の子への愛情が、フィオナに生きる強さと意志をくれた。

ブランドンが悪態をつき、自分の太腿にこぶしを打ちつけたため、フィオナの体に衝撃が伝わった。

「なぜ知らせなかった？」ブランドンの声がひび割れた。「手紙は？　助けの要請は？　知っていたら君のもとに駆けつけたのに。壁を壊してでも――」

何ですって？

フィオナは飛びのいてブランドンの目を見つめ、ウィリアムを両腕にしっかり抱いたままブランドンから離れた。「よくもそんなことが言えるわね？　手紙なら何度も送ったわ……リスクを冒して使用人をあなたの玄関まで行かせて、助けを請う伝言を送った……でも、返事は一度も来なかった。あなたは一度も来てくれなかった」

一、一度も。

ブランドンの口はぽかんと開き、あごの筋肉がひくついた。顔から血の気が引いていく。

「だからシーナおば様と夜の闇に紛れて逃げて、赤ちゃんが生まれたあとできるだけ長く身を隠していたの。とにかく生き延びようとした。でも、おば様が亡くなったあとは一人でやっていけなくなった。私に残された唯一の選択肢は、このまま先へ進んでいとこに保護を求めることだと思ったの。マクナブ氏族は比較的寛大な一族のようだから」

　フィオナは手を震わせながらブランドンを見つめた。見捨てられたことへの憤り、怒り、自暴自棄が改めて押し寄せてきた。息もできないくらいだった。

「あなたは私たちを放り出したんだと思ったわ」フィオナの声には内面があらわになり、胸の中で息が引っかかった。「私たちを捨てたんだと」

　ブランドンは何も言わなかった。

　彼の視線はフィオナの顔を隅々まで這い回り、まるで初めてフィオナを見ているかのようだった。ぶしつけに見られるうちにフィオナの頬は熱くなり、やがてブランドンはフィオナの手をつかんだ。

「違う……」ブランドンは口を開いたが、その声はかすれてざらついていた。「私はそんな手紙は一通も受け取っていない。私の命に……私たちの息子の命にかけて誓うが、もし知っていれば君のもとへ行っていた。私たちの間で何が起こっていようとも、私は君と私たちの子供を見捨てはしなかったよ」

　ブランドンは唐突に立ち上がり、フィオナから離れて炉辺へ歩いていった。彼は長い間火を見つめ、フィオナは彼の言葉が意識に浸み込むままにした。

　フィオナにできるのは、ブランドンの後ろ姿を見つめ、自分に背を向けて無言で立っている長身の見慣れた姿を眺めることだけだった。この一年間、毎日感じ、追体験してきた憤り、怒り、捨てられた感覚がすべて根拠のないものだったなんてありえるのか？　心から信じていた真実が嘘だったなんて？

　フィオナは手で口を覆い、泣き声を押し殺した。ブランドンは何も知らなかった……怒りのために自分を捨てたわけではなかった……。

　今までずっと、ブランドンに対して最悪の思い込みを抱いていた。母と同じように、ブランドンも自分を捨てたのだと。自分には愛される価値も、守られる価値もないのだと。

　フィオナは深く、貪欲に息を吸い込み、態勢を立て直そうとした。

「今朝、湖で君にウィリアムのことを聞かされたとき」ブランドンは目の前で踊る火を見つめたまま、静かに口を開いた。「君はわざと私に子供のことを言わなかったのだと思い込んだ。さらなる苦痛と裏切りを私に与えるためにそうしたのだと。子供のことを隠すくらい、私を憎んでいるのだと。傷痕を見たときも、まさかそんな……。自分が思い込んだ以外の答えを信じたくなかったんだ」

　炉棚に片手を置いてフィオナのほうを向いたブランドンのこわばった顔には痛みがにじんでいた。フィオナはブランドンの目を見て、彼の痛みが自分の痛みと同じであることを悟った。フィオナがブランドンを失って嘆き悲しんだのと同じように、彼もフィオナを失ったことを嘆いていたのだ。何と無駄だったのか……何もかもが。

「お互いに最悪のことを信じ込んでいたみたいね」

　これほど思いがけない真実に対し、ほかに何が言えるだろう？

　脳も唇もそれ以上言葉を紡いでくれなかったため、言えることは何一つなかった。

　フィオナの胸の中で心臓の音が轟いた。これからどうなるのだろう？　二人は過去と現在の間にきつく押し込まれていて、すべての原因は一つの過ちだ。フィオナが軽率に秘密を口にしたこと。一度の愚かな理性のつまずきが二人の絆を打ち砕いた。

　時間は巻き戻せない。たとえそれが誤解であっても、今、互いを憎み合っていないふりはできない。二人の間であまりに多くのことが起こった。あまりに多くの防御壁が築かれた。

その壁を取り壊せるだろうか？　自分にそれをする勇気があるだろうか？

家族がブランドンと彼の氏族にしたことと、自分が果たしてしまった役割への悲しみ、罪悪感、羞恥に全身がのみ込まれそうだった。過去はやり直せないが、その罪悪感から自分を解放しようと試みることはできる。特に、ブランドンが怒りと罰を理由に自分を捨てたわけではないとわかった今なら。

ついに唇から言葉がひとりでにこぼれ落ちるのを止められなくなった。「ごめんなさい……本当にごめんなさい、ブランドン。起こったすべてのことを申し訳なく思っているわ。襲撃も、あなたの愛する人たちの死も、それから……それから、そのすべてに私が果たした恐ろしい役割も」

「フィオナ――」ブランドンが口を開いた。

「待って」フィオナは遮った。「これだけは言わせて。私は心から、自分が秘密の通路の場所をもらしたあの愚かな一瞬をやり直せたらと思っているわ。エロイーズを信用するなんて馬鹿だった。彼女は私を裏切らないと信じていた……私の姉妹同然だと」

ブランドンはフィオナに向かって片眉を上げた。

「わかってる……わかっているわ。あなたは何度かエロイーズの口の軽さを私に警告してくれたし、彼女は侍女であって友達でも姉妹でもないと指摘してくれた」フィオナはプレードの端をもてあそんだ。「でも、私がどれだけ孤独だったか知っているでしょう。母がいなくなったあと……」

息がつまり、フィオナは再び口を開いた。

「母が私たちを捨てたあと、私は人生を、喜びを分かち合う相手を必要としていたの。あなたと出会えてとても幸せだった。あなたを愛していた。あなたとなら、ずっと思い描いていた幸せな人生を送れると信じていた。あなたとの密会とその場所が、自分の部屋の外にもれるなんて想像もしていなかった。

私に仕えている間ずっと、エロイーズが私の秘密を父に告げ口していたなんて思っていなかったの」顔が熱くなり、肩からプレードを持ち上げる。「父に妊娠のことを教えたのはエロイーズよ。私たち全員の破滅の最初の一撃をもたらしたのは彼女だったの」

ブランドンは顔をしかめた。「それを聞いても驚かないよ。君の父親の行動にも驚かない」

フィオナはうなずいた。「ええ……父と弟がもっと善良な人で、嘘と策略を使ってあなたの氏族を破滅させようとしなければよかったのに。私は二人を信用していた。二人がそこまで残酷で非道なことができるなんて信じたくなかったの」

ブランドンはフィオナの隣に座り、手を取った。手首の内側のなめらかな肌を指先でなぞられ、フィオナの爪先まで震えが走った。

「その残酷さも、家族の重みも、二人がした選択も理解できるよ」ブランドンはフィオナの手を放し、自分の手を開いてまじまじと見た。「あの人を……父を恋しく思えたらと思う。でも、何の感情も湧いてこない。これだけの年月が経ったあとでも。痛みもない。悲しみもない。父はずっと昔に、母が亡くなったあと私の中からくり抜かれたみたいだ。父は母にそれをした。嘘、卑劣さ、別の女性たち……それらが母の心から命そのものを絞り取ったんだ」

キャンベル氏族の先々代のレアドの噂はフィオナも知っていたが、今までブランドンがそれらを事実だと認めたことはなかった。フィオナが彼に質問したこともない。今、二人の間であれだけのことが起こったあと、彼がそれを自分に話してくれたことでフィオナの苦悩は深まった。ブランドンの真実を知る資格が自分にはないような気がした。

「ごめんなさい。何も知らなくて。でも、あんな策略を仕組んだのは私じゃないことは信じてほしいの。

それをあなたに証明できたらと思うけど、やり方がわからない。父なの。父は完全に理性を失ってしまった。絶対的な権力への欲に取りつかれているわ。それも私が逃げた理由の一つよ」

「だから、私はレアドになりたいと思ったことがなかったんだ。農業と鉱業への興味を自由に追求できる次男であることが幸せだった。レアドという立場は人を残酷にする。無情に。冷徹に。それが求められている以上、私も自分がそうなることを恐れている。すまなかった。君が耐え抜いてきた状況を何も知らなかったことも、私が今まで君とウィリアムを守れる場所にいなかったことも。でも、これからは君たちを守るよ、どんな手段を使っても」

今や二人の間に収まっている息子に、ブランドンはほほ笑みかけた。

「わからないわ。どういう意味？」フィオナはたずねたが、ブランドンはその質問を無視した。

「もう行かないと。考えなくてはならないことがたくさんある」

ブランドンは何かを探すかのように、フィオナの顔をまじまじと見た。やがて身を屈め、ブーツから短剣を取り出してフィオナの手に押しつけた。

「護身用にこれを隠しておくんだ。誰を信用していいのか私もまだわからない。わざわざ手間をかけて私から息子を隠し、君の身に何が起こっているかを知らせないようにした人間がいる。この城の中の誰かだろうし、必要とあらば身を守れる武器を持たせずに君のもとを離れたくない。この信頼の行動を後悔させないでくれ、フィオナ」

ブランドンの視線は険しく、揺るぎなかった。

「させないわ」その約束を破る状況に追いやられる可能性をじゅうぶん理解したうえで、フィオナは答えた。それはすべてこれから数日間の展開にかかっている。ブランドンは間違いなくフィオナと同じくらい葛藤し、混乱している。二人は互いを信じられるか？　その勇気があるか？　ウィリアムの命がかかっているなら、その勇気を持てるか？

手の中で短剣を裏返したフィオナは胸がうずくのを感じた。それはブランドンの母親のもので、彫刻が施された木製の柄に一粒のルビーがはめられたその小さな刃物を、彼がどれほど大切にしていたかを知っていた。ブランドンはそれを戦闘で使うことはないが肌身離さず持っていた。母が亡くなってからの長い年月、母と一緒にいるためにこうしているのだとよく言っていた。

「気をつけて使わせてもらうわ」

「気をつけてほしいのはこの子のことだけだ。残りは私がやる」

「残りって何の？」フィオナは声をかけたが、ブランドンはすでに姿を消していた。

10

フィオナの寝室の木製の掛け金が上がると、ブランドンはドアを開けた。フィオナが腰のところで息子を抱いているのを見て足を止め、これは選ばなくてはならない乏しい選択肢の中では最もましなのだと自分に言い聞かせた。

フィオナが来てから二日が経っていた。氏族はフィオナがここにいることへの釈明を要求し、ブランドンはそれを与えると決めた。その後どんな展開になろうとも、レアドとして対処する。だがまずは、息子にとって最善の行動をとらなくてはならない。

ブランドンはフィオナに向かってうなずいた。

「行くぞ」

フィオナは目を細めてブランドンを見た。「どこへ?」

フィオナがこの計画の詳細を知れば拒絶するのはよくわかっていたため、ブランドンは答えなかった。

「ついてこいと言っているの?」フィオナはたずねた。「どうして? どこへ? 理由を教えてもらえなければどこへも行かないわ」

ブランドンは気を引き締め、冷静に息を吸った。

「氏族と話をするから一緒に来てほしい。今日、君に私たちに対する罪の責任をとってもらう」

「私を憎んで危害を加えようとしている人たちの前で?」フィオナは頭を振った。「いいえ、行かないわ。ウィリアムを連れてはいけない」

「では、ウィリアムは姉に面倒を見てもらおう」

ブランドンはフィオナの腕に手を伸ばしたが、フィオナはブランドンの手が届かないところまで逃げた。いったいどうしたのだろう?

「いやよ」フィオナは一歩下がり、頭を振った。言葉が低いささやき声になる。「私……」言葉につまる。「私、あなたを信用できない」

フィオナの言葉にブランドンは黙った。少ししてから言う。「私も君を信用できない」

フィオナはブランドンから目をそらし、息子を見下ろした。「じゃあ、私たちはどこへ行き着くのかしら?」そう問いかける。

「未知の領域だ。だが、そこに何が潜んでいるのか心配する時間はない。氏族の中で不穏な空気がふつふつ沸いている。今すぐ対処しなくてはならない」

ブランドンが近づくと、フィオナはさらに後ずさりした。欲求不満が氏族をのみ込もうとしている。ブランドンにはこんなことをしている時間はないのだ。ウィリアムにもない。

「説明して」フィオナは言った。「さもないと、あなたは私をこの部屋から引きずり出すしかないわ」

「こんなことをしている時間はないんだ。私と一緒に来て自分の罪の責任をとったあと、息子のために新しい基盤を築く努力をしよう」

焼けつくような切迫感がブランドンの体内にあふれた。フィオナは同意するしかないのだ。ブランドンはそれ以外の道を見つけられなかった。

フィオナはしばらく黙ってウィリアムの毛布の端を指に巻きつけていたが、やがてブランドンに向かってうなずいた。ブランドンは息を吐き出し、フィオナの手をつかのまぎゅっと握った。温かくなじみのあるその感触に、肩に入っていた力が少し抜ける。二人一緒でないとウィリアムは守れない。

ブランドンがドアを開けると、フィオナは準備万端で待っていたヒューのあとを歩きだした。ブランドンもあとに続いて廊下を進み、階段の下り口に着いた。その下の大広間に大勢の村人が集まっている。

大広間は騒音と、空間を埋める人の群れであふれんばかりだった。だがブランドンとフィオナとウィリアムが手すりの前に表れると、室内は静まり返り、すべての目が三人に向けられた。

後戻りはできない。前へ進むしかない。それは母がよく言っていたことだった。

〝じゃあ、前へ進みなさい〟

「皆の衆」ブランドンは大きく明瞭な、安定した声で話しだした。「フィオナ・マクドナルドが我々の地を踏んだという噂は聞いているだろう。見てのとおり、その噂は事実だ。彼女はここにいる」

不満げな声が聞こえ始め、その声が波のように群衆の中を広がった。

「そんなことは知っている！」パーディじいさんが大広間の奥から叫んだ。村人に敬われる年配の鍛冶屋を通すために、群衆は左右に分かれた。「我々が知りたいのは、なぜその女が今も生きているかだ。その女は裏切り者だ……マクドナルド氏族全員と同じく」パーディは床に唾を吐いた。「罪の報いとして絞首刑にされるべきだ。ほかにこの女の罪を罰する方法があるか？　我々はレアドの決定を二日待った。これ以上は待てない」

同意のうなり声が湧き起こり、その騒音が垂木に反響する。ブランドンは室内を眺めた。平和は時間をかけ、苦労して勝ち取らなくてはならないものだが、それが唯一の道であることはわかっていた。

気を引き締め、群衆を黙らせるために片手を上げると、しばらくして彼らは再び静かになった。

「皆が知らないことがある……」言葉を切り、ローワンに視線を向ける。「フィオナは私の息子ウィリアムを連れてきたのだ」

兄のしかめっつらに激しい怒りがにじむと同時に、多くの顔に畏怖と驚きが浮かぶのが見え、さらに鋭く息を吸い込む音、不安げなささやき声が聞こえた。

ギャリックが頭を振ってにやにや笑った。「その私生児があなたの子だとどうしてわかるんです？」

腕組みをし、勝ち誇った目でローワンを見る。

レアドに対するこのぶしつけな挑発に群衆はざわめき、兵士たちの間に不穏な空気がさざ波のように広がった。誰もがブランドンの反応を心に留めるだろう。ここで尻込みするくらいなら、今すぐレアドの肩書きをローワンに返したほうがいい。

「ギャリック、私の息子に対する言葉遣いに気をつけろ」ブランドンは前へ進み出て手すりに寄りかかり、兄がいる方向をじろりと見た。「この子が私の子であることに疑いはないから、ここにいる誰もそれを疑うことは許さない」フィオナに向かってうなずく。「皆に痣を見せてやれ。今日から私の息子はこの氏族の全員によって守られることになる」

フィオナは一瞬ためらった。ブランドンはフィオナと目を合わせてうなずいた。その瞬間、フィオナは赤ん坊の腕にある痣を群衆に見せた。ブランドンそっくりの痣。この氏族の誰もが知っている痣だ。これで図々(ずうずう)しくもウィリアムの血筋を疑う者はいなくなるはずだ。少なくとも、呼吸を続けたいと願う者であれば。

ローワンは腕組みをして何も言わなかった。それは、ブランドンの目的が達成されたことを意味した。そろそろ残りの疑問を解決しなくてはならない。ブランドンは唾をのみ、肩をいからせて足をふんばった。両手をウエストのベルトに置き、自分と目を合わせる度胸のある男たちの目を見つめ返す。

「でもレアド、この女はどうするんだ？」ブランドンが次の一語を発するより先に、パーディじいさんが叫んだ。「どんな処分を下す？」

ブランドンは望みを持てないこの状況で、自分の直感が正しいという望みに賭けた。自分がこれから言うことが全員を打ちのめし、氏族がさらなる混沌(こんとん)に陥ることはないという望みに。

「フィオナには、自分の氏族に関して我々が欲する情報をすべて提供してもらうことで罪の責任をとってもらう。彼らの資源、戦略、採掘している場所、城に隠されている秘密や財宝」ブランドンはフィオナのほうを向いた。「我々にすべて話してもらう。さもなくば、ここから無造作に放り捨てるまでだ」

フィオナの目に炎が燃え、ウィリアムをさらに胸に抱き寄せるのが見えた。

抗議のうなり声があがった。

「それは罰ではない！」ローワンが叫び、群衆の中を移動して前に出てきた。「あれだけのことをした女だぞ。私はそんな弱腰には耐えられない。そのような馬鹿げた決定を許すレアドはどこにもいない！絞首刑が妥当だとわかっているだろう！」

二人の兵士がローワンの両腕を押さえた。またもローワンの怒りの一場面が繰り広げられようとしていて、ブランドンにそれを止める術(すべ)はなかった。だが、暴動を防ぐ試みならできる。

「そうだ」ブランドンは答えた。「それが妥当だ」

ローワンはもがくのをやめ、続きを待った。

「だが、私は我が子の母親を殺すつもりはない……たとえ彼女にはそれがふさわしくても」

群衆が静まり返った。この決定にブランドン自身も葛藤しているという痛ましい真実を明かすことは、異議を鎮めるのに役立つはずだ……今のところは。

だが、それが永遠に続くと思うのは幻想だ。

「母子ともに危害が加えられることがあってはならない」ブランドンは続けた。「もし私とこの氏族に忠誠を誓うのなら、二人の無事にも忠誠を誓ってくれ。その気がない人間はこの氏族から出ていけ。今すぐに」

フィオナがどれほど驚いているかを見て感じるのに、彼女のほうを向く必要はなかった。フィオナが小さくあえぐのが聞こえ、ヒューが彼女の肘に手を当てて体を支えようと動くのが視界の片隅で見えた。

フィオナはブランドンが母子の承認を求める気はないか、その行動が生む結果の矢面に立てないほど弱いと思っていたのだろう。だが、そうではない。数年前はそうだったかもしれないが、今は違う。息子を守るという誓いを、フィオナはブランドンの言葉だけでなく行動からも知るだろう。

あの裏切りのあとでフィオナがその優しさに値するかどうかは重要ではない。彼女はブランドンの子供の母親なのだから。守られなくてはならない。息子から母親からの愛情と世話を奪ってはいけない。ブランドンは父とは違うし、兄とも違う。レアドとしての責務のために家族を犠牲にしたりしない。その二つの世界を一つに絡み合わせるつもりだった。

ローワンは怒り狂った。それを隠そうともしなかった。「やっぱりお前はこの女に惑わされている！」そう叫び、床に唾を吐いた。「弟よ、フィオナ・マクドナルドはお前を破滅させる……あるいは、私がお前を破滅させる！」

「その男を連れていけ！」ブランドンは階下の兵士たちに命じた。これ以上、兄の脅迫を黙って聞いているつもりも、ブランドンに対する蜂起のような行動を扇動させるつもりもなかった。

数人の男たちが不快感と不満を表した。この事態はブランドンの予想に反しているか？　いや、予想どおりだ。自分の言葉が憤怒の種を彼らに植えつけ、それが静かに育ち、腐り、はるかに危険な何か、すなわち反逆行為へと朽ち果てることはわかっていた。

「この問題についてもっと話したい者がいれば、私のもとへ、私一人のもとへ来てくれ。話は以上だ」ブランドンは最後通告としてそう言い添えた。

群衆は動きだし、話し声を大きくしながら、男も女も城の外へ出る大きなドアへ向かった。ブランドンは男女が混じり合う様子を観察し、誰が最初に反旗を翻すか見極めようとした。若い兵士の一団がブランドンの義兄を交えた小さな輪になり、ローワンを取り囲んでいる。兄は短くほとばしるような言葉を勢いよく発し、ときどき頭を振りながら兵士たちの話を聞いた。上を見てブランドンと目が合うと、一瞬黙ったあと衛兵たちに促されて出ていった。

ブランドンは顔をしかめた。「そう時間はかからなかったようだ。ローワンはすでに私に対する抗議集会を開いている」

「それはずっと前から始まっています。ご存じでしょう。これで兄上が怒りの矛先をあなたに定める理由が増えました」ヒューが答えた。「レアドがどんな計画をお持ちか知りませんが、氏族を完全に揺さぶった今、それを急いで進めるべきかと」

ブランドンはため息をついた。「そうだな……計画が決まったらお前に知らせるようにするよ」

ヒューはくすくす笑った。「その日を楽しみにしています」

「私もだ」ブランドンは信頼する戦士の肩をたたき、フィオナのほうを向いた。「行くぞ。話し合わなくてはならないことがたくさんある」

フィオナは唇を噛んだが、何も言わなかった。

フィオナの寝室まで黙って歩く。部屋に入ると、ブランドンはヒューに向かってうなずいた。ヒューはドアを閉めてブランドンたちを二人きりにした。

フィオナはベビーベッドへ歩いていき、ウィリアムを毛布と毛皮の中に寝かせた。彼女がそれらでウィリアムをくるみながら赤ん坊に向かって喉を鳴らす音に、ブランドンはほほ笑んだ。

ブランドンは石造りの暖炉の脇から鉄製の火かき棒を取り、小さくちらつく火をかき立てて勢いを蘇らせた。新しい薪を放り込み、残り火が宙に跳ねて踊りながら炎を上げるのを見守る。フィオナがどう思っていようと彼女も息子も必ず守るつもりだったし、今夜の意思表示でそれを証明できたはずだ。

フィオナに疑われることへの不快感を消し去りたくて、肩を回してフィオナのほうを向いた。

「つまり、こういうこと？」フィオナがブランドンと向かい合って問いただした。その言葉には怒りがにじみ、目は荒々しいエメラルド色に燃えていた。「私たちをここに住まわせるのね。一生？ 私は情報を絞り取るための囚人として、ウィリアムはあなたの私生児として？」

「これ以上にましな選択肢があるか？」ブランドンは答え、フィオナに向かって顔をしかめた。フィオナは以前の鋭い舌鋒を取り戻し、それを使うと決意したようだ。「君は囚人ではない。何度も言っているだろう。だが、私の息子を奪うことはできない。私は地位を失うリスクを冒して君を生かし、ウィリアムを公に認知したのに、君はここにいたくないと言うのか？」

血管をいらだちが駆け巡り、ブランドンは片手で頭をかいた。

「その馬鹿げた行動をとったのは私じゃなくてあなたよ。言ったでしょう、私たちはここにいたくているわけじゃないって」その言葉には怒りがにじみ、フィオナはウエストに両手を当てた。「あなたが私を捕まえたのよ、忘れた？　私は行かせてほしいと頼んだの。ここにいる誰もが私を……私の息子を憎んでいるわ。私たちがここでどんな人生を送れるというの？　私はもう思いどおりにされたくないの、私を……」

フィオナは言葉につまり、歩き去ろうと向きを変えた。

ブランドンはフィオナの腕をつかみ、下がれないようにした。この話を最後までしなくてはならない。もう逃げ出すことは許さない。

「〝私を〟、何だ？」

フィオナはためらったあと、ブランドンのほうを向いた。その目には悲しみと怒りが光っていた。

「私を愛していない男性に。私たちにそばにいてほしくない男性に。私は父のような男性にじゅうぶん耐えてきたわ。私を思いどおりにし、持ち物程度にしか大事にしない男性。私は自分で選ぶ自由が欲しいだけなのに、あなたは私をまた囚われの身にしたの」

頬にぽろりと涙がこぼれ、フィオナは手の甲で急いでそれを拭った。ブランドンの手から自由になろうともがいたが、ブランドンは彼女を行かせることはできなかったし、行かせるつもりもなかった。

フィオナに理解してもらわなくては。ブランドンは自分が唯一知っている方法でフィオナとウィリアムを守ろうとしているのだ。なぜそれがわからない？　自分はすべてをリスクに晒したのに。胸の中で心臓が大きく打ったが、ブランドンは呼吸を忘れ、唇からは答えとなる言葉が一つも出てこなかった。

「息子にこれを善き人間の見本として示したくないわ。息子に私を、あなたの気まぐれで使われる売春婦のような存在だと思わせたくない」

「何だって？」ブランドンはぎょっとし、フィオナの腕を放した。「馬鹿なことを言うな。私は君をそんな存在にはしない。そんな形で君を貶(おとし)めるつもりはない。私は別の女性と結婚する。今は花嫁を選んでいる最中だ。ウィリアムをアーガイル城にいさせてくれる限り、君は何でも自由にすればいい。自分の氏族のことを話し、今後我々が彼らから身を守れるようにすることで、自分の価値を証明しさえすればいいんだ」

「ふうん、それだけ？」

「夜明けに絞首刑にされるほうがいいか？　私が命じれば、兵士たちは君を吊(つる)す縄の長さを熱心に測るだろうね」

「その兵士たちの中に私を、あなたの快楽のためにここに囲われている単なる道具以外の目で見る人がいると思う？　あなたがウィリアムを認知して私たちを守るよう命令した以上、ほかのどの男性も私に触れようとはしないでしょうね。それに、私たちの息子がどんなふうに扱われると思う？　彼らの目にはレアドの私生児として映っているのよ」フィオナはブランドンを冷ややかに見た。「それから、あなたの将来の奥様が自分の息子を次男にする男子を連れた私を放っておくと思う？　あなたはまぬけよ！　奥様は眠っている私たちを殺すよう自分の兵士たちに命じるでしょうね。私たちの命は一年ももたないわ。単に私を放り出してくれたほうが、ずっと優しい行動だったわよ」

「君を放り出す？」ブランドンは復唱した。「どうかしている。君は堂々巡りをしている。私は君とウイリアムを守るためにすべてをリスクに晒した。これで氏族はいっそう混乱に陥るかもしれないのに」

「でも、私は頼んでいないわ」

「私はどうすればよかったんだ？」

「私があなたにお願いしたとおりよ。私を、行かせて、ちょうだい。息子と一緒に。あなたのせいで私たちはいつも恐怖の中で、憎しみの中で暮らさなきゃいけなくなって、二度と自由になれない」

「いずれ受け入れてもらえる」ブランドンは言った。

「いつ？　何年後？　十年後？　息子にそんな人生は歩ませない。私が許さないわ」

「君に選択権はない」ブランドンは淡々と答えた。

「馬鹿なことを。選択権なら完全にあるわ」

「出ていきたいなら出ていけばいいが、ウィリアムは置いていけ」

「つまり、私は本物の囚人というわけ？」

「君がそう解釈するなら」ブランドンは答え、背後にドアをたたきつけて出ていった。

11

このアーガイル城にいればフィオナは安全だと、ブランドンは本気で思っているのだろうか？　フィオナとウィリアムを守ろうと模索する中で理性を失ってしまったに違いない。フィオナとその息子を憎む氏族にフィオナを守る誓いを強いたことで、ブランドン自身を標的にしただけでなく、フィオナと息子をこの石壁の中に監禁することになったのだ。

何と愚かなのか。

もしブランドンが氏族に宣言する前にこのお粗末な計画を話してくれていれば、フィオナはそれがいかに馬鹿げているかを伝え、却下していただろう。

フィオナは室内を歩き回った。ブランドンや長老たちは、フィオナがどんな情報を持っていると思っているのだろう？　父は実際の戦闘計画や戦略が生み出されていた書斎にはフィオナを入れなかったし、何度か試した盗み聞きは阻止された。

　子供のころから住んでいたグレンヘイヴン城の中でフィオナを対等に扱ってくれたのは、弟と信頼できる衛兵オリックだけだった。そして、ブランドン。

　彼はフィオナに敬意を持って接し、二人が愛し合い、互いの氏族を論争と戦争以外の形で結びつけることで人生をともにしようと考えるようになると、フィオナの思考ややり方を大事にしてくれた。父にブランドンとは会わないよう命じられても、フィオナはあらゆるリスクを冒して彼に会いに行き、彼も会いに来てくれた。だが、今は？　今は過去の希望も、かつて二人を結びつけていた可能性のようなものも指の間をすり抜けていくようだった。今のフィオナはまともに思考することもできなかった。

　ドアをノックする音が聞こえた。フィオナは顔をしかめた。「一人にして！」叫び声で言う。

「私です」ジェニーの低い声がドア越しに聞こえた。「お持ちするものはないかうかがいに参りました」

「服を脱ぐ前に柳の樹皮のお茶が飲みたいんだけど、いいかしら？　気を鎮めるのに役立つと思うの」

「かしこまりました」ジェニーは答え、廊下を歩き去った。

　フィオナはベッドにどさりと座った。どうすれば息子を連れて城の外へ逃げ出せるだろう？　兵士全員が警戒し、フィオナを見張り、フィオナの非道ぶりを証明しようと待ち構えているはずだ。自分たちの望みどおり絞首刑にするために、フィオナを捕まえようとするだろう。

　ありがたいことに、ウィリアムはフィオナの不安など気にも留めず、ベビーベッドの中ですやすや眠っている。

たとえ衛兵の目を盗んで逃げられたとしても、夜に一人きり、自分と息子を守ってくれる人もなく移動するリスクはある。昼間に移動するのも危険だろうに、夜にグレンコー峠を行くなどまさに命がけだ。

お茶を飲めば気分もましになるだろう。頭がすっきりし、明晰な思考ができるはずだ。

たぶん。

フィオナは呆れたように目を動かし、毛皮の上に背中から倒れ、腕で目を覆った。焦れば惨状にはまり込むだけだ。逃げたいのであれば、慎重に脱走計画を立てなくてはならないし、助けが必要だ。だが今、助けは不足している。望みはジェニーだが……。

ドアが開く音が聞こえた。再び静かに閉まり、カップがかすかにかちゃかちゃ鳴って盆がテーブルに置かれた。もう一度ジェニーを味方につけようと試みるには、今は良いタイミングかもしれない。

「ジェニー、お茶をありがとう、優しい……」

「私が来たことがありがたいとは思えないが」

ローワンの低い声に警戒が全身を駆け巡り、フィオナはベッドに起き上がって膝立ちになって彼を見た。ローワンは小さな火がちらつく暖炉に片腕をつき、フィオナに向かってにたにた笑っていた。

「衛兵は？」ローワンがここへ来るために彼らを殺したのだろうかと思い、フィオナはたずねた。

「ブランドンの緊急呼び出しに応えているよ。戻ってくるまで私が見張りを代わると申し出たんだ」

ローワンは歯を見せて邪悪な笑みを浮かべた。何と忌々しい。

「彼らは今も私の命令に従う」ローワンは言った。「私が実際にレアドであるかどうかは関係ない」

「私の部屋から出ていって」フィオナは怒りに燃えながら言った。

「むしろ、お前こそ私の城から出ていくべきだ」

「今日のあなたは理性を失っているのね。ここはあなたの城じゃないわ。ブランドンの城よ。あなたがどんな小細工をしようとも、それは変わらない」

「お前が小細工のことで私を責めるのか？」

ローワンの手がウエストの短剣にかけられ、フィオナは自分の短剣が部屋の奥の見えないところにあるのを知っていたため、彼から離れる方向へ動いた。

「お前がまた弟にどんな魔法をかけたのか知らないが、私はそれを許すつもりはない。ブランドンは別の女と結婚し、お前はここから馬屋の糞のように捨てられることになる。お前の息子は――」

「息子の話はしないで！」フィオナは叫んだ。

ローワンは前へ踏み出し、フィオナの腕をつかんでベッドから引っ張った。フィオナは足場を守ろうともがき、皮膚に食い込むローワンの指から身をよじって逃れようとしたが、うまくいかなかった。ローワンが短剣を抜いた。

廊下から足音が聞こえた。男性の大きな足音に、女性の軽い早足の音が続く。

「私は止めようとしたんだけど、聞いてくださらなくて」ジェニーが高い声で熱っぽく言った。「お盆を取り上げて、私にここへ来ないよう命じたの。でもレアドから、普通でないことが起きたらあなたに知らせるよう命じられていたから、私……」

フィオナの中に安堵感があふれた。ありがとう、ジェニー。

「放して！」ドアの外に聞こえることを願い、フィオナは叫んだ。

足音は速さを増し、ドアが勢いよく開いた。ヒューがドア口をまたぎ、一歩あとにジェニーが続いた。

「最初に見つけた兵士にレアドを呼びに行かせ、今すぐここへ来てもらえ」ヒューはジェニーに命じた。

ジェニーはためらい、フィオナをちらりと見た。

「ジェニー、大丈夫よ」フィオナは声をかけた。

「ヒューの言うとおりにして」

メイドは唇を噛み、ドアの外へ走っていった。

「レディ・フィオナを放してください」ヒューは命じ、ウエストにつけられた鞘から短剣を抜いた。

「なぜ?」ローワンが答え、フィオナをいっそう近くに引き寄せたため、フィオナは彼の息を頬に感じ、短剣の金属が光るのが視界に入った。「この女は単なる売春婦で、息子は私生児だ。城にこの女の居場所はない。あんなことをしたのだから」

ローワンが何をするかわからないため、フィオナはじっとしていた。子供が生まれる前なら反撃し、ローワンを床に組み伏せて己の無力さを見せつけ、短剣を喉元に突きつけて自分を解放するよう要求していただろう。だが、今は……。

ウィリアムが目を覚まし、小さな腕を宙に伸ばすのが見えた。反撃はしないし、ローワンに自分を殺させる隙も与えない。ローワンの怒りが原因で息子を孤児にしてはいけない。フィオナも息子も守るというブランドンの誓いを信じるのだ。

「彼女を放さなければ、私があなたにこの剣を使うことになる」ヒューが言った。「彼女は守られるべきだ……ローワン様、あなたからも。あなたがレアドに刃向かう決定をしてはいけない」

ローワンは笑った。「この女はブランドンを惑わせた。私は弟と氏族を守るためにこうしている」

「いや、違う。あなたは悲嘆からそうしている」ヒューの口調が和らぎ、その目に思いやりが浮かんだ。

ローワンは左右の足に体重を移し替え、手元をふらつかせた。「お前にはわからない、私の——」

「わかります。あなたは論理じゃなく、悲嘆から行動しているんだ」ヒューは一歩前に出た。

「そこを動くな!」ローワンが叫んだ。

ヒューは立ち止まった。

「兄上が何だって?」ブランドンが問いただし、よく響く足音がフィオナの寝室に向かってくるのが聞こえた。

　ドアが今も開いていたため、その音はよく聞こえ、フィオナの全身に安堵があふれた。一瞬、頭の先から爪先まで羽のように軽くなった気がした。

　ブランドンはドアの前で足を止め、室内の状況を観察した。肩がこわばり、彼が兄をにらむ目つきはどれほど活発な戦士の気力をも削ぐほどだった。

「フィオナを放せ」ブランドンは命じた。

「私が？　なぜ？　この女がお前にさらなる魔法をかけられるようにか？」

　ローワンの唇から不気味な笑い声がもれ、彼はフィオナをつかむ手に力を込めた。フィオナは首の皮膚に冷たい金属が押し当てられるのを感じた。

　ブランドンはフィオナと目を合わせ、その落ち着いて確信に満ちた目つきにフィオナは驚いた。フィオナはできるだけじっと動かないようにした。

「もう一度だけ言う。彼女を、放せ」

　その口調に、フィオナの肌に寒けが走った。

「わかったよ」ローワンはうなり、フィオナを突き飛ばした。

　フィオナは床へすべり落ちた。

「この話は二人で決着をつけよう」

　フィオナはつまずきながらも体勢を立て直し、急いでウィリアムを抱き上げた。狭い寝室を占領している三人の大柄な男性たちから離れた場所に立つ。息子は腕の中で喉を鳴らし、今ものしかかる脅威には無頓着にその場にいる全員を眺めた。フィオナは手を震わせながらウィリアムの頬をなでた。

「ヒュー、フィオナとウィリアムを連れていけ。二人は私の寝室の隣の部屋に移す。今後ずっとだ」

　ブランドンの声ににじむ怒りはなじみのないものだった。フィオナの中で警鐘が鳴った。あとで後悔するようなことをブランドンがしなければいいのだが。彼はレアドだが、レアドでも実の兄を殺してはいけない。たとえ我が子の母親が脅されても。

ヒューは脇によけ、フィオナに向かってうなずいた。フィオナは彼のあとから歩きだし、胸を締めつける不安を腹の奥底に押し込んだ。ブランドンの心を落ち着かせるようなことを言いたくても、役に立つ言葉は口から出てこなかった。

そこで、祈りの言葉を唱えた。

〝お願いです、二人に殺し合いをさせないでください。ウィリアムには少なくともしばらくの間、ブランドンが必要なのです。私にも必要なのです〟

12

「さすがの兄上でもここまでするとは思わなかった。この愚か者が！」

ブランドンが寝室のドアを勢いよく閉めると、蝶番（ちょうつがい）ががたがた鳴った。兄にも同じことをしてやりたかった。ローワンの黒っぽい目は荒れていて、短剣は今もベルトから抜いたままだ。この数日間うまく抑えていた悲嘆が目に鮮やかに輝いている。

「愚か者はお前だ。お前は一瞬でも、あの女が我々の息の根を止めないと信じられるのか？」

ブランドンは獲物を追いつめる捕食動物のようにじりじりと兄に近づいた。やむをえない状況にならない限り、武器を手にするつもりはない。ローワンは今もただ一人の兄であり、失いたくない。特に、悲嘆に暮れて壊れているとわかっているときに。

「そんなことになるとは思っていない。思っていたら、彼女をこの城の中には置いておかない。私がしていることは氏族にとって最善なんだ」

ブランドンがじりじり近づくと、ローワンは短剣を突き出してきた。ブランドンは難なくよけ、元の姿勢に戻った。「兄上、短剣を渡してくれ。今すぐ」

ローワンは甲高い声で笑った。「いやだと言ったら？　取り上げるか？　そうはさせない！」

その挑発にブランドンは前へ飛び出し、兄と組み合って床にどさりと倒した。ローワンを組み伏せ、体重を利用して押さえつける。兄の手を床にたたきつけると、短剣はドアのほうへすべっていった。

「そうだ。短剣を取り上げる……何度でも。私なら、私とフィオナと息子に剣を抜くかどうかはよく考えるだろうね。私も次はすぐさま兄上を殺すかもしれない」

ローワンは息をしようとあえいだ。「そうはさせない！」またも言い、ブランドンの顔に唾を吐いた。

ブランドンはチュニックの袖で頬についた唾を拭き、両脚で兄を床に押しつけたまま体を起こした。

「アンナがこんなふうになった兄上を見ることがなくて本当に良かったと思うよ。こんな人知らないと言うだろうね。私もまったく知らない」

床に伸びた兄を残し、立ち上がってドアへと歩いていく。ドア口に兵士たちが群がっていた。

「兄を頼む」ブランドンはそう命じて部屋を出た。

フィオナの世話をしなくてはならないし、息子の様子をこの目で見るまで心が落ち着かないだろう。

フィオナとウィリアムが移された寝室の外で、ブランドンは気合いを入れるために息を吸った。今起きた出来事に関してフィオナが言いたいことはたくさんあるだろうし、ブランドンの忍耐力は今夜の宣言のために着たチュニックの綿地と同じくらい頼りない。

「侍女以外はこの部屋に入れるな」寝室のドアの外で見張りをしているヒューにうなるように言った。最も信頼する兵士であり友人であるヒューとはあとで話をするつもりだ。自分の到着がもう少し遅れたら起こっていたかもしれない出来事を想像し、それが頭の中でぐるぐる回っていないときに。そして、フィオナのドアの前から離れた兵士たちに剣を抜きたい気持ちが収まったときに。兵士たちの多くは今もローワンに忠誠心を持っている……それはブランドンが対処しなくてはならない事実だった。

「はい、レアド」ヒューはうなずいた。

ブランドンは改めて自分がレアドという地位をいかに憎んでいるかを思った。自分が下したい決定は、自分が下すべき決定とは決して重なり合わない。

静かにノックし、ドアを開ける。

フィオナが立ったまま振り返り、ウィリアムに向かって低く歌っていた歌がとぎれた。ウィリアムは毛皮に包まれ、フィオナの胸に寄り添っている。フィオナはベッドの端に座り、赤ん坊をベッド脇のベビーベッドに寝かせた。

ブランドンは黙ってフィオナの隣に座った。しばらくの間、息子の穏やかな顔を眺め、心臓がいつもどおりのリズムを取り戻すのを待った。二人とも生きていて、無事なのだ……今のところは。

ローワンが二人を脅している場面は今もブランドンの頭の中に生々しく焼きついていた。あと数分到着が遅れたら、二人とも死んでいたのだろうか？

「けがをしたのか？」ブランドンはフィオナの色白の手首の内側に痣ができているのに気づいてたずねた。確かめるために彼女に触れたかったが、実際には手をぎゅっとこぶしにした。自分の血管内で低く音をたてている感情が信用できなかった。

「何でもないわ。私たちは大丈夫……今のところ」

ブランドンは顔をしかめ、フィオナと向かい合った。「どういう意味だ？　君は守られている。君に危害が加えられることはない。私の兵士たちの道義心を疑っているのか？」

「ええ、疑っているわ」フィオナの鮮やかな緑色の目がブランドンをにらみつけた。強く、揺るぎなく。「あなたも全員信用しているなら私をあなたの寝室の隣の部屋に移さなかったはずよ。違う？」

「それが、君のためにすべてを投げ出し、害を被った私に対する礼か？」

腹の中に怒りが芽生えた。兵士たちには自分の命令を尊重させるし、フィオナにもそうさせる。何しろ、自分はレアドなのだ。

「あなたは私が……いいえ、私たちがあなたのために害を被っていないと思っているの？　しかもウィリアムを認知することで私をここに縛りつけて、私たち二人の死を何よりも望むお兄様のような人たちに囲ませることで、私たちを危険に晒しているの。私たちは標的なの。私たちは闘争に巻き込まれるし、あなたもそれをわかっている。私たちを解放してくれれば安全よ。互いのお荷物になるのはやめましょう。私たちの間の廃墟からは何も築けない。遅すぎるの。あなたもわかっているはずよ」

そうだろうか？　フィオナがローワンに脅されて危機に陥っているのを見たとき、ブランドンは彼女を救い出し、もう一度抱きしめたいと願うばかりだった。だが、言葉が出てこなかった。怒りと悲しみでいっぱいになってフィオナを見つめている今も、彼女のことが気がかりだった。

フィオナの一部がブランドンの中で種となり、フィオナがその言葉を言うか、二人が過去を消すことさえできれば、いつでも愛情いっぱいに花開く準備をしていた。それを押しつぶす時が来たのかもしれない……フィオナのためだけでなく、自分のためにも。だが、息子はどうなる？　ウィリアムを母親からも、自分からも引き離すことはできない。ブランドンはみじめな気持ちから抜け出せず、それを解決する方法があるとも思えなかった。

「君とウィリアムは、私が命じるまでここにいろ」

ブランドンは立ち上がり、ドアへ向かった。フィオナを行かせるつもりはないが、彼女を自分の心に近づけるつもりもなかった。

「あなたは自分が決してならないと約束した人になったのね」フィオナは吐き捨てるように言った。

ブランドンは彼女を振り返った。「誰にだ？」

「お父様よ」

手がうずいた。ブランドンは何も言わず、まだ部屋を出ていける間に出ていった。怒りが激しく手足を駆け巡っている。両手をこぶしにした。自分は父とは違うし、これからもなるつもりはない。

ヒューがドアの外で挨拶した。「ローワン様はミス・エマの薬をのんで、今は落ち着かれています。ベアトリス様がとても心配されています」

「だろうな」

ブランドンは痛む首の後ろをさすった。何と恐ろしい夜だったのだろう。

「男たちにフィオナの前の寝室から大きめの荷物を運ばせて、小さめの物はメイドにまとめさせてくれ。今夜二人が落ち着いたら、お前が外から鍵を閉めろ。鍵を持っているのはお前一人だけだ」

ブランドンは大きな鉄鍵をヒューの手のひらに押しつけた。

「よろしいのですか？」ヒューは眉根を寄せた。

「ああ。いい」ブランドンは答えた。「さっき起こったようなことは二度と起こしてはならない」

「はい。そのとおりです。ダニエルか私だけがこのドアの外に立ち、見張りをするようにします」

「では、鍵を受け取ってくれ」ブランドンは答えた。

「これが誰にとっても最善なんだ……私を含めて」

鍵が回る音が聞こえ、フィオナはドアに駆け寄って取っ手を引っ張った。ドアは開かなかった。

「私を閉じ込めたの？」フィオナは声をかけた。

「はい。レアドのご命令で」ヒューが答えた。

「最低……」フィオナはぶつぶつ言いながら室内を歩き回った。

ブランドンは思い込みから愚かなことをしでかすところがあり、これがその良い見本だ。フィオナと息子は二人きりでハイランドに出るよりも、ここに、この城の中にいるほうが危険なのだ。それなのに、ブランドンはその真実を無視し、自分が二人の安全を守れない可能性を否定している。

傲慢な男だ。

フィオナは矢で胸を貫かれるのを待つ雌鹿のようなものだった。仲間もいない。ドアに鍵を掛けたところでいつまでも生きていられるわけでもない。今夜のローワンの攻撃がその証拠だ。自分は運命に馬鹿にされているのだろうか？

フィオナはベッドの上に座って室内を見回し、鼻にしわを寄せた。これは何の部屋？ ここに入ったのは初めてだ。前の部屋に比べて家具が高級で、畑で働く女性の絵と、どこか見覚えのある女性の肖像画が壁に掛かっている。次に境界地帯沿いの山々の絵が目に留まり、フィオナは動きを止めた。この場所は知っている。まさにこの窓から見える景色だ。

絵に近づくと、いちばん下にイニシャルが見えた。〝EAC〟体を引き、息をのむ。〝エミリア・アビゲイル・キャンベル〟。ブランドンの母親がこれを描いたのだ。絵を描くことは、晩年の母が寝室の中で喜びを感じられる数少ない事柄の一つだったと、ブランドンが言っていた。

「なぜそれがここに？」フィオナは疑問を口にした。

後ろに下がり、室内を探索し始める。この部屋で誰が眠っていたのかを知りたくて仕方なかった。

「ヒュー、ここは誰の部屋だったの？」フィオナはドア越しに呼びかけた。

ヒューが答えるかどうか迷っているのが聞こえた気がした。フィオナはいらだち、もう一度たずねた。

「あなたがそこにいるのはわかっているのよ。ブランドンはほかの誰にも私の世話を任せないでしょうから。ここが誰の部屋だったか教えてちょうだい」

ため息と床の上でブーツを動かす音が聞こえ、フィオナはにんまりした。ヒューは答えてくれる。折れるまでどのくらい時間がかかるかだけだ。

「レディ・エミリアです」ヒューは言った。

フィオナは眉間にしわを寄せた。「下の寝室がエミリアのだと思っていたけど？」

「そうです。それ以前はここをお使いに――」

「病気になる前ということ？」

「はい。その後、負担を減らすために下の階へ移られました」

フィオナは鼻を鳴らした。あるいは、レアドが自分の手柄から妻を遠ざけたかったのかもしれない。そのせいでどんな気持ちになるか、フィオナにはよくわかっていた。まさに今のフィオナの気持ちが同じだったからだ。部屋に閉じ込められて子供の世話をし、その間にブランドンはほかの計画を立てる。

「ありがとう、ヒュー」フィオナは小声で言った。

「メイドの準備が終わりしだい、残りの持ち物がこちらに運び込まれます」

「あなたが許してくれるなら、私も喜んでメイドの手伝いをするわ」

ヒューが声を殺して毒づくのが聞こえた気がした。

「いいえ。あなたはここにいてください。今夜はもう騒動はたくさんです」

ヒューに自分を解放させるよう説得できなかったフィオナは、ふくれっつらで室内を歩き回った。疲れていたが、目が冴えて眠れそうにない。

窓に近づき、外を眺める。どのくらい時間が経ったのかはわからない。寝室の床が引っかかれる音に、ぼうっとしていたフィオナは我に返った。

振り返ると、遠くの壁の羽目板が前に開き、部屋に穴が開いたのが見えた。フィオナはうろたえ、袖から短剣を抜いて飛び出し、息子を守ろうとした。またローワンに驚かされてなるものか……今回は。

隠し扉になっている羽目板を通ってブランドンが入ってくると、フィオナは安堵のあまりぐったりし、短剣を握る手の力がゆるんで脇に落ちた。

「びっくりさせないで……」フィオナは言い、手で口を覆ってすすり泣きを押し殺した。

一人の女性が一日に耐えられる衝撃には限度があり、今の恐怖がフィオナにとどめを刺したようだ。両手が震え、安堵の波が引いていったが、それを止める術は何もなかった。

ブランドンが謝るように両手を上げた。「すまない。考えが足りなかった。ただ私はここにいる、隣の部屋とつながっていると知ってほしくて……」

ブランドンはフィオナのほうへ歩きだしたが、ためらった。彼の一部はフィオナを慰めたいのに、別の一部は距離をとるよう命じているかのようだ。彼は部屋の中央で足を止め、両側で手をこぶしにした。

ブランドンの混乱はフィオナの混乱と同じだった。フィオナは過去と現在の彼に対する気持ちの間で引き裂かれていた。

短剣が床に落ち、フィオナは震え始めた。最悪だ。ブランドンに近くへ来て慰めてほしかった。

ローワンの攻撃がフィオナの奥底の恐怖をかき立てていた。それはフィオナをグレンヘイヴン城にいた子供時代へと引き戻した。父からの次の虐待や攻撃を予期しながらもそれを止められない、幼く不安定で恐怖に取りつかれたフィオナに戻っていた。フィオナの中でいったんその少女が目覚めると、彼女をなだめ、過去に帰らせるのは難しかった。

ブランドンはほかの誰よりもそれを知っている。フィオナがいくらその恥を隠したくても、彼は今、フィオナの顔からそれを読み取っているはずだった。

ブランドンは傷を負った動物にするようにゆっくり近づいてきたが、腕を伸ばせばフィオナに届く距離まで来ると、両手を広げ、その申し出をフィオナが受け入れることも拒むこともできるようにした。

自分でも驚いたことに、フィオナはブランドンの腕の中へまっすぐ歩いていって、彼の肩で泣いた。

ブランドンはフィオナを床から持ち上げ、抱きかかえて小さなベッドに寝かせた。フィオナがそのままの姿勢でいると、ブランドンも隣に来て、以前よくしていたようにフィオナの背中を自分の胸に強く引き寄せた。フィオナが彼に望んでいたとおりだが、それを望む自分がいやでたまらなくもあった。

自分を包み込むブランドンの硬く温かな力強さがフィオナを慰めた。ブランドンはフィオナのこめかみに指を走らせて顔にかかる巻き毛をよけ、二人は突き出し燭台の静かなろうそくの火に照らされながら、しばらく何も言わずにそのままでいた。

「君があそこで」ブランドンが口を開き、その声は低くかすれていた。「ローワンに捕まって……首のすぐそばに刃があるのを見たとき……私が感じたことはとても言葉にはできない。まるで足元から地面が引き抜かれたみたいだった。さっき言ったことは悪かった。かっとなってしまった」

フィオナは息を吸い、ブランドンの腕を握った。

「ブランドン、あなたが気負わなくていい――」

「いや」ブランドンは続けた。「君の命を守る以上に大事なことはないんだ、何があろうとも……」そこで言葉がつかえた。

フィオナはブランドンの腕の中で向きを変えて彼のあごをなで、今まで何百回も感じてきたように、彼の体に震えが走るのを感じた。ブランドンに触れられ、フィオナの体は歌った。二人が離れている間は一度も心地よさを感じたことはない。今、ほんの少しの心地よさを感じることは間違いだろうか？　彼の城と彼の感触、彼の人生から逃げ出す前に、もう一度ブランドンの感触に浸ることは？

フィオナは思い止まる間もなく、身を乗り出してブランドンの唇の端に軽くキスし、その唇が開いて自分を歓迎するのを感じた。ブランドンはフィオナの髪から首へとなで下ろし、フィオナを引き寄せた。

フィオナは抵抗せず、重力に任せて何度もキスし、やがて息が切れて今にも深淵に落ちそうになった。

「ブランドン」鎖骨に沿って軽いキスをされながら、フィオナはささやいた。「やめないと」

「そうなのか？」ブランドンは問いかけた。「君を抱くのがどんな感じか忘れていたよ。君にキスされるのが。これは天国だ」そう言いながら、スカートの下に手を差し入れ、熱い手のひらで太腿をなで上げて尻をつかみ、自分のほうに強く引き寄せた。

フィオナの決意はスカートの紐とともにゆるんでいった。この忌々しい男にはそういうところがある。

ブランドンのキスは深くなり、フィオナは彼の欲望に応えて彼の唇に歯を立て、広い肩を両手でつかんだ。ブランドンはうなり、フィオナの背中をベッドを覆う毛皮に押しつけた……。

ウィリアムの泣き声でフィオナは我に返り、自分がやりかけていた行為に気づいて衝撃を受けた。

息子のじゃまに感謝し、自分の弱さに動揺しながら、ブランドンの胸を手のひらで押す。ブランドンの愛撫に理性を失うところだったが、再び心を捧げるリスクは冒したくない。あまりに多くのことが危険に晒され、あまりに多くのことが不確定なのだ。

「さあ、本当にやめないと。あなたの息子がお腹が空いたから私に世話しろと言っているわ」

ブランドンはため息をつき、フィオナの首のつけねに顔を埋めた。彼の息遣いは乱れていて、フィオナはそのことに満足した。ブランドンも自分と同じくらい影響を受けているのだ。

「ああ」ブランドンは同意し、その声は低く、欲望にかすれていた。

彼はフィオナの体から下り、フィオナはベッドから下りた。ウィリアムをベビーベッドから抱き上げ、喉を鳴らしながら腕の中で前後に揺すったあと、ベッドの端に腰かける。

フィオナが与える乳をウィリアムが貪欲に飲み始めると、ブランドンはするすると近づいてきて、片肘をついて体を起こした。

「きれいな子だ」ブランドンがささやいた。

「ハイランド中で飛び抜けてきれいでハンサムよ。私の宝物」フィオナは言った。

ブランドンははっとし、何か言おうとするかのように唇を開いた。だが口を閉じて起き上がり、ベッドから離れていった。

開いた羽目板のドアの前で立ち止まり、フィオナのほうを向いて目を合わせる。「この子は私たち二人の宝物だと思っている」

フィオナの胸の中で呼吸が引っかかった。

「よく寝てくれ」ブランドンはそう声をかけたあと、二人の間のドアを閉めた。

フィオナは震える息を吐き出した。距離を置かないと、心が再びブランドンの虜になってしまう。

13

濃い灰色の雲が空に低く、恐ろしげに垂れこめている。ヒューと並んで馬を進め、マクドナルド氏族との境界地帯の東端へ向かうブランドンの気分をそのまま反映しているかのようだ。

昨日の出来事は紛れもない惨事だった。ウィリアムはブランドンの息子で、彼とフィオナは自分たちの一員として守られるべきだという氏族に対する宣言によって、二人はいっそう危険な立場に置かれた。ブランドンの到着が少しでも遅れていたら、兄が二人とも殺していたかもしれない……。ブランドンはレアドとしても、父親としてもしくじりかけていた。

いくら頑張っても目下の仕事に集中できない。探査と将来の資源に注意が向かず、フィオナとウィリアムのこと、昨夜あのとき息子が泣かなければ、彼女と寝るという今最も避けなくてはならない行動をとっていたであろうことばかり考えてしまう。

だがあそこにいるフィオナを、ローワンの短剣を喉に突きつけられている姿を見て、彼女を永遠に失う恐怖を感じたことで、思いがけず激しく動揺したのだ。怒りもあったし、マクドナルド氏族のアーガイル城襲撃にあのような役目を果たしたフィオナの死をずっと願ってもいたし、あれほどの人数の氏族を失ったというのに、自分はどうしてもフィオナを失いたくないと思っていることに気づいたのだ。

ブランドンの一部は今もフィオナを思い、体は彼女の感触に焦がれている。結婚する気のない女性と寝ることですべてを台なしにするところだった。

頭の上で雷が鳴り、ブランドンは遠くにかかる雲を観察した。探査ができるのはあと一時間ほどだろう。天候の側にはブランドンたちとは別の思惑があるらしい。すでに見つけた農地に使えそうな平原と灌漑（かんがい）がしやすい新たな用水路の場所が、将来利益をもたらすことを願うしかない。氏族の資金は枯渇しかけていて、年末には税が徴収される。より有望で即効性のある解決策が見つからない限り、ブランドンが持参金の豊富な女性と結婚する計画を実行しなくてはならない。

「山沿いの最後の小道を調べたら帰ろう」暗い地平線を眺め、ブランドンは言った。「資源の可能性がある場所として記録されていない箇所の一つだ。もし周囲のいくつかの山のように粘板岩を採掘できるなら、しばらくは資金を確保しやすくなる」

ヒューが顔をしかめた。「ここが探査されていないのには理由があるんです」

「ほう？」

手綱を固く握りすぎたせいで、ヒューの手は白くなっていた。「ローワン様はあなたの計画をご存じなんですか？」

「まさか。兄は農業にも領地内の資源にも興味がない。ただ私を蹴落とし、過去への怒りを発散したいだけだ。兄の目的は権力のみ。それがどうした？」

「この山には確かに粘板岩があります。何世代か前には鉱山として使われていましたが、おじい様の時代から閉鎖されています」

「私も知らない鉱山を、なぜお前が知っている？」

ブランドンは馬を止め、鞍（くら）袋から日記帳を取り出した。日々の探査をもとに作成中の新しい地図を開き、その小さな獣皮を膝の上に広げた。

「私は父の書斎にある地図はすべて見ているが、それはどの古地図にも記されていない。この一帯はまるで存在しないかのように空白で、私はそれを妙だと思っていた。だからこそ、ここへ来たかった」

ヒューのあごの筋肉がぴくりと動き、ブランドンの手足に不穏な感覚が広がった。警戒感が体を走る。

　ヒューは手綱を握る力をゆるめ、ブランドンのほうを向いた。「この鉱山がどの地図にも載っていないのは、忘れるようにするためです。そこはお父上とローワン様が子供だった私を見つけた場所です。私は何週間もそこで暮らし、森の向こうの家沿いにごみを漁(あさ)っていました。ある朝、ローワン様がそこで私が盗みを働くのを見かけ、鉱山まで私を追ってきたんです。私を捕まえようとして、今にも鉱山から抜け出せなくなるところでした。その日、小規模な落盤が起こり、私たちは二人とも死にかけたのです。とてつもなく強情な方です、兄君は。でも、来てくれたことには感謝しています。さもないと、私は死んでいたでしょうから」ヒューは言葉を切った。「その後はあなたもご存じのとおりです」

　ヒューが鉱山に隠れていた？　一人きりで？　まだたった八歳の子供だったのに。

「どうして私に話してくれなかったんだ？」

　ヒューは肩をすくめ、遠くへ視線を向けた。「過去はそっとしておいたほうがいいからです。あなたとベアトリス様はそのときいらっしゃらなかったので、私たちはあなたがたに醜い真実を話す必要はないと思ったのです」

　ヒューが過去の話をしたくないと思っていることは、ブランドンも知っていた。ヒューの家族は彼が子供のとき、境界地帯を急襲したイングランド軍によって殺された。ヒューは自分の過去に関してそれ以上のことを決して話さなかったが、誰にも見られていないと思っているとき、彼には喪失感がちらついていた。

「鉱山が当時から不安定だったのは確かで、時が経(た)ってもそれは改善していないはずです」

「だがそこが粘板岩でいっぱいなら、不作の年にここから稼げたはずの金を捨てることにならないか？

毎年の税金を支払うのに使えたはずの金を？」

「もう粘板岩はないのに、存在しないものを採掘しようとして十人の善良な男たちを失うのなら、そうは言えません。それで何が得られます？」

「今、何もせずにいて何が得られる？」

　ヒューは笑った。「あなたは兄君がいかに頑固かをよくこぼされますが、お二人はよく似ています」

　ブランドンは思わず笑みをもらした。「それは私たちに共通する長所の一つかもしれないな」

　ブランドンが優しく手綱を引くと、雄馬はゆっくり歩き始めた。今日はあとで兄のもとへ行き、昨日の騒ぎについて話さなくてはならないが、それは昨夜のフィオナに対する自分の行動を彼女と話すのと同じくらい怖かった。できるだけ先延ばしにしたい。

　ヒューは頭を振ってついてきた。「あなたも野石の山に埋もれれば、ご自分の選択を考え直すでしょう。でも、一人で行くのはやめてください。何しろ父親になられたのですから」

〝父親〟

　ブランドンは鳥肌が広がった。その言葉を耳にするのはまだ妙な感じがして、今やそれが自分を、自分の人生を、自分の選択を決めるとなればなおさらだった。

　崩落したとわかっている鉱山に入ることを、第一の選択肢にするべきではない。ヒューですらそこまで考えてくれていた。それなのに、ブランドン自身はその危険を考えてもいなかった。息子とフィオナには自分しかいなくても、この地帯を探査しなくてはならない、そうだろう？　命を危険に晒してでも。レアドとしての自分の価値をローワンと長老たちに証明することは、兄と氏族の信頼を取り戻し、自分がレアドであり続けることが許される数少ない道の一つだろう。

　だが、新たな情報を入手することで信頼を勝ち取りたい気持ちはあっても、命を危険に晒したくはなかった。自分がいなければ、フィオナと息子の身に何が起こるかわかったものではない。ブランドンこそが、二人を死から守るただ一つの障壁なのだ。

ブランドンは折れた。「わかったよ。鉱山は出直そう。東の壁へ行く。作物を植えて来年の収穫量を増やせる程度には土が休まっているかもしれない」

ヒューは疑わしげな顔をした。

「あるいは、牛の群れに草を食べさせられる程度には」ブランドンは言い添えた。

境界地帯のキャンベル領の休眠が足りないことはわかっている。そこは湖に近く、日中はほぼずっと日光が降り注ぐため、豊作になることが多かった……養分が吸い尽くされるまでは。まだ休ませておかないと、土壌が再び肥えることはないだろう。

それは、ブランドンと兄の関係によく似ていた。二人がいつか兄弟に、血のつながりは別として本当の意味での兄弟に戻りたいのであれば、しばらくは互いを放っておかなくてはならない。

ゆっくりと安定した霧雨が降り始めた。「急いだほうがよさそうだ」ブランドンは言った。

ヒューはうなずき、二人は馬の歩調を速めた。

ブランドンが先を行き、最後のゆるやかな坂へ向かう。顔をしかめ、一帯を見回した。キャンベル氏族の兵士が一人もいない。

これは妙だ。

この峡谷沿いにはつねに兵士がいて境界線を見張り、近づいてくる敵を警戒している。ブランドンは馬の足をゆるめさせ、宙にこぶしを上げて、背後のヒューに速度を落とすよう警告した。友人はブランドンの馬の隣に自分の馬をつけた。

「偵察兵はどこだ？」ブランドンは低い声で言った。

ヒューは肩をいからせ、黙ってブランドンとともにあたりを見回した。風が木々の先端をそよがせ、背の高い草が雨に折れてなびいている。鳥の鳴き声は聞こえない。動物が互いを呼び合う声もない。

静寂が二人を丸ごとのみ込もうとしている。

ブランドンは息を止め、耳をすました。

やがて、馬に乗ったキャンベル氏族の兵士が二人、山の向こうから現れた。山道の裏側を巡回していたようだ。ブランドンは安堵に包まれるはずだったが、違和感が拭えなかった。

いやな予感が強くなる。

キャンベル領の端とマクドナルド領の始まりを示す岩壁沿いの道を行く兵士たちを観察する。父親であることを自覚したせいで、一時的に神経質になっているだけかもしれない。

ヒューを見ると、友人のあごが今もこわばっているのがわかった。眉間にしわが寄り、目は引き続き地平線に向けられている。

「何でもなさそうだ」ブランドンは自分も納得させようとして言った。「今は二人の兵士がこっちへ向かっている」

ヒューは頭を振った。「いいえ。明らかに様子が変です」そうつぶやき、ウエストの鞘からゆっくり剣を抜いた。「昨夜のレアドの発表後に偵察兵を増やしたので。全部で四人いるはずです」


フィオナは室内をうろついた。その様子は追いつめられ、何としてでも逃げ出したい動物のようで、実際にフィオナはそんな気分だった。

何しろ、部屋に閉じ込められているのだ。

何時間も前に日は暮れたのに、ブランドンがまだ戻らない。ヒューと一緒に探査へ出かけたのは知っている。ベアトリスが自分とウィリアムに会いに来たときにそう言っていた。だが昨夜のこともあったし、今朝はブランドンと話せなかったため、フィオナは一日中あざみの上を歩いている気分だった。

今朝目覚めたときは、ブランドンと話したいという希望を、いや熱意を持っていた。はっきりさせる必要がある。二人が一緒の未来はありえない。二人の過去とウィリアムの安全の面からそれは不可能だ。あるいは、フィオナの心の面から。フィオナの思い込みとは異なり、ブランドンは実際にはフィオナを捨てていなかったとはいえ、再び彼を自分の人生に迎え入れるのはリスクが大きかった。フィオナは息子のことを考えて決定を下さなくてはならない。ほかの何でもなく、息子に集中しなくてはならない。

心配でフィオナの心が揺れている間、ウィリアムはベビーベッドですやすや眠っていた。ブランドンが戻っていてもおかしくない時刻だ。息子に会うためだけにでも。午後の嵐が収まったあと訪れた漆黒の夜の静けさが、フィオナを嘲笑った。

ブランドンはどこ？

フィオナは凍りつき、肌に冷たい恐怖が忍び寄った。ローワンに殺された？

やめなさい、と自分をたしなめる。予定外の仕事か異例の発見があって遅れているのだ。それだけだ。フィオナはベッドに座り、両手で頭を抱えて深く息を吸い、気を鎮めようとした。

パニックを起こしても何にもならない。ウィリアムのためにもならない。

〝落ち着きなさい、フィオナ〟

シーナおばの優しい声が耳の中でこだました。おばは正しい……いつもそうだ。おばのことが恋しくてたまらない。何かを解決したいのなら、落ち着かなくてはならない。心配しても思考が混乱し、引いた弓のように神経が張りつめるだけだ。

〝あなたの心の中の、誰の手も届かない場所で、自分を落ち着かせるのよ〟

鞭打ちの前やウィリアムの出産中、フィオナが痛みと恐怖にのみ込まれているとき、おばはそんな言葉をかけてくれた。シーナおばだったら、今の自分に何と言ってくれるだろう？

あなたは何があっても生き延びる。

機転と理性を取り戻しなさい。

人生のどんな暗い瞬間もそうだったように、あなたは今回も切り抜けられる。

おばがそう教えてくれた。そこで、フィオナは自分が学んだことをした。ありのままの現在に留（とど）まり、その中で落ち着く努力をし、可能性を考えて気に病まないようにする。だがこの部屋とこの城からは逃れられないため、ずっと前に選んでおいた平和と希望と幸せを象徴する記憶を目指し、心の中で逃避するのだ。誰も自分から取り上げられない記憶。

かつてブランドンとの間にあった愛の記憶。

目を閉じ、吸って吐く息を数えることで思考を落ち着かせようとする。鞭が何度も肌に打ちつけられる前の、あの時間にしていたのと同じように。すると、たちまち頭の中でその記憶が呼び起こされ、呼吸は平坦（へいたん）な、規則的なパターンへと落ち着いた……。

眩（まぶ）しい夏の太陽が青空に輝き、暗い灰色の海を見下ろすキャンベル領の端の絶壁に照りつけている。波が繰り返し眼下の岸に打ち寄せている。

フィオナは顔に黄金色の太陽のぬくもりを感じ、あたりに漂う新しい草の香りを吸い込んで、はだしの足の下に冷たくなめらかな葉を感じた。

ブランドンの力強い、たこのできた指がフィオナの首をなぞり、唇がフィオナの唇の上をさまよったあと、熱心にそれを奪った。彼の体が自分に押しつけられるのを感じながら、プレードをつかみ、彼を自分のほうへ引き寄せる……。

このファーストキスが思いがけない愛へと導いた。息が止まり、理性が吹き飛ぶいくつものキスへと。

人生は完璧で、不可能なことはないと思っていた。

またそうなるはずだ……だが、まずは自分がそうなると信じなくてはならない。

すべてが失われたわけではない、そうでしょう？

フィオナは目を開け、もはやそこまで狭くも、絶望的にも思えない部屋を見た。何はともあれ、自分には今も息子がいる。すべてが失われたわけではない……何が起こったのだとしても。

フィオナはほほ笑んだ。結局、何も起こっていないのだろう。過去のせいで不安に敏感になっているが、良い知らせにも備えなくてはならないのでは？

兵士たちの低く轟く叫び声と命令が城壁の外から聞こえ、驚いて物思いから覚めた。苦心して集めた平穏な時間は風に運び去られた。

フィオナは小さな細長い窓に駆け寄り、心臓は警戒に大きく打った。それは幸せな男性たちの熱意と喜びの叫び声ではなく、切迫した命令の声だった。

何かがあったのだ……でも、何が？　目を細めて下を見ても、暗闇でほとんど何も見えない。こんな遅くまで灯されているたいまつはほとんどなく、夜間の見張りに必要な分だけだったからだ。

どうしよう。

あたりは暗すぎて、見えるのは影になった大柄な男性たちと馬たちだけだ。戦士は合わせて十人ほどいるようだが、馬はその半数程度だ。最後の一団が城壁を囲む小さな濠にかかる橋を渡ってくる。たいまつが投げかける小さな光の輪の中に彼らが入ると、フィオナはあえいだ。

二人の兵士の体が大きな雄馬の背に横たえられていた。二人の死体が。生気がなく、不気味に揺れる影になった腕と、だらりと垂れた頭からわかった。

それはなじみの光景だった。ハイランドの戦士は死者を埋葬するために連れて帰ってくる。誰も生き残らず、死者を運べないとき以外は。

胸の中で息がつまった。窓の下の冷たい石をつかむ。死体をのせた馬を導く兵士がたいまつの灯りが直接当たる場所へ歩いてくると、ヒューの険しく影になった顔が見えた。

フィオナは手で口を覆い、喉元にせり上がった悲鳴を押し殺した。ブランドンはヒューと一緒に探査に出かけただけなのに。何があったの？

だがハイランドでは、ごく普通の単純な日々が人生を変える戦闘へと変わりうる。フィオナはそれを知っていた。

けれど、今日がその日だとは知りたくなかった。

そのとき、見えた。

兵士の一団の中から出てきたそれを、フィオナはブランドンの確かな安定した足取りだと思い、すぐに確信した。どこで見ても彼とわかるブランドンの歩き方だ。

たいまつの灯りがブランドンの顔をちらちらと照らし、確信が裏づけられると、フィオナはあえいだ。ブランドンは生きていた。


頬に涙がこぼれ落ちた。

一瞬だけ、ブランドンはフィオナの中で失われ、そして戻ってきた。だがあの二人の兵士にとってはこのように幸せな物語ではないだろう。気の毒な女性が夫か兄弟を、あるいはどこかの幼い子供が父親を失ったはずだ。

喉が締めつけられたが、目をそらせなかった。

フィオナは外を見つめ、重要な何かを聞き取ろうとしたが、声が多すぎてこの距離では理解できなかった。だが、彼らの口調の意味は容易に読み解けた。兵士たちの声にも姿勢にも怒りがにじんでいる。

フィオナはごくりと唾をのんだ。

まるで戦闘の準備をしているかのようだ。

だが、彼らはどの敵を恐れているのか？　マクドナルド氏族？　イングランド軍？　新たな敵？

階下へ下りて話を聞き、計画を立て、助けを申し出ることができればいいのにと思う。その若さと性別にかかわらず、フィオナは熟練の戦士だ。男性を難なく倒せるし、母親になったことで五感はいっそう研ぎ澄まされた。もし戦士が必要なのに自分を味方に迎え入れないなら、彼らは愚かだ。

フィオナは顔をしかめた。

実際、ローワンとブランドンは愚かだろう。二人が自分をこの部屋から出すはずがない。

ブランドンが小さな窓に向かって顔を上げると、フィオナの息が止まった。フィオナが自分を見下ろしていることを感じ取ったのかもしれない。そうだとしても彼はその気配を見せなかったが、ついさっきフィオナがブランドンを見たときと同じように、彼もフィオナを見ただけで落ち着いたのか、動きが止まったあと体から力が抜けた。

フィオナの肌が熱くなった。ブランドンは今も自分を思っているのかもしれない……自分が彼を思っているように。それは時が経てばわかるだろう。

フィオナは息を吐き出した。その時が来るまで忍耐が必要だが、忍耐はフィオナの得意分野ではない。

フィオナは兵士たちの観察を続けた。ブランドンが彼らと小さな輪を作って話している。やがてレアドなら誰でもそうするように、亡くなった兵士を最後に一度見に行った。ブレードをそれぞれの兵士に掛け、頭を垂れて兵士に片手を押し当てる。祈りを捧げるように。兵士の祈りかもしれない。

フィオナはそれを暗記していた。戦闘中にマクドナルド領で倒れた兵士一人一人に唱えていた祈りだ。うつむいてそれをささやく。〝兵士よ、すみやかに天国へ昇ってください。ここでのあなたの戦いは勝利です。あなたの精神と務めに幸あらんことを。あなたはこの氏族で最も優れた息子の一人です〟

それが終わると、ブランドンが生きて戻ったことへの感謝の祈りを捧げた。ブランドンがずっと無事であってくれることが、何よりの願いだった。

14

〝落ち着け〟

ブランドンは自分にそう言い聞かせながら、兄の寝室へ続く階段を上った。心労の多かった一日のあとに兄と会うのが最良の考えかどうかはわからなかったが、先延ばしにすれば不安が増すだけなのは確かだ。それに、豚草による発疹が必要ないのと同じくらい、今の自分の気を散らすものは必要なかった。

あの死んだ兵士たちを見たことで得られた視点がある。自分があとどのくらいこの世にいられるかわからないし、昨日フィオナを襲われはしたものの、ローワンとの関係の修復は自分にとって重要だ。何が起ころうとも、兄がどんな悲しみにのみ込まれようとも、ローワンはやはり兄なのだ。

「兄上の様子はどうだ？」ブランドンは兄の部屋の外にいる衛兵にたずねた。衛兵をここに配置したのは、城壁内にいる人々を守るための必要悪だ。

兵士は肩をすくめた。「昨夜と変わりありません。ほぼ一日中、姉君がお世話をしておられました」

「ありがとう」ブランドンは答えた。

ドアを開け、最悪の事態に備えて気を引き締める。大きなベッドの上で毛皮に覆われた兄は小さく、か弱くさえ見え、その姿にブランドンの胸はうずいた。この一年は兄とかつてのレアドをいかに変えたのか。

「弟よ……」ローワンは弱々しく言いながら、体を起こそうとしてよろめいた。「すまない」そう言い添える。その言葉には悲しみがにじんでいた。

ブランドンは凍りついた。今、兄上は謝ったのか？　昨夜の目も眩むほどの悲嘆と激情から、優しく論理的な状態へともう一度転換したのか？

ベアトリスを見ると、姉はうなずいた。「大丈夫よ、ブランドン。入ってきて」

　ブランドンは中に入り、ローワンのベッドの脇の椅子に腰かけた。兄の変わりやすさにいつもながら困惑し、口を閉じた。兄を包んでいる何らかの穏やかさを押しのけたくなかった。

「二人でゆっくり話してちょうだい」ベアトリスは立ち上がったが、ローワンが姉に手を伸ばした。

「いや、いてくれ、姉上。二人と話がしたい」ローワンは懇願した。

「ああ、姉上、私も伝えたい知らせがある。座ってほしい」ブランドンも同調した。

　境界地帯での襲撃のことを二人にまとめて話したほうが楽だろう。どう反応するかの計画に同意してもらわなくてはならない。しかも、早急に。

　姉はためらうようにブランドンを見たが、椅子に戻り、長いプレードを肩にかけ直したあとスカートをなでつけた。少女のころから変わらない、緊張したときの癖だ。ブランドンはかすかにほほ笑んだ。

「夜も昼も、ミス・エマの薬で眠らされていないときはずっと考えていたんだが」ローワンは笑い、起き上がろうとした。

　ブランドンは立ち上がり、ローワンの背中の後ろに追加の枕を入れ、兄がそれにもたれるのを手伝った。ベアトリスがまわりの毛皮と寝具を慌ただしく整え、やがてローワンがその手を制した。

　ベアトリスはうなずいて椅子に戻った。

「私はレアドに向いていない。これ以上お前に挑むのはやめるよ」兄は言い、ブランドンを見つめた。

　ベアトリスがブランドンと同じくらい驚いているのは間違いなかった。ブランドンは策略かもしれないと思い、このあと大きな笑い声が聞こえるのを待ったが、笑い声は発せられなかった。

「昨夜、私はフィオナを殺したいと思った」ローワンはごくりと唾をのんで続けた。「正直に言うなら、お前の息子も」

体内で衝撃が渦巻き、ブランドンは椅子の背に寄りかかった。硬い木の感触だけが、この瞬間が現実であることを思い出させてくれた。

「私の息子を殺したいと思ったのか？　自分の甥を？　罪のない赤ん坊を？」苦痛と怒りがブランドンの体内で戦う。両手をこぶしにし、激情に喉が締めつけられるのを感じた。「なぜだ？」

「悲嘆。怒り」ローワンは目を拭った。「わからない。いずれにせよ、私は自分が信用できない」ブランドンの目を見る。「お前も私を信用するな。私が自分を取り戻せるまで、私に常時見張りをつけろ」

ベアトリスの目に涙があふれた。「ローワン」すすり泣きながら言う。「ウィリアムはまだ赤ちゃんよ。私には想像もできないわ」

ローワンは姉の手を握った。「それが真実だ。姉上も私を信用しないでくれ。ローザに関しても。私はあの子も傷つけてしまうかもしれない」手を震わせ、頬から涙を拭う。「私が良くなるまでローザの世話をしてほしいんだ。頼めるかい？」

ベアトリスはうなずいたが、何も言えなかった。

「私たちがみんなでローザを世話するよ。それに、兄上のことも。兄上はまた良くなる、元どおりになる。そのうちわかるよ」

兄の告白で心がずたずたになっていたが、ブランドンは二人の手を握ってほほ笑もうとした。少なくとも、自分と氏族へのローワンの脅威はなくなった。今度は別の脅威に手を打たなくてはならない……。

「お前の知らせは？」ローワンは髪をかき上げてたずねた。「ヒューと偵察中に何か見つけたのか？」

ブランドンはうなずいた。「確かに今日見つけたものがある……恐ろしいものだ。境界地帯を見張っていた二人の兵士が殺された」

ローワンは完全に起き上がった。「何だと？　もう何カ月も境界地帯では何も起きていなかったのに。その二人に何があったんだ？」

　ブランドンはベアトリスを見た。これがどれだけひどいことか、姉の前で正確に言うべきなのか？

「続けて」ベアトリスはきっぱりと促した。「私も事実を知りたいわ」

「二人は致命傷を負って、じわじわと死んだようだ……わざとだ。ヒューと私が見つけるまで何時間も生きたまま放置されて苦しんだと思う。動くことができず、出血していた。胸に短剣で手紙が留められていた。警告の手紙が」ブランドンは息を吸った。

「誰からだ？」ローワンはたずねた。

「マクドナルド氏族だ。フィオナとウィリアムがここにいるのを知っている。二人を返せと」

「聖母マリア様……」ベアトリスがつぶやいた。

「もし従わなかったら？」ローワンがたずねた。

「ここへ来て力ずくでフィオナを連れていくか、我々の兵士をさらに攻撃するかだと思う」

「お前はどうしたい？」ローワンはたずねた。「お前がどんな決断をしても、私はそれを支持する」

　兄の忠誠にブランドンは仰天した。気を取り直して答えるまで、少し間が空いた。

「私は二人をここに置きたい。彼らのもとへ戻れば殺される。それですむかもわからない。二人を見捨てることはできない。もう二度と」

「では、二人の安全を守るためにやるべきことをやれ。この城でこれ以上苦しむ者を出してはいけない」ローワンは再び枕にもたれた。顔が青ざめていて、全身が疲労に襲われているように見える。

「そうするよ、兄上。少し休んでくれ」ブランドンはローワンの肩をぎゅっと握った。

　兄がうなずくと、ベアトリスが立ち上がり、ブランドンを強く抱きしめた。「あなたにけががなくて本当に良かった。私はもう誰も失いたくないわ。お願いだから身を守って。全員の身を守って」

ブランドンは姉の頬にキスをした。「そうするよ。そんなに心配しないで」

フィオナの寝室に向かいながら、手足に疲労が押し寄せるのを感じた。死んだ兵士たちに対するうずくような喪失感と、兄の病気が引き起こした困惑、フィオナとウィリアムへの心配が流砂のようにブランドンを引きずり込もうとしている。

「ありがとう、ヒュー。下がってくれ」

ブランドンが言うと、ヒューはうなずいて立ち去った。フィオナの寝室のドア口に立ち、そっとドアをノックする。いかに愚かしくても、この新しい計画を彼女に話さなくてはならない。計画を成功させるためには、フィオナの協力が必要なのだ。

「フィオナ?」彼女がまだ起きているかどうかもわからず、ささやき声で言う。

掛け金が上がり、まるでフィオナがドアの向こう側に立ってブランドンを待っていたかのように、ドアが大きく開いた。

本当に待っていたのかもしれない。

ほかの女性なら待っただろう。脇によけてブランドンを部屋に入れ、椅子を勧めただろう。慰めの言葉をかけるか、大変な一日のあとで顔から汚れを洗い流す時間が必要かをたずねるかしただろう。

フィオナはそんな女性ではなかった。そんな女性だったことは一度もなかった。

ブランドンが寝室に入ってきた瞬間、フィオナは彼の首に両腕を巻きつけ、絞め殺さんばかりに抱きしめた。ブランドンがドアを閉めるのさえ待たなかった。彼のそばに行くのをあと一秒も待てなかった。

「私……私、最初あなたが死んだのかと思ったの。だから、生きているとわかったときは……」

全身をブランドンの体に押しつけ、たいまつの灯(あか)りの影の中で彼が死んだ兵士を乗せた馬を引いているところを見て以来初めて、自分は安全だと感じた。ブランドンの体にすり寄せた体がぶるぶる震える。

ウィリアムのために距離を置くことをブランドンに告げるという当初の思惑は、彼が生きているのを見た安堵(あんど)へと大きく変わった。ブランドンが自分を抱きしめたくなくても、もう自分を愛していなくても構わない。ただ彼を抱きしめ、彼のそばにいたかった。ブランドンを失う恐怖が理性を霞(かす)ませていた。二度とブランドンに会えない、二度と彼を抱きしめられない、すべてが失われた、そう思った……だけど、ブランドンは生きている。彼はここにいる。

ウィリアムは父親を失ってはいなかった。

フィオナは人生で誰よりも愛した男性を失ってはいなかった。

ブランドンがたくましい手をフィオナのウエストに回すと、フィオナの足元から世界が消えた。ブランドンはドアを蹴って閉め、掛け金を下ろしてフィオナを強く抱きしめて、自分と壁の間にフィオナを閉じ込めた。彼の硬い筋肉、力強さ、生々しい感触がフィオナをのみ込んだ。

「さっき窓の中の君を見て、君が無事だとわかったとき……」ブランドンは言った。

それ以上は何も言わなかった。言う必要もなかった。ブランドンが影になった兵士たちの群れの中から生きて無傷で現れたのを見たとき、フィオナはまさにその安堵感が心の中に広がるのを感じた。それは言葉では説明できない感覚だった。

「いろいろ……」ブランドンは息を切らして続けた。

「いろいろ話したいことがあるんだが、まず……」

フィオナをそっと放し、震える足を床に下ろす。髪にキスをし、フィオナの手を取ってウィリアムのもとへ導いた。しばらくの間、フィオナの手を握ったまま、ただ自分たちの息子を見つめていた。

フィオナの手足に一晩中残っていた緊張が解けるのを感じた。二人の間に静寂が流れる。

フィオナはブランドンを見上げた。彼の視線は息子に釘(くぎ)づけだった。丸っこい赤ん坊の顔に見とれている？　それともこれから数年後に力強い若者になり、戦士として訓練を受け、初めて剣を掲げる姿を想像している？　その答えは重要なことだろうか？

「奇妙な、悲しい一日だった。ローワンが昨日の出来事のことを謝ってきただけでなく、権力を取り戻そうとするのはやめると誓ってくれたんだ。自分が悲嘆に暮れるあまりおかしくなっていることを自覚したようだ。昨夜、私たちの息子を殺したいと思っていたことまで告白してくれた」

フィオナは寒けを覚え、身震いが出た。最初は言葉が出なかったが、やがてこう言った。「お兄様の告白にそこまで怒りを感じない自分に驚いているわ。あっけにとられているんだと思う」

「わかるよ。私も同じような困惑と衝撃を感じた。ローワンは時に残酷なこともするが、罪のない赤ん坊を殺せるような人間ではなかった。しかも、自分と血のつながった子供を。でもそう言われたとき、兄が事実を言っているのがわかった……その目に恐怖がにじんでいるのも。ローワンは自分を恐れている。私たちに娘の世話を頼み、自分を取り戻すまで寝室の周囲に見張りを立ててほしいとも言った」

「ブランドン、お気の毒に。あれだけのことをされても、あなたがローワンを愛しているのはわかっているわ。お兄様だものね」

フィオナはブランドンの肩に頭をもたせかけた。本当に気の毒だった。いつかブランドンが氏族内でのローワンの処遇に関して恐ろしい決断をする可能性を思うと怖かったが、そうならないことを願った。

ブランドンはため息をついた。「それから、二人のキャンベルの戦士が発見された。境界地帯で攻撃を受けていた」こわばった声で言う。「残酷な殺し方だ。馬が奪われ、二人は刺されて人目につかない場所に隠されていた。ヒューと私とあと二人、馬で巡回していた兵士たちが十五分ほど探し回って見つけたんだ。とっくに手遅れになっていたが」

　フィオナの手のひらはちくちくし、心臓の鼓動が速くなった。「誰が……」

「おそらく、マクドナルド氏族だ」

　フィオナの中に警戒感が生まれた。

「二人を発見したとき……」ブランドンは言葉を切った。あごの筋肉がぴくぴく動く。「胸に刺した短剣で手紙が留められていた。二人は放置され、時間をかけて苦しみながら死んだ。おぞましいことだ」

　フィオナは彼の話の続きを待った。脈が速くなる。

「マクドナルド氏族は君がここにいることを知っている。生きていて、息子と一緒であることも。連中は君を返せと要求してきた」

　フィオナはブランドンの手を放し、室内を歩き回った。胸の中にヒステリーがふつふつと沸いてくる。今にも大声で笑いそうになった。「私を返せと要求しているの？　私と息子を殺そうとしたくせに。なぜ今さら私に帰ってこいなんて言うの？」

　ブランドンはフィオナのほうを向いた。「ウィリアムが目的だと思う。生きていると知った以上」

「理解できないわ。あの人たちは私を殺そうとしたのよ……お腹の中にいたこの子を失わせようとしたの」フィオナは指で髪を梳いた。

「でもウィリアムが生きているとわかった以上、この子が欲しくなったんだろう。手紙からはそう読み取れた」ブランドンはフィオナから遠く離れた一点を見つめた。「手紙の中には、君を捕まえに来るというくだりもあった。私も。私たちの息子も」

「単に私たちを捕らえるか、侮辱するか、殺すかするためだけに？」フィオナは両脇で手をこぶしに握った。「それなら自分から死ぬわ」

「何かいい手が見つかるはずだ、約束する——」ブランドンが言いかけた。

ドアをノックする音が聞こえた。「レディ・フィオナ、お風呂の湯をお持ちしました」ジェニーの静かで、不安げな声が室内に響いた。

「ありがとう。入って」フィオナは答え、ドアの掛け金を上げた。

ジェニーは兵士二人を連れて入ってくると、ブランドンを見て膝を曲げた。「レアド」顔を赤らめ、小声で言う。「こちらにいらっしゃるとは知りませんでした。何かご入り用のものはありますか？ レアドがいらっしゃると知っていれば、私——」ブランドンに遮られ、ジェニーはすぐに口をつぐんだ。

「けっこうだ。ありがとう」

兵士たちが運んできた湯が暖炉の前の浴槽に注がれると、ジェニーは再びとってつけたように膝を曲げ、一同は部屋を出ていってドアを閉めた。

「かわいそうなジェニー、あなたのせいで針のむしろよ」フィオナは言った。

ラベンダーの甘い香りが空気中に立ち上った。

「さあ、服を脱いで」フィオナはドアの掛け金を下ろし、ブランドンに命じた。

彼は動かなかった。

フィオナは呆れたように目を動かし、ブランドンを浴槽へ押しやった。「あなたがそこで倒れる前に私に洗わせてちょうだい」静かに言う。「その間に、あなたがどんな手を打とうとしているのか聞くわ。手を動かしていたほうが不安が和らぐの」

ブランドンはチュニックを脱いだあと、一度の動作でプレードを外した。その重い生地は床に丸く広がり、ブランドンは浴槽に足を入れた。

「フィオナ、これはまったく別の種類の責め苦になりそうだ」彼は低いうなり声で言った。

フィオナは笑った。「あなたが私にした仕打ちを思えば、むしろそうあってほしいものだわ」

ブランドンの目に表れた苦悩の色に、フィオナはその言葉を後悔した。彼を傷つけたくはなかった。

ブランドンは濡れた布を掲げているフィオナの手をつかんだ。「フィオナ、私は君も息子も見捨てるつもりなんてなかった。もし知っていれば……」

彼の懇願するような目つきに、フィオナは息が止まりそうになった。

「ええ、わかっているわ……」

フィオナはブランドンの周囲を回り、肩から土と埃を洗い流し始めた。布が肌の上をすべると、フィオナの手の下で力強い筋肉にさざ波が走った。ごつごつした背骨を尻の割れ目まで拭くと、彼は息を吸った。これ以上に美しい男性の体は見たことがないし、見たいとも思わない。戦闘中もしくは湖で沐浴中の半裸の戦士なら大勢見たことがあるが。

心の中にもこれ以上の男性はいなかったが、それでもブランドンに見捨てられたこと、彼が現れなかったことで味わった悲しみは忘れていなかった。たとえそれが、彼がフィオナの状況を知らなかったせいだったとしても。

布を浴槽の中ですすいでいると、ある考えが頭に浮かんだ。「これはこの一年をすすぐことを象徴しているのかもしれないわ」フィオナは言った。「お互いに対して最悪の想像をしていたおぞましい時間をすべて洗い流し、この湯の中に捨てるの。全部放り捨てて新しく始めるのよ」

ブランドンはこれを愚かしく思うだろうか？　二人の傷に対し、あまりに単純な解決策だと？

ブランドンは何も言わず、フィオナが脇腹から新たな土の一片を洗い落とすと呼吸を乱した。

「今夜、私にも同じことをさせてくれるのなら」ブランドンはささやき、フィオナの手を握った。

喉がつまり、フィオナが布を強く握りしめると、ブランドンの背中に湯が滴り落ちた。そのような親密さ、そのような優しさに耐えたうえ、泣きながら床に崩れ落ちずにいられるだろうか？

「フィオナ？」ブランドンは言った。「お願いだ」

フィオナは唇を噛んだ。腹の中で不安が螺旋を描く。ブランドンに触れられて柳のようにしならずにいられるだろうか？ きっと無理だ。でも、償いをしたいという彼の願いを拒むのは残酷に思えた。

「まずはあなたを洗わせて」フィオナは言った。

その声は震えた。フィオナがためらい、曖昧な返事をしたことにブランドンは気づくだろう。

彼は黙ったままだったが、フィオナの手を放した。

怒った？ 失望した？

フィオナは目の奥を焼く熱い涙をまばたきで押し戻した。作り上げたばかりの二人の脆い結びつきを壊すほどに、自分が躊躇した時間は長かっただろうか？ なぜブランドンのことを必死に求めた次の瞬間、彼と親密になることを恐れるのだろう？

自分でも筋が通っていないと思うのに、それをどうやって彼に説明できるだろう？

フィオナは息を吐き出し、もう一度布巾をすいだ。ブランドンの前に回り、肩までの長さの髪を顔から押しやって、頬を汚す大量の土を拭き取り始める。強い視線がフィオナの動きを追い、彼にじろじろ見られてフィオナの顔は熱くなった。

「フィオナ、君の準備ができるまで待つよ」

フィオナは眉間にしわを寄せた。「何の準備？」

ブランドンは答えなかったが、にやりと笑って浴槽から出た。その体は濡れ、フィオナが子供のころに読んだ物語に出てきた神秘的なケルト族の戦士のように輝いていた。

ブランドンは手早く体を拭き、予備のプレードをベッドから取ってウエストのまわりに巻いた。そして、腰に手を当てて室内を歩き回った。

計画を立てるときのブランドンの見慣れた動作に、フィオナはほほ笑んだ。彼がこれとまったく同じことをしながら氏族のための農業計画について話す姿を幾晩も見てきた。そこにフィオナも参加させてもらうことで、彼から自分の考えを話す価値がある相手と見なされているのだと思えて嬉しかった。父や弟がそんな行動をとることはありえなかった。

「日記帳と木炭を持ってきましょうか?」フィオナは唇を噛みながら思いきって言った。

ブランドンは足を止め、フィオナにほほ笑みかけた。「ああ。昔みたいにしよう。君が提案を記録してくれれば、君の家族の裏をかいて君とウィリアムを守るための周到な計画を立てられる」

「同じ場所に置いてある?」フィオナはたずねた。

「ああ」ブランドンは静かに答え、秘密の羽目板を通って彼の部屋へ入るよう手振りで示した。

フィオナがうなずいて壁の羽目板を押すと、それは何なく奥へ動いた。

ブランドンの部屋は温かくて居心地が良く、おなじみの彼の匂い、麝香のぴりっとした彼だけの匂いがして、フィオナの中で欲望が爪先まで滴り落ちた。しばらくの間、周囲の見慣れた家具と傍らの暖炉でちらつく火を見つめる。幸せだったころの記憶が全身に押し寄せた。この部屋の女主人になったつもりで、毎晩愛する夫を迎えるためにベッドに潜り込み、体と魂と心の秘密を分かち合っていたころ。

フィオナは腕に寒けを感じてさすり、頭を振った。乱れたベッドカバー、見慣れた毛皮の上掛け、部屋を彩る色とりどりの風景画は以前とまったく同じだ。ブランドンの父親の剣が今もドアの内側に吊され、ほのかな灯りの下でフィオナに向かってきらめいた。

窓の下枠にスケッチが置かれていて、フィオナはそれに近づいていった。ブランドンの描く絵はいつも火に群がる蛾のようにフィオナを引き寄せた。その絵の全体像が見えると、胸が締めつけられた。

ウィリアムだ。

彼は自分の息子を、自分たちの息子を描いていて、そのことが何よりもブランドンをよく表していた。

「着るものを持ってこなくてはと思ってね」ブランドンが背後から言った。

自分がどのくらい長くそこに立っていたのか、羊皮紙に描かれた息子の姿に釘づけになっている自分をブランドンがいつから見ていたのはわからなかった。「本当にすばらしいわ」フィオナはスケッチを手で示し、ようやく思いきってブランドンを見た。

「ああ。君たちを湖で見つけた日の晩は、ウィリアムのことしか考えられなかった。頭の中があの子の姿でいっぱいになって、描かずにはいられなかったんだ。描くまで気が休まらなかった。なぜだかあの子の顔を忘れたり、あの子がいなくなったりするのが怖かった」ブランドンはフィオナの背後で足を止めた。「馬鹿げた考えだが、本当にそう思った」

フィオナは唇を噛んだ。「それほど馬鹿げた考えではないかもしれないわ」鼓動が速くなり、思いきって真実を告げた。「私はあの晩、逃げる計画を立てていたから」

ブランドンはフィオナの肩に手を置き、自分のほうを向かせた。「今は？」

フィオナは思いきって笑い、さらなる真実を告げた。「今は一日おきにしか考えていないわ」

ブランドンはフィオナをまじまじと見て、ほつれた髪を耳の後ろにかけた。「君はずっと逃げるしかなかったんじゃないか？　父親から、家族から、責務から……」彼の手の甲がフィオナの頬をかすめた。「いつか君が、私から逃げる必要はないと気づいてくれることを願っているよ」

15

フィオナはその言葉を巧みに無視し、ブランドンの背後へ回って日記帳と木炭を取ってきた。そしてブランドンのベッドの上にはだしで上がり、毛皮の中で体を丸めて脚を組んだが、いかにも普通のことのようなその行動にブランドンは動揺した。フィオナはこれとまったく同じことを今までに何度もしていた。二人の間にあれほどの出来事があったにもかかわらず、フィオナは今ここに、再びブランドンのそばにいて、一緒に計画を立てようとしている。

ブランドンは暖炉に歩み寄り、炉床でくすぶる火を火かき棒でつついて再び燃え上がらせようとした。火の粉が外へ舞ったため、床の上の残り火を消してからフィオナのほうを向いた。

「どうすれば私とウィリアムの安全が守られると思う？」フィオナは新しいページに二つ縦列を作り、手を止めてからブランドンに注意を向けた。

「君の父親を殺せばいい」

フィオナはブランドンに向かって顔をしかめた。

「それも一つの選択肢だけど、殺したら氏族間のさらなる問題の引き金になるんじゃないかしら？」

「そうだな。でも、これは確かに一つの案だし、忘れないでほしい――」

フィオナはブランドンに向かって手を振った。

「ええ、わかっているわ……〝最初はどれだけ馬鹿げているように見えても、すべての案を書き留めなくてはならない〟のよね」

誇張された自分のものまねに、ブランドンは笑った。「君の番だ、フィオナ」

「私が引き続きマクナブ氏族のもとへ向かうのを許

すという手もあるわ」フィオナは提案した。

今度はブランドンが顔をしかめる番だった。「ありえない」

「父を殺す案とそう変わらないわよ」

「確かに」ブランドンは苦々しげに言い、痛む肩をさすった。この数日間で心身ともに疲れきっていた。

フィオナは手を止めた。「気を失う前に座って」

そう促し、ベッドの自分の隣を手でたたいた。

フィオナの近くに行くのは賢明でないとわかっていたため、ブランドンはためらった。すでに昨日、自制を放り捨てている。再び自制心を失うわけにはいかない。ブランドンの中には自分たちが一からやり直せる可能性を考えている部分もあったが、より論理的な部分は別の女性と結婚する計画を守り抜く必要性を知っていた。キャンベル氏族にただちに富と権力と同盟氏族を注入しなくてはならない。特にマクドナルド氏族がまたも怒りを向けてきて、フィオナとウィリアムが危険に晒されている今は。

ブランドンは疲労に屈して柔らかなベッドに身を沈め、ふわふわの毛皮にもたれて片腕で目を覆った。大きくため息をつく。フィオナの指先がブランドンの腕をさすり、心地よさとともにかすかな欲望が送り込まれた。それはブランドンが心から恋しく思っていた感触だった。

「そのほうがよければ、この件は朝話し合ってもいいわ」フィオナが言った。

「いや」ブランドンは答え、目の上から腕をどかして木造の天井を見上げた。「続けよう。正式な結論は出なくても、リストは作らないと。体は疲れているのに、意識が冴えすぎていて眠れないんだ」

「わかった」フィオナは元の位置に戻り、木炭でページをたたいた。「同盟氏族はいる？」

ブランドンは笑ってフィオナの目を見た。「今、氏族の命を賭けられるほど信用できる氏族はいない」言葉を切ると、喉がつまった。「だから、私が別の氏族の娘と結婚しなくてはならないんだ。その縁組みが何にも勝る強い同盟関係を作ってくれる」

フィオナは動きを止めて視線を落とし、追加の案を書いた。彼女ははだしでシュミーズしか着ておらず、ショールを肩にゆるく巻いていた。髪が流れる火のように顔のまわりに垂れている。ブランドンは胃が重くなり、体の両側で手をこぶしにした。フィオナの姿に体が反応し、再びブランドンを裏切った。

「これまでにどんな案が出た？」ブランドンは体を駆け巡る欲求から気をそらしたくてたずねた。

「縦列を二つ作ったわ。こっちが私のリスト。その一、このままマクナブ氏族のもとへ向かう。その二、アバディーンかグラスゴーで新生活を始める。その三、周辺の小規模な氏族の一つに身を寄せる。その四、弟に連絡して助けを求める」

フィオナはブランドンと目を合わせた。ブランドンは彼女が挙げた案に怯んだ。どれもフィオナが息子を連れてここを離れることを含んでいて、それはブランドンがどうしても避けたいことだった。出会ったばかりのウィリアムと、いやフィオナとさえ離れ離れになることを思うと、血管の中を不安がどくどく流れた。自分が二人を守らなくて誰が守る？そもそもほかの誰かに二人を守ってもらいたいか？

ブランドンは目をこすり、忍耐を保ちつつ次の言葉を発した。「ここに留まるという案はないのか」

フィオナが肩をすくめた。「私がなぜそんな案を入れるの？なぜ自分とウィリアムを憎み、殺したがっている人たちの中にじゃま者として留まることを望むの？あなたは別の人と結婚するのに」

ブランドンは疲れで頭が働かなかったが、それでも思考は空回りして落ち着かなかった。自分の性格を考えると、頭の中にある考えと懸念、計画をすべて書き出さなくては落ち着かないとわかっていた。

ブランドンは文字が書けるように起き上がった。

「日記帳は？」そうたずね、手を差し出した。

フィオナは呆れたように目を動かしたが、木炭とともに日記帳を渡してくれた。指先が触れ合うと、ブランドンの腕に刺激が走った。

ブランドンはページの一列目を読み、二列目に自分の案を書き足した。

〈その一、レアド・オードリックを殺す。

その二、フィオナとウィリアムに上階の寝室にいてもらい、常時護衛をつける。

その三、フィオナとウィリアムに村の小さな家に住んでもらい、常時衛兵に守らせる。

その四、フィオナと結婚する〉

最後の一つはまるで勝手に書かれたかのようで、自分がそれを頭で考えただけでなくページに書き加えているのを見て、ブランドンはぎょっとした。

自分の中のどこか一部分がこれも一つの選択肢だと考えているのか？　二人の間であれほどのことがあったのに、自分は本当にフィオナと結婚したいのか？　このような考えを提案しただけで氏族はどんな反応をするだろう？

答えはわかっていた。拒絶だ。長老たちはブランドンを解任し、キャンベル兄弟は二人とも統治する能力を失ったと主張するだろう。それが事実なのかもしれない。一年前ならそうは見なされなくても、今フィオナと結婚するのは狂気の沙汰だ。

最悪だ。この調子で眠れるはずがない。きっと、まともに考えるには疲れすぎているのだろう。

ブランドンはベッドから下り、室内を歩き回った。

フィオナがベッドの端から日記帳を取った。ブランドンが書き足した内容を読み、驚いて眉を上げる。

「私と結婚する?　まさかこのリストにそんな選択肢が書かれているなんて思いもしなかったわ」フィオナは日記帳をぴしゃりと閉じてベッドに置いた。「私と結婚するより〝フィオナを殺す〟と書かれている可能性のほうがよっぽど高そうだったのに」

フィオナは胸の前で腕組みをした。ひきつった顔に不信感がにじみ出ている。

フィオナの反応はおかしいだろうか?

いや、おかしくない。

「ありえない選択肢かもしれないけど、それでも一つの選択肢ではあるよ」この件に関する自分の気持ちをこれ以上悟られたくなかったし、フィオナのそばにいるときの体の反応も信用できないため、ブランドンは彼女に背を向けた。

「それは本当にあなたが望んでいることなの?　あなたと私がまた一緒にいることが?」

フィオナがすぐ隣に来ていて、ブランドンは逃げたくても逃げられなかった。答えを要求するのがいかにもフィオナらしい。かさぶたができる前に傷をつつくタイプなのだ。

「わからない」ブランドンはフィオナのほうを向いて答えた。

それが本音だった。わからない。本当の意味では。体が高ぶり、死んだ兵士たちと悲嘆に取りつかれた兄のこと、フィオナとウィリアムの命が危険に晒されていることで頭がいっぱいの今は、まともにものを考えられない。フィオナとウィリアムの命を守ること以外に、自分が何を求めているのかわからない。

フィオナは歪んだ笑みを浮かべた。「私もよ」

「ようやく意見が一致したようだな」ブランドンもほほ笑んで言った。

「じゃあ、ウィリアムの安全のことだけを考えましょう。それ以外のことはそのうち何とかなるわ。契約成立?」フィオナはたずね、ブランドンに片手を差し出した。

ブランドンはフィオナの目を見た。鮮やかな緑色の目には感情が……そして、正確には何なのかわからないほかの何かが濃くにじんでいた。

ブランドンはフィオナの手を握った。「成立だ」

それが合図だったかのように、ウィリアムがぐずったあと勢いよく泣きだした。フィオナはにっこりして振り返った。

ブランドンがフィオナの手首をつかんだ。「私にやらせてくれ」懇願するように言う。

フィオナはためらったが、やがてうなずいた。

「どうぞ。あなたに息子をなだめられるかしらね」

挑戦を受けて立とうと、ブランドンは秘密の扉からフィオナの部屋に入り、息子を抱き上げた。

ウィリアムの目が丸くなり、ブランドンの顔をじっと見つめた。「さあさあ、息子よ。何をお望みだい？　お話かな？　兵隊と戦争のお話？」

息子はブランドンの言葉を聞いているかのように、喉を鳴らして小さく叫んだ。

「兵隊のお話がいいのか」ブランドンは小声で話しかけながら息子を胸に抱いて室内を歩き回り、子供のころ父や祖父がよく話してくれた物語を聞かせた。

すると、一歩歩くごとに、一言発するごとに、息子との時間が一秒経つごとに、一日の緊張感がたちまち溶けていくのを感じた。

ブランドンが二人の赤ん坊を抱いて歩く光景に、フィオナの胸は締めつけられた。ずっと愛していたブランドンの優しさが、父親になった今いっそう鮮やかに燃えている。見ているうちに息が苦しくなり、腹の底に深い切望が積み上がって燃えた。

これはありえる未来なのだろうか？　家族としてありえる未来？

馬鹿馬鹿しい。

この寝室の中では平穏と幸せを守れるかもしれないが、部屋の外に出たらどうなる？　村や平原に出たら？　フィオナとウィリアムは最悪の場合は死の標的となり、最良の場合でも侮辱されるだろう。

フィオナがアーガイル城の秘密の通路をエロイーズにうっかりもらしたことをいくら後悔しても、氏族は起こった出来事をいつまでもフィオナのせいにするだろう。あのおぞましいメイドが通路のことを父に伝え、それがあの襲撃へつながるとわかっていれば、グレンヘイヴン城の中でそれを口にすることはおろか、頭に思い浮かべもしなかっただろう。

ブランドンがフィオナのほうを振り返った。満面の笑みを浮かべている。「寝たよ」彼がささやいた。「じゃあ、ベビーベッドに戻してちょうだい。また目を覚ますといけないから、あまり揺らさないで」

ブランドンはうなずいて爪先立ちでベビーベッドに近づき、傷ついた鳥を扱うかのような慎重さでウイリアムをすべり込ませた。自分の手柄に満足した彼は、静かに隣の寝室へ戻ってきた。「うまくできたと思うけど、どうかな？」

ブランドンの目はフィオナの同意を求めていたため、フィオナはその期待に応えた。

「初めてにしては上出来よ。これからはもっと寝かしつけの回数を増やす？」からかうように言う。

「いいね。そうしよう。埋め合わせをする時間ならあるんだから。あの子に知ってもらいたいんだ、私がずっとそばにいるって」

「ずっと？」

「じゃあ、今のところ。数日間試してみるのはどうかな？　フィオナ、いいと思わないか？」

ブランドンはフィオナの両手を取った。彼の声と手の力強く静かな確かさに、フィオナの防御と、ウイリアムにとって最善の策を明晰に論理的に考えるという決意が薄れた。

フィオナはブランドンの手をぎゅっと握った。

「やってみるって何を？　私たちが家族であるふり？　私があなたの氏族に脅されたり、石を投げられたりせずに一日生きられるかという実験？」

ブランドンは肩をいからせた。「そうだ。それこそがまさに私が望むことだ。不可能だと決めつける前に、可能かどうか確かめてみないか？」

うまくいかなかったときに心がさらに傷つくことから自分を守るために、フィオナの理性はその案を拒絶するよう主張していたが、それ以外の部分はウィリアムと自分のために試してみるよう主張していた。失敗も拒絶もおぞましいが、リスクを取らないこと、試さないことこそ何よりも最悪ではないか？

そこで、フィオナはうなずいた。「二日。あなたに二日あげるわ」

「それでじゅうぶんだ。フィオナ、今にわかるさ」

そうであることをフィオナも願った。

16

ブランドンは顔をしかめて寝室の窓から外を見た。物思いにふけるのをやめなくてはならない。太陽は一時間前に昇ったのだから、境界地帯の次の探査のためにすでにヒューが馬屋で待っているはずだ。

ベビーベッドのウィリアムの様子を見て頬にキスしたあと、自分のベッドですやすや眠るフィオナを残し、開いた羽目板を通って自分の寝室へ戻った。

清潔なチュニックとプレードを身につけ、ぼろ布で歯に塩をすり込んで顔を水で洗ったあと、階段を駆け下りて大広間へ向かった。全身に楽観が脈打っていて、早く朝食を食べて一日を始めたかった。

ブランドンとフィオナは息子の安寧と安全に集中

するため休戦にこぎつけた。二人が結婚する案、家族になれるかどうか確かめる案を検討だけでもするよう、フィオナを説得できた。もしフィオナが自分で考えた、ウィリアムを連れて出ていくことが含まれるほかの選択肢よりここに住むほうを想像できれば、二人は一歩前進するだろう。もしかすると、過去の希望から埃を払い、それを可能性の棚に戻すことができるかもしれない。

「レアド、予定変更です」ヒューが大広間のドア口でブランドンを迎え、大きなテーブルで今朝二度目であろう朝食をとっている長老たちを手で示した。

馬鹿な。まさか……。

「長老たちがなぜここに？」ブランドンはたずねた。

ヒューは鼻を鳴らした。「驚くことはないでしょう。彼らがここにいる理由はおわかりのはず。フィオナですよ。あなたは花嫁を選ばず、フィオナはここに留まってあなたに保護されています。長老たちは当然ながら、あなたの忠誠心と氏族を正当に扱うことへの責任感に疑問をお持ちなのです」

友人の率直さがブランドンに刺さった。だが、それが事実なのはわかっている。もっと早く決断しておくべきだったのだ。兄ならそうしていただろう。

「ああ。驚いてはいないが、いらだっている。私は丸一日も危機に見舞われずに過ごせないのか？」

「そのようですね」ヒューはにやりとした。「長老がたを書斎にお通ししますか？」

「ああ。腹がいっぱいになったら書斎へ通してくれ。彼らが来る前に、私の食事を書斎まで運ばせてほしい。長老たちと話をする前に朝食をとっておかなければ、前向きな結果は得られそうにない」

「かしこまりました」ヒューはブランドンの肩をたたき、命令を実行するためにその場を離れた。

ブランドンは裏廊下からこっそり書斎へ向かった。腰を落ち着け、しばらく黙って食事を楽しんでいると、長老たちが入ってきた。

三人の長老は暖炉の前の大きな椅子に座った。アンソン・キャンベル、その弟ダグラス・キャンベル、セバスチャン・スチュアートは、三人とも一様に平然とした様子で座り、黙って動かず、両手を組み合わせて腹の上に置いた。

ブランドンの懸念どおり、三人は待たされたことを不快に思っていた。食事は楽しんだのだろうが、今は不機嫌だった。珍しいことではない。ブランドンは気を引き締め、誰かが口火を切るのを待った。

「レアド……」三人の中で年齢も地位も最も高いアンソンが口を開いた。

薄い青色の目でじろじろ見られ、ブランドンは社交辞令を言おうとした。

「この思いがけない訪問はどういう風の吹き回しでしょう?」デスクから立ち、長老たちのそばの空いていた椅子に座る。離れた片隅にヒューが控えた。

「そこまで思いがけない訪問ではないはずだが」ダグラスが言い、クッションに深く身を沈めた。

ブランドンは待った。

「数名の兵士から、そなたは合意したにもかかわらずまだ花嫁を選んでもいなければ、結婚予告の日取りも決めていないと聞いた」アンソンが背筋を伸ばし、雨風に晒された手で椅子の肘掛けを握った。

「はい」ブランドンは身を乗り出して答えた。

「フィオナ・マクドナルドに我々に対して犯した罪の報いを受けさせないことにしたとも聞いた」

セバスチャンが静かに言ったが、その言葉はブランドンの平静さを大釘のように刺した。

「はい」ブランドンは歯を食いしばった。

「我々がそなたをその地位につかせたのは、そなたなら務めを果たせるうえ、兄君よりも……有能であると判断したからだ」

ダグラスの視線がそれ、またブランドンへ戻った。

「だが最近、我々はその決定に疑問を持っている。そなたはあのマクドナルドの女との関わりを続けることで、我々氏族をさらに分断しようとしている」

ブランドンは頭を振った。「長老がた、それは誤解です。私が下す決定はすべて氏族を強くするためであって、弱くするためではありません。それに、フィオナ・マクドナルドが私の子供の母親である以上、彼女と関わらずにいることはできないのです」

「死んだ兵士のこともある」アンソンの口調は早口になり、言葉に興奮がこもった。「あの兵士たちはそなたがあの女と赤ん坊をここにかくまっているとマクドナルド氏族に知られたせいで連中に殺されたそうだな。そなたがあの女を元の場所に戻すまで、あと何人の兵士が死ぬことになるだろう？」

「そう見えるのはわかりますが、それは事実とは異なります。私は氏族よりフィオナの希望を優先させてはいません。フィオナと私が結婚すれば、二つの氏族を結びつけはしてもこれ以上分断はしないでしょう。アンソン、わかっていただけませんか？」

「あるいは、そなたは情にほだされ、あの女に破滅へと導かれるのでは？」セバスチャンがたずねた。

ブランドンはごくりと唾をのみ、怒りを抑えようとあがいた。「いいえ。そうはなりません」

「では、花嫁の選定と結婚を急げるはずだ」ダグラスが言い、苦心して立ち上がろうとした。「先方のレアドの同意が得られしだい、そなたが選んだ花嫁との婚約を発表し、結婚予告を出して結婚するのだ。マクドナルドの娘は追い出せ。もちろん赤ん坊は残すが、女は出ていかせろ。それが氏族のためだ」

口を開きかけたブランドンを、アンソンが制した。

「そなたがレアドであり続けたいのなら、この問題に話し合いの余地はない」

ほかの二人もアンソンに向かってうなずき、長老たちは書斎から出ていった。

ドアロにベアトリスが現れたが、その顔は平然としていて表情が読めなかった。「ブランドン?」

「ああ」ブランドンはうんざりしながら答えた。

ベアトリスは書斎に入ってきて肩をいからせた。

「つまり、そうなったの?」

ブランドンはヒューを見たあと、ベアトリスを見た。「〝そう〟とは?」

「長老たちが来たとき、あなたをレアドの座から追放するんじゃないかと思ったの。違ったの?」

ブランドンは姉の腕を握った。「いや、姉上。私はまだレアドだ……今のところは。でも反対派が策を練っているから、長老たちの要求に従うふりをするのが最善だと思っている」

「その要求というのは?」

「私が別の女性との婚約を発表して、ウィリアムはここに残し、フィオナを追い出す」

私を追い出す?

フィオナは石壁に沿って静かに角の手前へ戻った。今にもブランドンとベアトリスの会話へ飛び込みそうになり、途中で遅れをとっていてよかったと思った。これで少なくとも今後の展開がわかった。

裏切りだ。そして、またも捨てられる。

あるいは、そのように聞こえただけかもしれない。もちろん聞こえたのは二人の会話の最後の部分だけだったため、勘違いの可能性はある。だがフィオナの中の小さな一部分が、ブランドンが言ったことは事実だとささやいていた。それになぜ、もともと予想できていた展開を受け入れてはいけないのか?

今やフィオナは敵と見なされている。氏族に裏切り者ではなく望ましい存在と見なされない限り、フィオナもウィリアムもここでは幸せになれない。

このまま先へ進み、ベアトリスに何の話をしていたかをたずねるべきだろうか? それとも、何も聞かなかったふりをする？　もしブランドンがあとでその話をしてくれれば、彼は自分への裏切りを計画しているのではないとわかるだろう。ウィリアムのために二人が過去を修復し、明るい未来へともに前進できるかどうかを見極める計画を続けたいのだと。

　フィオナはベアトリスのあとを追おうと足を踏み出したが、すぐに気後れした。ブランドンが自分に話を切り出すかどうか確かめる必要がある。それが確認できて初めて、彼を信用し、ウィリアムとともにここにいていいのだとわかるだろう。

　フィオナは気を鎮めるために息を吸い、くるりと向きを変えて自分の部屋を目指した。

「ジェニー」廊下で侍女とすれ違ったので声をかける。「今朝は寝室で食事をするわ。料理を届けてもらえるよう厨房に言ってくれる？」

「かしこまりました」ジェニーはぴょこんとうなずき、そのまま歩き続けた。

　フィオナはほほ笑んだ。朝食を食べ、一日の計画を立て、疑念は脇に追いやろう。ブランドンは今夜、長老との会合について教えてくれるだろう。もし教えてくれなければ、それがそのまま答えになる。

　朝食を終えたフィオナは、この数日間使っている部屋を座ったまま見回した。ブランドンの母親の私室にいるという皮肉が重くのしかかっていた。記憶にある限り、レアド・マルコムの妻はここではなく二階下の部屋で生活していた。彼女がこの階で暮らしていたなんて今まで知らなかった。

　父親の無分別さと女癖の悪さに関する噂は事実だとブランドンが裏づけた。父親が母親をそれほど軽視していたことを子供のころから知っているのは、何と奇妙な現実なのか。しかもエミリアはとても善良で思いやり深く、有能な女性だったのだ。エミリアは病気に蝕まれ、手伝いが必要だったため、フイオナはいくつもの午後を彼女と過ごした。

　フィオナとブランドンがそれぞれの父親から二度と相手に会わないよう命じられたのは、将来の政略結婚と氏族の経済的安定を脅かすような愛情を互いに抱いていることが発覚したからだ。そこから秘密の逢瀬と真に激しい恋愛が始まった。

　エミリアは二人のひそかな恋愛を慈しんでいた。自身の結婚がこのような結果になったにもかかわらず、彼女はロマンティストだった。愛と幸せを描いた古いお伽話や物語をフィオナに聞かせてくれた。自分が歌いながらエミリアの漆黒の長い髪を梳いたことを今も覚えている。さらさらした美しい髪が指の間を流れ、エミリアの目は釣鐘水仙のように明るく輝いた。

　フィオナの母親はそこまで温かみのある人ではなく、ある午後にフィオナと弟を置いて永久に出ていったあとは、エミリアがしばしばフィオナの焦がれる母親になってくれた。エミリアが亡くなると、ブランドンとフィオナはともに泣いた。フィオナは彼女の孫とともにエミリアの部屋にいることで、混沌の中に思いがけない快さを感じた。見たところ彼女の持ち物がとっくの昔に運び出されていたとしても。

　もしかして……。

　フィオナは室内を観察した。エミリアは賢い人だった。夫の詮索の目から逃れ、ここに何かを隠したのでは？　エミリアの境遇が前よりずっと理解できるようになった今、そうした策略にはまったく別の目的があるかもしれないとわかる。生き延びる手段が必要になった場合に供え、それを確保するためだ。

　今日は何の予定もなく、ウィリアムは授乳後すぐ眠ったため、この部屋に隠し扉以外の秘密があるかどうか確かめるにはちょうど良いタイミングだった。

　フィオナはドアから始め、両手を壁に這わせ、絵の裏をつついて、表面や隙間に違和感がないか確かめる。広範囲を調べたが、何も見つからなかった。敗北感に肩を落とす。ほかに物を隠せるとしたらどこだろう？　足踏みをし、にっこりする。そう、床だ！　ゆっくり歩き、爪先からかかとまで床に押し当てながら、足の下に妙な点がないか探した。

敷物の下にかすかな窪みを感じ、足を止める。にんまりして膝をつき、敷物をめくって石の床を調べた。小さな穴があるのに気づき、ゆるんでいた石灰岩の板を指で引き上げる。それが簡単に外れたことに驚き、座ったまましばらく目を丸くして唖然としていた。やがて、思いきって穴の中をのぞいた。

穴の中に黒い巾着袋が見えた。それを引っ張り出してベッドの上に置く。袋を開けたくて指がうずいたが、自分にその権利があるのだろうか？　自分はキャンベルではない。これは自分のものではない。

ごくりと唾をのむ。「あなたならどうする？」目覚めたウィリアムを抱き上げながら問いかけた。

ウィリアムはただ、ばぶばぶ言っただけだった。

「それじゃわからないわ」フィオナはからかうように言い、赤ん坊のもつれた髪を梳いた。「まあいいわ、どんなお宝が出てくるか見てみましょう」

巾着袋の引き紐をゆるめ、中身をベッドの上に出した。

フィオナはあえいだ。

「エミリア、あなたは何を……？」小声で言う。

片手いっぱいの宝石が陽光にきらめき、フィオナの前で輝きを放った。アクセサリーに加工されたものも、切削されていないばらばらのものもある。

本当にお宝があるとは思ってもいなかった。まさかこの床下に埋められているとは。

ウィリアムが鮮やかなルビーのブローチをつかもうとし、フィオナはそれに見覚えがあると気づいた。

「エミリアがこのルビーのブローチとエメラルドのイヤリングをしているのを見たことがあるわ、でも、ほかは……今まで見たことがない。ウィリアム、どう思う？　きれいじゃない？」

自由や希望、救済のごとくきらめく上質な貴石をフィオナの指がかすめた。これらを持って逃げることさえできれば、新生活を、想像もできなかったほど豊かな生活を始めるチャンスが得られるかもしれない。この場所から、ハイランドから解放された生活。ここではない場所で息子と生きる安全な未来。

胃がきゅっとなる。だが、これらはフィオナのものではない。いくら息子のためとはいえ、本当にこれをブランドンと彼の家族から盗んでいいのか？

〝私が別の女性との婚約を発表して、ウィリアムはここに残し、フィオナを追い出す〟

さっきのブランドンの言葉が頭の中で反響した。

フィオナは宝石を握りしめた。ブランドンが長老との会合について話してくれず、二人の計画に従わないなら、そのときは……そう、盗んでもいい。

17

ブランドンは湿原の向こうに設置された的を目がけ、短剣を投げた。それは的の中心部の端に当たり、跳ね返って草の中へ落ちた。声を殺して毒づく。

「何か悩みごとですか？　例えば、長老からの要求とか？」ヒューがたずねた。

ブランドンはヒューをにらみつけ、次の短剣を投げた。それは切り株で作った的の端に当たった。

「今はあの忌々しい的のことだ」

ヒューはにやりとして頭を振った。「それだけじゃないことにいくらか賭けてもいいですよ」

「私がこの氏族を支え、守るためにしてきたこと……氏族が空中分解しないよう手を尽くしてきたことに、長老たちはもう少し感謝してくれてもいいはずだ。それなのに、私が自分の息子とその母親を守ると決めたら文句を言う。なぜ私たちの間に起こったことを修復させてくれない？　なぜ私に時間をくれないんだ？　長老たちは私に別の妻を選び、フィオナを追い出せと言う。さもないと私はレアドを解任され、長老たちが選ぶ誰かに取って代わられ、フィオナは絞首刑にされ、私の息子はどんな目に遭わされるかわからないだと？」

ヒューは何も言わなかった。

「ああ、お前がこの話を全部知っているのはわかっている。お前もあの場にいたからな。でも、私はひどく腹が立っているんだ。私に選択肢はない。私がレアドなのに、なぜ私に選択肢がないんだ？」ブランドンはぶつぶつ言った。

息を吸い、吐きながら短剣を投げた。それは中心の印の近くに当たったが、普段のブランドンの腕前はそんなものではないはずだった。

振り返ると、ヒューがじっとこちらを見ていた。ブランドンの皮膚の下でいらいらが勝手に巡り続けた。「言いたいことがあるなら言え」ブランドンは促したが、ヒューが言おうとしている真実を自分が気に入らないであろうことはわかっていた。

「レディ・フィオナを追い出せば楽だったでしょうね」ヒューは言った。

「ああ、だが私は息子を見捨てるつもりはない」ブランドンはあごをこわばらせた。

「息子さんを認知し、レディ・フィオナはこの土地から追放することもできたと、あなたも私と同様にわかっているはずです。彼女の絞首刑を命じてもよかった。氏族は拍手喝采したでしょう。あなたはレアドです。決定に疑問を持つ人はいません」

〝私が疑問を持つんだ〟

ブランドンが次に投げた短剣は的の下の草の上に

落ちた。ブランドンは片手で頭をかいた。「お前は自分の子供の母親を放り出せるのか？　死を命じられるのか？　自分の息子を母親のいない子供にできるのか？」

ブランドンがヒューのほうを向くと、友人の無表情な顔が彼の考えを裏づけていた。

「そうか。私はそうは思わなかったんだ」

ブランドンが短剣を回収しようと歩きだすと、ヒューも追いついて隣に来た。

「私はレディ・フィオナを放り出すのが正しいとは言っていません」ヒューは言った。「そのほうがレアドとして楽だっただろうと思っただけです」

ブランドンは笑った。「いかにもお前が言いそうなことだし、私も同じ意見だ。だから、ここにある短剣の一本を父の胸に刺したい気分だ。我々をこんな状況に追いやったのは父だからな。ずっと前に私とフィオナを結婚させてくれていたら、我々がこそこそ会うこともなかったし、あの秘密のトンネルを使う必要もなかった。そうなれば、フィオナがうっかりそれを口にすることもなかっただろう」

ブランドンはしゃがんで地面から二本の短剣を拾い、あと一本を的から抜いた。

ヒューは片眉を上げてブランドンを見た。

「わかっているよ。私もトンネルをフィオナに教えるほど、恋に取りつかれた愚か者にはならなかっただろう」ブランドンは短剣についた土を腰に巻いたキルトで拭いながら認めた。「自分の罪はわかっている。彼女の罪もわかっている。そして二つの世界の間で身動きがとれなくなった今、城への襲撃がつい昨日起こったことのように怒りを感じるんだ」

「だから的を外すんです」ヒューが自分の短剣を回収し、二人は次の勝負のために引き返し始めた。

「激情に駆られている人はうまく投げられません」

「短剣を投げる相手は的でも人間でもいいような気

分だが、今日は人を殺さないことにするよ」ブランドンは笑い、肩を回したあと次の一本を投げた。それは的の中心の左側に当たった。

「狙いが定まってきましたね」ヒューが言った。「私のように、敵を想像してみたらどうです？　私は投げる前にイングランド兵を思い浮かべるとうまくいくことが多いんです」

　ヒューの短剣は難なく宙を飛び、的の真ん中に刺さった。ブランドンはうなずき、フィオナの父親である白いあごひげの糞野郎を思い浮かべた。この状況を引き起こした男。フィオナを死ぬまで鞭打とうとし、ブランドンの息子をも殺そうとした男。

　ブランドンはうなり声をあげて短剣を投げた。それは的の中心に刺さり、その衝撃の強さに揺れた。

「ほらね？　激情を気を散らすことではなく、燃料として使うんです」ヒューが言った。「これは私がずっと昔、若いころに身につけた技です。人は苦痛に食い殺されることもできるし、前進するための力として利用することもできるのです」

「では、私は前進を選ぼう」

　兵士の一団が通りがかった。その険しい視線に不快感がにじんでいたが、ブランドンは取り合わなかった。レアドとしての、敵対する氏族の女性との間に生まれた赤ん坊の父親としてのブランドンの立場を彼らは理解していない。自分の論理と理由を受け入れてもらえるまでは、彼らに追従を命じるつもりだ。ただ、今後どうするかは決めなくてはならない。

　ヒューはいつもどおり、ブランドンが最後まで話すのを待った。

　ブランドンはため息をついて首の後ろをこすった。

「私は父のようにはならない。氏族を正当に扱うためにフィオナとウィリアムを不当に扱いはしない」

　ヒューはうなずいた。「でも、お父上のようになりたくない一心で、まったく別の形で恥をかかないようにしてください。時には、全員を満足させようとしたせいで誰も満足させられないこともあります……自分自身も含めて」

いつもながらヒューの意見は核心を突いていたが、ブランドンは今はそのことについて議論したくなかった。地平線に視線を向ける。

ヒューが再び口を開いた。「氏族の憤怒を無視することはできません。あの日に我々が失ったものを否定することもできません。私たちの誰もが誰かを失いました……もちろんあなたも」

「ああ」ブランドンは言った。「今この瞬間にも大勢が私への抗議集会を開いているのも知っている」

「それもありますが、悲嘆と憤怒は彼らを圧倒するでしょう……特にレディ・フィオナが毎日この土地を歩いているのを見れば。彼女の存在によって、彼らの喪失感の刃が深く食い込むのです。彼らはそれを見過ごせないし、素通りしようともしないでしょう」

「ローワンのように、それにのみ込まれてしまうということか？」

ヒューはうなずいた。「いずれ激怒の域に達するかもしれません。もしくは、氏族が破滅する」

ブランドンは顔をこすった。どうすればいい？「なぜお前はいつも私と彼らの間に立とうとするんだ？」ブランドンはヒューにたずねた。「それは身を置くには危険な立場だ」

ヒューは肩をすくめた。「何も持たない子供だった私を、あなたがた氏族は受け入れてくれた。あなたがたは一人一人が私の家族であり、私は皆が互いを引き裂いて塵となるのを見たくないのです」

ブランドンは笑い、前方に向かってうなずいた。「ちょうどいい。馬丁が馬を連れてきた。先日、あの兵士たちを発見する前に行こうとしていた場所の探査に出かけよう」

「今回はずっと退屈な探査になることを願いますよ。私はもうあんなことには耐えられない」

「私もだ」ブランドンは低い声で言い、自分の雄馬にひょいと乗った。

ブランドンはヒューと並んで馬を出発させ、二人とも村から完全に出るまで黙って馬を進めた。

「それで、選ぶつもりですか？」ヒューがたずねた。

「何を？」

「花嫁です」

ブランドンの頭ががくりと前に落ちる。「いや。選びたくもない。長老たちに要求されたからといって、私がそのとおりに動くわけではない」

ヒューは結婚するつもりがまったくない男性らしい、大きな屈託のない声で笑った。「だからといって、それを検討してはいけないわけでもありません。この氏族に富と権力とさらなる同盟氏族の注入がどれほど必要か、私もあなたもわかっていますから」

「よくわかっているよ」ブランドンは友人をまじまじと見た。「まるで、すでにこの件について考えているかのような口ぶりじゃないか？」

「実際に考えたんです。兄君と私は何週間も前に可能性のある縁組みを絞り込みました。レディ・フィオナが戻ってくる前のことです。三人の花嫁候補を選びました。もしあなたがほかの女性と結婚するのであれば、すぐに選ばないと選択肢が……」

「いっそう乏しくなる？」

「はい。ですから、選択肢を比較しやすくするために、花嫁に求める資質を教えてもらえませんか？」

昔は将来の花嫁に望むことはたくさんあったが、今ではどうでもよかった。「どの候補が最も持参金が多く、この氏族に最も強力な同盟氏族をもたらしてくれる？」ブランドンはたずねた。

ヒューは少し考え込んだ。「北部のスザンナ・キャメロンですかね」

「では、それが私の選択だ……長老たちの要求に従うことになればの話だが」

ヒューはたじろいだ。「その女性のことを何も知りたくないんですか?」

「ああ。フィオナ以外の誰かと結婚するなら、その縁組みは単なる契約にすぎない。私の妻は強力な同盟氏族、相続人、金をもたらすことで、この氏族に力を与えてくれるんだ。運が良ければ、互いを好ましく思うこともあるだろう」

ヒューは顔をしかめた。「キャメロンを選んだ場合、レディ・フィオナと息子さんはどうするんです?」

「それは後日に決めよう。まずはすべてを失うリスクを冒してフィオナと結婚したいのか、氏族を救うために別の女性と結婚し、手に入ったかもしれない幸せのチャンスを失いたいのかを考えなくてはならない。だがとりあえずはこの一帯を探査し、この土地と周縁の山で何ができるか判断しよう。その判断のほうがずっと簡単だろう?」

フィオナは午前中いっぱいを雑用で忙しく過ごした。すると温かな午後の日差しの中に出たくてたまらなくなり、ダニエルとジェニーにウィリアムを連れて散歩するのについてきてほしいと懇願した。体内でざわめくエネルギーと不安を消し去りたかった。

ついにダニエルは折れ、納屋へ向かう峡谷の中を陽光を浴びながら歩くフィオナとジェニーにひっそりついてきた。ジェニーはブラウスの袖の端をいじり、フィオナは黙って隣を歩き続けた。ウィリアムは自分をくるみ、フィオナの胴に器用に結ばれて胸に固定されたプレードの中ですやすや眠っている。

「ジェニー、優しくしてくれてありがとう」フィオナは言った。「戻ってきた私に仕えるのが大変なことなのはわかっているわ」

侍女の頬がピンクに染まった。「最初はいやでした。それは否定できません。でも、あなたが私が前に友達と呼んでいたのと同じ女性であることはわかっています。あのころと変わらず、今も私にとんでもなく優しくしてくれます」

「あなたが最初の二日間、朝に暖炉に火を入れてくれなかったことや、水差しと洗面器の水を替えてくれなかったことを、私がブランドンに言わなかったから?」フィオナは笑った。「私はむしろあなたが怒ってくれたことに感心したの」真顔になる。「理解もできた。私の家族のせいで、私のせいであなたが失ったものを心から申し訳なく思っているわ」

「時間はかかるでしょうけど、そのうち痛みは和らぐ……そう願っています」

「私もそう願うわ」フィオナは答え、ジェニーと並んで最後の斜面を上り始めた。

いつか自分の痛みも和らぐことを願ったが、それにはどれほどの時間がかかるだろう……。

フィオナはブランドンの帰宅を待ちながら、息子のベビーベッドに隠した高価な宝石の袋の存在と折り合いをつけようとしていた。自分が正確に何をしなくてはならないか、この発見をブランドンに伝えるべきかどうかを決めるまで置いておくのに、そこは最も安全な場所に思えた。

今朝立ち聞きした会話はもっと大きな話し合いの断片で、実際よりも邪悪で不気味に感じられただけだとどうしても信じたかった。修復を始めたばかりなのに、ブランドンが別の女性と結婚し、フィオナを息子から引き離して追い出すはずがない。二人は心身ともに距離を縮め、家族として一緒に歩む未来がありうるかどうかを見極めようと誓ったのだ。

フィオナは寝室の中を歩き回った。夕食はすでにこの部屋で食べていて、外には鮮やかなオレンジ色とピンク色の夕日が大きく見える。窓の外を眺めていると、ブランドンが城へ上ってくるのが見えた。馬から降り、鞍袋を外して肩に掛け、そばで待っている馬丁に手綱を渡す。

彼がこの部屋の窓を見上げると、フィオナは手を振った。ブランドンは間違いなくフィオナを見て動きを止めたが、手を振り返しはしなかった。フィオナの笑みは消え、胃に穴が開いたような気がした。

やはり自分が聞いたとおりだったのだ。ブランドンは別の女性と結婚し、自分を追い出すつもりだ。

結論に飛びついて、想像力と不安に理性を奪い去られるままにしてはいけないと、フィオナは自分に命じた。確かなことは何もない。ブランドンはウィリアムに会いに来たときに今日のことをすべて話してくれるはずだ。何も問題はないはずだ。

これを十五分かけて自分に言い聞かせたところで、部屋のドアがノックされ、ブランドンが入ってきた。フィオナの中に安堵感が広がった。

「息子はどうだ？」ブランドンはたずね、ベビーベッドの中で起きているウィリアムのもとへ向かった。

「なかなか寝ようとしないの。あなたを待っていたんだと思うわ。今日は忙しかったの？」フィオナはたずねた。口調を軽く保とうとしたせいで、言葉がかすれて低くなった。咳払いをする。

「ああ、確かに忙しかった。ヒューと一緒に境界地帯と山道の探査を最後までやったんだ。作物を植えられそうな、状態の良い土地がまだ残っている。全体的に希望が持てる結果だ」

ブランドンは身を屈め、ウィリアムの頬を手でなでたあと赤ん坊を抱き上げた。

フィオナは立ったまま、ブランドンが腕に抱いたウィリアムを揺すり、小さな声で話しかけるのを眺めたが、じれったさに心臓が大きく打った。なぜ彼はすぐに話してくれないのだろう？

「ほかに何か重要なことは？　誰か来たとか？」フィオナはそわそわと唇を噛み、聞きたくて仕方ないこと、すなわち真実へとブランドンを促そうとした。

ブランドンは動きを止め、ウィリアムにキスをして、赤ん坊が眠れるようベビーベッドに戻した。

「いや。普通の一日だった」

ブランドンはフィオナにほほ笑みかけたが、目は笑っていなかった。フィオナの胃が重くなった。

「疲れたから寝室に戻るよ。おやすみ、フィオナ」

最悪だ。

フィオナが返事をするより先に、ブランドンは部屋から消え、すでにドアを閉めていた。

フィオナはベッドにどさりと腰を下ろし、毛皮の中へ倒れ込んだ。つまり、そういうこと？　何もかも秘密にするの？　ブランドンは過去から何も学んでいないの？

一瞬涙が出そうになったが、それをまばたきで押し戻した。深い意味はないのかもしれない。ブランドンは本当に疲れているだけかもしれない。

馬鹿馬鹿しい。

ブランドンが自分に隠しごとをしていることくらい、彼をよく知るフィオナにはわかっていた。ブランドンの中で何かが変わった。それは長老たちの訪問と関係があるのかもしれないし、まったく無関係なのかもしれない。確かめたいなら質問するしかない。だがその答えが、ブランドンが自分から息子を盗み、自分を放り出すこと、自分をまたも見捨てるようなことであるなら知りたくなかった。

小さな鏡台の前に座り、髪を留めているピンを抜いていく。髪にブラシをかけながら鼻歌を歌い、胸の中に芽生える不安を抑えようとした。どうすればいい？　ブランドンに秘密を吐かせることはできないが、彼に放り出されるのを待ちたくもない。

ブラシを置いて立ち上がり、ショールを外す。それをたたんで椅子にのせ、就寝の準備をしたが、眠れそうにないことはよくわかっていた。

　フィオナがそれ以上考えるより先に、二人の寝室の間の羽目板の扉がするりと開き、ブランドンが再び部屋に入ってきた。彼は羽目板を閉め、ただフィオナを……フィオナの奥を見つめた。彼の視線はフィオナだけに注がれていた。

　雷雨のあと帯電した湖畔の空気のように、二人の間の空間がざわめいた。ブランドンは上半身裸で足ははだし、黒っぽい細身のズボン(トルーズ)だけをはいていて、ウエストの低い位置に引っかかっている。たいまつのちらつく火灯り(ひあか)が当たると、彼の目が情欲と切望に燃えているのがわかった。

　ブランドンは部屋の半ばまで来たところでよろけた。顔に苦悶(くもん)が広がり、息切れしたかのように胸が上下する。ベッド脇で凍りついたままブランドンを見つめるフィオナの胸の中で鼓動が速くなり、情欲が体内でゆっくりと不穏なさざ波を立て始めた。

　ブランドンはフィオナを求めていた……フィオナも彼を求めていた。それは否定しようがなかった。

　ブランドンは黙って二人の間の距離をつめ、フィオナのすぐそばまで来た。彼の体が発する熱にフィオナの肌も熱くなり、期待で全身に鳥肌が立った。麝香(じゃこう)のぴりっとした彼の香りがフィオナの鼻孔を満たし、欲望が体内に絡みついていく。久しぶり……本当に久しぶりだ……体が興奮して激しく脈打ち、彼の愛撫(あいぶ)を望み、願い、必要とするのを感じた。

　屈してはいけない。ブランドンはもうすぐ別の女性と婚約し、自分は再び一人になるのだから。

「ブランドン」フィオナは言った。「私――」

　そのとき、ブランドンがフィオナに向かって手を伸ばした。彼の指先が羽のようにフィオナの肩をかすめ、剝(む)き出しの腕をなで下ろす。あとを引く、悩ましい愛撫のダンス。フィオナは唾をのみ、息遣いが乱れた。彼の指が手首の内側に留まったあと消えると、その先を求めるあまり息ができなくなった。

激しい欲求が全身を駆け巡ったが、フィオナは動けなかった。自分も自分の欲望も信用できなかった。

ブランドンはフィオナの背後に回り、髪を首の横側へ寄せた。両手でゆっくりと着実に、フィオナの背中の皮膚を収縮させている傷痕をなぞり、シュミーズを優しく引き下ろし、紐を肩からすべり落とした。彼の息の熱さに、フィオナの首に鳥肌が立つ。やがて、おぞましい鞭が打ちつけられたせいで盛り上がったピンク色の皮膚を熱い唇が優しくかすめた。

目が涙で熱くなる。これほどの優しさを感じるのはあまりにも久しぶりだった。憎しみではなく愛情から触れられ……二人のかつての営みが思い出される……。二人がかつて共有した愛が……かつて分かち合った親密さが……。

フィオナが息を整えることも、言葉を発することもできないうちに、ブランドンはフィオナの前に回り込んで両手で顔を挟んだ。彼は優しくもせっぱつまった、徹底的なキスをし、フィオナは湖に浮かんでいる気分になった。彼の温かな唇の熱と圧迫感が、太腿に押し当てられている彼の体の力強さと合わさり、フィオナは吐息をもらした。ブランドンもそれに応えるようになり声をあげた。

やがて彼の唇は下へ移動してフィオナのあごをついばみ、ゆっくりと鎖骨へ下りていった。フィオナはブランドンの髪に両手を差し入れ、その柔らかな感触に、それが自分の素肌を愛撫した過去の記憶が蘇った。彼がフィオナのシュミーズのゆるんだ細い紐を再び引き下げると、生地は体をすべり落ちて足元に丸く溜まった。フィオナはそれをまたぎ、ブランドンの硬い筋肉に覆われた肩を手のひらでなでたあと、両腕を彼に巻きつけた。

ブランドンの肌に自分の素肌を押しつけたとたん、

フィオナはあえいだ。欲望が体内にあふれる。ブランドンはフィオナを床から持ち上げ、フィオナは今まで何度もしたように彼のウエストに両脚を巻きつけた。ブランドンはフィオナをベッドへ運び、彼がフィオナと同じ欲望を抱いているのが感じられた。フィオナはブランドンから離れられない。これから何が起ころうとも、自分の一部分がいつまでも彼のものであることは否定できない。彼の一部分がいつまでもフィオナのものであるのと同じように。

　ブランドンはフィオナを強く自分の体に引き寄せた。手足に血液が駆け巡り、彼女を自分のものにするよう要求する。女性との行為にこれほどの欲求を、情欲を感じたことがあるだろうか？　いや、ない。一度も。フィオナの官能的な肉体の曲線も輪郭もすべて知っているのに、それでも求め足りなかった。彼女の体にしっかり密着していても、もっと近くに、そばに彼女がいてほしくて、まるで彼女が近くにいれば自分たちは過去か別の未来へ行けるかのように思えた。複雑な事情なしに二人が一緒にいられる未来へ。

　フィオナは両手でブランドンの髪をつかみ、いつもそうしていたように激しくキスに応え、ブランドンは思考からも、理性にしがみつこうとするすべての試みからも引きはがされた。フィオナが背中と首の愛撫を通して無言で要求してくるすべてに応える。

　フィオナがトルーズを引き下ろすと、ブランドンは自分が彼女に対して抱くのと同じ欲求を彼女が抱いていることをはっきり理解し、フィオナのこめかみの上でほほ笑んだ。自分の欲求のペースを落とそうともがく。辛抱するよう、自分たちが一つになる瞬間を味わうよう自分に命じた。これが最後になるとわかっていたからだ。

18

ブランドンは自分勝手な糞野郎の気分で目を覚ました。私は何を考えていたんだ？　ため息をつく。何も考えていなかった。情欲と切望に支配されていた。

うなり声をあげ、ごろりと横向きになる。昨夜誓ったように、将来に関する論理的で健全な決断ができるようフィオナと距離をとるどころか、彼女の寝室に入っていって愛を交わしたのだ。

そのことで自分を憎みたかったが、憎めなかった。内心、これが二人が一緒にいられる最後の夜だとわかっていた。キャメロンの娘と結婚しなくてはならない。それが自分の責務だ。

少なくともその問題には答えが出た状態で目覚めた。それ以外のことはめちゃくちゃにしてしまい、フィオナはそのせいで自分を憎むだろう。当然だ。だが、フィオナに憎まれれば最終的にはやりやすくなるはずだ。

眠っているフィオナの首から肩、鎖骨へと指先を這わせ、彼女の体の美しい曲線の一つ一つを記憶しようとする。ありがたいことにフィオナは身動きせず、ブランドンがこの時間に、この記憶に、浸れる間に浸ることを許してくれた。

これはブランドンの残りの人生に役立つはずだ。目の前に迫った同盟と結婚に愛が生まれると思えるほど、ブランドンは愚かではない。一度の人生で二度も愛を得られるほど幸運な男はいない。

体内で情欲が燃え上がったが、それを抑えつける。レアドとしての自分の決断に従って最後にもう一度フィオナにそっとキスし、しばらく唇を重ねたあと、ベッドから下りた。たとえそのせいで自分が内側から破壊されるとしても、フィオナを手放すのにじゅうぶんなほど彼女を愛する必要があった。

はだしで冷たい床を歩いて自分の寝室へ戻り、彼女の寝室へ通じる羽目板を閉じる。服を着て、目の前の困難な一日の準備をした。

ドアを開けると、ヒューが自分を待つためにそこに立ち、ノックしようと片手を上げたところだった。友人ののっぺりとした目つきに、ブランドンは警戒心を抱いた。ブランドンが長く待つ間もなく、ヒューは何があったのか教えてくれた。

「レアド、やつらが次の手紙を置いていきました」

〝やつら〟が誰かをたずねる必要はなかった。マクドナルド氏族だ。いつもそうだ。「今回は何だ？」

「また兵士が殺されました」

「くそっ」ブランドンは毒づいた。「どこで？」

「グレンコー峠の境界線の向こう側、レディ・フィオナを見つけた湖のすぐ近くです。彼女を自分たちのもとへ……息子と一緒に返すまで殺しを続けると言っています」

「一緒に来い」このまま廊下にいたらフィオナに会話を聞かれるのではないかと思い、ブランドンはヒューに命じた。

ヒューを従え、階段を下りて書斎に入る。ぴしゃりとドアを閉め、室内を歩き回った。

「全部話してくれ。何ももらさず。さあ」

「ダニエルが今朝、昨日のレアドの命令を実行するために兵士の一団を率いて出かけていました。その場所で種をまくとき、各家族の畑の境界となる格子線をどのように引くかを教えていたそうです。領地の端の、湖を見下ろすグレンコー峠のすぐ手前の地点まで行くと、兵士の一人が水際で男が倒れているのを見つけてダニエルを呼びました」ヒューは言葉を切り、あごの筋肉がぴくぴく震えた。「見たところ、彼は刺されたあとに溺死させられたようです。前の二人と同じように、胸に手紙が留められていました」

ヒューはくしゃくしゃになって血で汚れた手紙をブランドンに渡した。

〈フィオナと私生児を我々のもとへ返すのが遅くなればなるほど、命を落とす兵士は増えるだろう〉

「ああ、よくわかったよ」ブランドンは吐き捨て、手紙を丸めて炉床でくすぶる火の中へ放り込んだ。

羊皮紙は鮮やかに、すばやく燃え、たちまち縮んで黒焦げのねじれた物体になった。兵士の命と同じく、それは簡単に破壊された。

「その兵士は？」ブランドンは口調を和らげてたずねた。「どこにいる？」

「城へ運んできました。村の家族のもとへ返す前に、あなたがご覧になりたいだろうと思いまして」

ヒューが何かを隠していることが、かすかに引きつった声音から察せられた。ブランドンは眉をひそめて待った。「それから？」

ヒューは反対の足へ体重を移し替え、頭をかいてブランドンの視線を避けた。「殺されたのはジョセフの父親です」

ブランドンは毒づいてこぶしで壁を殴った。ジョセフ。ブランドンが気に入っている村の少年だ。自分の息子にも彼のような学習意欲と氏族への献身を身につけてほしいと願っている。その彼が、こんなことに？　まだ九歳なのにこんな形で父を失ったあと、どうやってレアドと人生を信じられるだろう？

自分の民と氏族の将来を守るためにレアドとしてやるべきことに対し、ブランドンの中に多少なりとも残っていたためらいはこれですっかり消え、火の中の手紙のように煙と灰になった。平和を維持し、マクドナルド氏族を寄せつけずにいられるのにじゅうぶんな金と資源を得るために、自分は別の女性と結婚しなくてはならない。

その障害を乗り越え、人々が守られていると思えたあとなら、フィオナの処遇について考え始められる。フィオナには息子とともにここにいてほしい。長老たちを説得すれば、その程度の譲歩は引き出せるだろう。フィオナのほうはここに連れてこられた瞬間から城から逃げる準備をしていたのだから、この案には同意しない恐れがある。だが、今日は危機に一つずつ対処するしかなかった。

「では、これで決まりだ」

ブランドンはデスクの前へ行き、一枚の羊皮紙とインク壺（つぼ）、羽根ペン、深紅の封蝋（ふうろう）を取り出した。

「お前と一緒にジョセフと家族のもとへお悔やみを伝えに行くよ。だがまずは手紙を書き、それを伝令にできるだけ早く届けさせる必要がある。最も元気で足の速い馬と乗り手を用意し、今すぐ出発させろ。何があろうとも、夜明け前にこの手紙を届けなくてはならない。それ以上は待てない」

「何をそんなに急ぐんです？」ヒューは腰に両手を当ててたずねた。

「キャメロン氏族のレアドに手紙を書き、できるだけ早く長女のスザンナとの縁組みを取りつけるんだ。その同盟こそ、私が我々全員を守れる唯一の方法なのだとよくわかった。マクドナルド氏族は我々に勝てる見込みもフィオナと息子を奪い返せる見込みもないとわかるまで、決してやめないだろうからな」

朝ウィリアムが乳を求めて泣く声で、フィオナはまどろみから目覚め、目をぱちぱちさせてベッドの上に降り注ぐ日光を見た。片手で隣の上掛けを探ったが、ブランドンはもういなくなっていた。

両目を覆い、うなり声をあげる。何ということをしたのだろう？　別の女性と結婚し、自分を放り出すであろう男性と、なぜ愛の行為をしてしまったのか？　自分は本当にそこまで弱いのか？

そう。弱いのだ。

フィオナは起き上がり、乳を求める息子を抱き上げた。赤ん坊を胸に抱き、細長い窓から外を見ると、太陽が空高く昇っていることに気づいた。

「ごめんね、ウィリアム」喉を鳴らすように言う。「確かに遅かったわ。あなたがお腹ぺこぺこなのも無理ないわね」フィオナがウィリアムの目の端から涙の粒を拭うと、赤ん坊はやっと笑顔になった。

寝過ごしてしまった。フィオナとブランドンは以前よくしていたように、明け方まで体を探り合い、互いを貪った。二人の間であまりに多くのことが変わったが、ほとんど変わっていない点もある。眠っていた互いへの情熱が目覚め、再燃していた。

手足は今も昨夜のブランドンの感触を覚えていて、フィオナはそんな自分を憎もうとしたが憎めなかった。部屋にブランドンが現れ、その飢えた強烈な目を見たとき、彼に抱く情欲と切望に屈してしまった。自分以外の誰のせいでもない。いや、ブランドンのせいでもある。彼がこの部屋に、あれほどハンサムな顔で、半裸で入ってこなければ……。

城の外の騒音と慌ただしい動きに注意を引かれ、フィオナはその一帯を見回した。

三、四頭の馬が、ブラシをかけるために馬屋へ連れていかれている。長老たちがブランドンとさらに話し合うために再び訪れたのだろうか？　荷車からさまざまな品が降ろされ、ベアトリスがそれらを仕分け、運び入れる場所を決めている。ダニエルが西の外れの競技場で訓練中の兵士を指揮している。伝令が急いで送り出され、彼を乗せた雄馬が土埃を上げながらたちまち丘の向こうへと消えた。

自分が眠っている間に何かが起こったのは間違い

ない。でも、何が？　フィオナは顔をしかめた。再びあたりを見回したが、ブランドンもヒューも見当たらない。境界地帯のさらなる探査のために、すでに出かけたのかもしれない。

それ以上考える間もなく、二人が丘の頂上に現れ、並んで城へと歩いてきた。彼らが怒っていることが、顔を見なくてもわかる。歩調と肩のこわばりにそれが表れていて、フィオナは警戒感でぞくりとした。

ブランドンは途中でベアトリスに止められ、姉から何か聞かされるといっそう顔をしかめた。剣の柄に手を置き、城のドアへ続く階段を駆け上がる。

そろそろ自分が問題を引き受け、状況を突き止める時が来た。フィオナは寝室のドアをゆっくり開け、外をのぞいた。ドアの外に自分を止める衛兵はいなかったため、ウィリアムを抱いてできるだけ静かに廊下を歩き、階段を下りた。

大広間の外れのアルコーブに身を潜める。物陰で静かにウィリアムに話しかけても、誰も見向きもしなかった。ブランドンが書斎に入るのが見える。フィオナにとってさらに都合のいいことに、ドアはブランドンが入ったあとは開けっぱなしだった。中にいる男性たちは皆一様に互いに不快感を持っているようで、彼らの声はドアの外まで難なく届き、廊下の先で耳をそばだてているフィオナの耳にも入った。

「レアド、お会いいただけて光栄ですな」長老の一人が冷ややかで辛辣な口調で言った。

「アンソン、私はあなたがたをわざとお待たせしたのではありません」ブランドンが毅然として答えた。「今日は対処すべき問題がたくさんあったのです。今朝新たに兵士の遺体が見つかり、私はお悔やみを言うために家族と直接会うことにしました。その兵士の息子が私の馬丁の一人なのです」

「我々もそのために来たのだ」ダグラスが言った。「殺しのことは聞いた。マクドナルド氏族は日に日に大胆になっている。そなたが選択肢を検討する時間はなくなった。この氏族の安寧のため、今日決断を下さなくてはならない」

「決断はすでに下しました。今朝伝令に手紙を持たせ、キャメロン氏族のレアドのもとへ送っています。レアドの長女との結婚の申し込みと、その縁組みを確定するにあたって合意するべき条件の話し合いの場を設けることを願い出ました」

何ですって？

フィオナの血管を炎のように流れていた血液が凍りついた。体が浮く感覚に手足がぞわりとする。ブランドンの決断が自分とウィリアムにとって意味することへの白熱の憤怒と恐怖が体内で戦い、捨てられることへのなじみある冷たく刺すような感覚が続いた。ブランドンはなぜこんなことができるのか？あの心地いい言葉の数々は何だったのだろう？また一から始め、二人の間に信頼を築くという言葉は？何よりもウィリアムを愛しているという言葉は？

嘘。すべて嘘だったのだ。それなのに、フィオナは以前と同じようにその一語一語に夢中になった。ブランドンはフィオナで欲望を満たしただけだ。二人の愛の営みはフィオナには大きな意味を持っていたのに、ブランドンには何の意味もなかったのだ。

自分はだまされたのだ。またしても。

そう思った瞬間、わっと泣きだしたくなった。だが、そんな時間はない。フィオナは残りの会話を聞くことにエネルギーを集中させた。ブランドンの計画を知っておくに越したことはない。そのほうが逃げやすくなる。今ではそれが唯一の選択肢に思えた。

この新事実がもたらした衝撃で脚から力が抜ける前に、アルコーブの近くにある椅子に座った。まばたきで涙を押し戻し、気を鎮めようと息を吸いながら、彼らの言葉に耳をすます。

「そなたがようやく理性を働かせたと聞いて安心した」アンソンが言葉を挟んだ。「その時が来ていたからな。あとはマクドナルド氏族をどうするか決めなくてはならない。もちろん息子はここに置いておくが、あの女は……ここにいてもらっては困る。彼女の父親と手下どもの暴力がひどくなるだけだ」

「これ以上私に指図しないでください。フィオナと息子をどうするかは、あなたがたの誰でもなく私が決めます」

「そなたのクビはいつだってすげ替えられるのだぞ」長老の一人が言った。

「誰に？　兄に統治はできないし、ここには高貴な血を引くキャンベル氏族はもういない。あなたがたが私を脅すのに使える選択肢はありません」

　長い沈黙が続いた。やがて、別の声が聞こえた。

「そなたのまたいとこがいる」

「ショーン？」ブランドンは嘲った。「ショーンは自分の意志でこの氏族を離れたのです。母親があなたがたにあのような目に遭わされたのに、ショーンが戻ってくるはずがない。それはこけおどしだと、ご自分でもわかっているのでしょう、ダグラス」

　フィオナは凍りついた。本当にこけおどしだろうか？　過去がどうあれ入り口さえ示せば、他人の死体を踏み越えてでも権力をつかもうとする男性は大勢いる。フィオナはそれを知っているし、口では高慢なことを言っているブランドンも知っているはずだ。ショーンが出ていったのは、長老たちに母親を辱められ、孤立させられたからだろうが、復讐（ふくしゅう）は男性にとって……女性にとっても強い吸引力になる。

「こけおどしではない。権力が約束されれば過去の記憶は薄れるものだ」声音からダグラスは肩をすくめたようだった。「妻の氏族と暮らすのがいやになったかもしれない。それに、母親があのような扱いを受けたのは本人のせいだ。自業自得だよ」

「違う。息子は母親に対する罪をそう簡単に許しはしない。私が言うのだから間違いない」ブランドンの口調が堅くなった。

一同の間に沈黙が続き、フィオナは息をつめた。

「レアド、方針が変わるまで我らは何度だって訪ねてくるつもりだ」アンソンが言った。「次回は待たされないといいのだが」

「〝次回〟はあれこれ指図されないといいんですが」ブランドンが答えた。

その言葉は冷たく辛辣で、誤解の余地がなかった。

男性たちが書斎から出て大広間を横切る間、フィオナは大きなつづれ織りの陰でじっとしていた。長老たちが出ていくと、彼らの背後で城の大きなドアがばたんと閉まった。その音でウィリアムが一瞬目を開けたが、喉を鳴らしただけでまた眠った。

ブランドンは書斎の中でヒューと話していたが、声が低すぎて聞き取れなかった。フィオナははっきり聞こえるように壁沿いに忍び寄ろうかと思ったが、自分がその先を聞きたいのかどうかよくわからなかった。自分を再び愛し、自分と息子のための人生を計画し始めたと思っていた男性が、別の女性との未来を築こうとしている。

フィオナは背筋を伸ばし、あごを上げて自分の部屋へ戻った。待つのはもうたくさんだ。ブランドンの裏切りの瞬間を泣きながら待つのではなく、彼を出し抜いてやる。ブランドンはフィオナが自分たちを捨てる彼の計画に気づいていることを知らないのだから、この時間を利用して逃走計画を立てればいい。あの宝石があれば、どこか別の場所で新生活を始める助けになる。あとはただ、姿を消すのに最善のタイミングと最善の経路を見極めるだけだ。

フィオナは顔をしかめた。二次的な計画も立てておかなくてはならない。何しろ、計画が思いどおりに運んだ試しが今まで一度もないのだから。

19

ブランドンは重い足取りでフィオナの寝室へ向かった。恐ろしい一日のあとでどうしても息子に会いたかった。正直に言うと、フィオナにも会いたかった。だが自分がみじめなこと、昨夜の愛の行為のあとで彼女を裏切ろうとしていることを隠さなくてはならないと思うと、胃がきりきりした。

ない力をかき集め、ノックはせず、黙って彼女の寝室のドアを開けた。

フィオナは振り返り、ウィリアムに向かって小声で歌うのをやめた。赤ん坊は毛皮に包まれ、フィオナの胸元で眠っている。フィオナはベッドの端に座り、腕の中で赤ん坊の位置を整えた。

ブランドンは黙って彼女の隣に座った。しばらくの間、息子の穏やかな顔をただ眺め、鼓動を少しは落ち着かせようとした。二人は生きていて、安全だ……今のところ。ブランドンが別の女性と結婚することで成し遂げようとしていることが、二人の安全を守ってくれる……たとえ自分はみじめでも。

ブランドンはその考えを脇へ押しやった。かつて自分たちの間にあった愛を取り戻し、幸せになることができると思うなんて愚かだった。レアドは幸せになれないようになっているらしい。かつて父がそれを証明し、今は自分が証明している。息子が自分や父よりうまくやることを願うしかなかった。

「結婚するそうね」フィオナが静かにウィリアムを見つめたまま言った。

くそっ。なぜすでに知っているんだ？

フィオナはウィリアムの小さな手を指でなぞった。赤ん坊は小さなこぶしを開き、フィオナの細い指を握って息を吐くと、眠りに戻った。

ブランドンは胸が締めつけられ、目を固くつぶった。フィオナはどこまで、なぜ知っているのだろうと考え、答えるまでに間が空いた。「ああ」

「それで、私には言わないことにしたの？　ほかの人から聞くほうがいいと思った？」

フィオナがそうささやき、ブランドンに視線を向けたとき、緑色の目には苦痛があらわになっていた。ブランドンは身が縮む思いがした。

「決断するまで言わないのが優しさだと思ったんだ。そして今朝、私の希望がどうあれ、そうせざるをえないことがはっきりした」

その言葉はブランドン自身の耳にも虚ろに、馬鹿馬鹿しく響いた。昔から嘘がとても下手だった。かつては自分の美点だと思っていた性質だ。

フィオナは笑った。「優しさ？　違うわ。あなたは臆病なのよ。今朝私のベッドから出ていった男性とは別人になったみたい」

「そうかもしれないな」

フィオナは両眉を上げた。

「私が同意したことに驚いたのか？」フィオナの表情が面白くて、ブランドンはたずねた。

「ええ。とても驚いたわ」

フィオナの深刻な口調にほのかな軽さが混じり、ブランドンはそれに飛びついた。フィオナに理解してもらう努力をしなくてはならない。

手を伸ばしてフィオナの手を握ると、そのひんやりしたさりげない重みがいつもどおりブランドンの疲れた精神をつなぎとめてくれた。「君たち二人の安全を保ち、この氏族を混沌と破滅から守る方法はこれしかないんだ。私が君と結婚しないとわかれば氏族は喜ぶし、この結婚は富とさらなる力を氏族に与えてくれる。それこそが、自分たちの身を守るのにどうしても必要なんだ」君の父親から守るのに。

フィオナは手を引き抜いて頭を振った。「そう信じているならあなたは馬鹿よ。そんなことをすれば、長老たちはあなたがあなたの意志じゃなく自分たちの意志に従ったことでいっそう権力を持った気になるだけよ」

ブランドンは顔をしかめた。「君は私の言葉を曲解している。これは私が望んでいることなんだ」

フィオナは鼻を鳴らし、ウィリアムを抱いて立ち上がった。「この数時間で見知らぬ人と結婚したいと思うくらい気が変わったの？　信じられない」

「違う」腹の中で怒りが沸き、ブランドンは声を荒らげた。立ち上がってフィオナに近づく。「私が結婚するのは氏族と息子のためだ。氏族を守ることがレアドとしての私の務めで、それは一人では不可能だ。今朝、新たに兵士の遺体が見つかった。ほかならぬ君の父親の命令で殺された。私が彼の要求に屈して君とウィリアムを返し、恐ろしい罰を君に受けさせたほうがいいのか？　それが君の望みか？」

フィオナが一瞬凍りついた。ブランドンの言葉から恐怖を感じ取っているのは明らかで、ようやくこの状況の深刻さを理解したようだ。

黙り込んだフィオナに向かってブランドンはうなずいた。「私はそうは思わなかった。では、ほかにどんな解決策がある？　私は氏族だけでなく、君とウィリアムを守るためにも結婚しなくてはならないんだ。それがわからないのか？」

「ええ、わからないわ！」フィオナは叫んだ。「あなたは弱虫よ。長老と氏族を喜ばせるために、会ったこともない女性との結婚に甘んじるんだから。その結婚はあなたの心を灰にするわ」

「どんな花嫁も、君の半分も私をみじめにはさせないよ」ブランドンは歯ぎしりしながら言った。

フィオナは口をぽかんと開けた。目に涙が光り、ブランドンは自分の言葉を後悔した。たとえそれが正直な、心から出た真実であり、去年フィオナに裏切られたときにまさに感じた気持ちであっても。

　ブランドンは手を伸ばしてフィオナに触れようとしたが、思い止まった。

「あなたは私……私たちが自分のせいで苦しんだとは思わないの？　もしおばが考えたグレンヘイヴンからの脱走計画と信頼できる衛兵たちの助けがなかったら、ウィリアムと私はすでに死んでいたはずよ。あなたにここへ連れてこられるまで、私たちは問題なくやっていて、新天地へ向かうところだった。あなたがウィリアムを認知したせいで私たちはここに足止めされ、私たちの死を望む人たちに囲まれたことでとんでもない危険に晒されたの。私たちは標的になったせいであなたと父の争いに巻き込まれるし、あなたはそのことを知っている。解放してくれれば私たちの安全は確保されて、お互いの荷物にならずにすむわ。私たちはとっくの昔に手遅れなの。私はそれをわかっているし、あなたもそうでしょう」

　そうだろうか？

　フィオナの一部が永遠に自分の中に残る種であり、彼女がその言葉を言うだけで希望が花開くことをブランドンは知っていた。自分のためにもフィオナのためにも、それを打ち砕く時が来たのかもしれない。だが、息子は……。息子を母親から奪うことも、母親を息子から奪うこともできない。ブランドンはみじめさに囚われていた。キャメロンの娘と結婚すれば、明確な解決策が見えてくるのかもしれない。

「私は結婚する。君はその考えに慣れたほうがいい。君とウィリアムはここに残る……君を囚われの身にすることになっても。私は我が子を失いたくないんだ」ブランドンは向きを変え、ドアへと歩きだした。

「ついにそうなったわね」フィオナは言い返した。

　ブランドンが振り返った。「何のことだ？」

「あなたはレアドになった……お父様そっくりの」

腹を蹴られたかのように、ブランドンはその言葉をまともに食らい、足を止めた。だが、それ以上何も言わないよう自分に命じ、部屋から出ていった。

最低。

自分が愚かだった。なぜ一度でも、ブランドンが自分と息子との将来を築こうとしているなどと信じたのか？　彼は幾度となく、事態が過酷あるいは複雑になりすぎると最も安易な解決策に頼り、ほかの人の要求に屈する姿を見せてきた。自分は父親のようにはならないといつも言っていたのに、今まさにそうなろうとしている。父親が氏族の幸せのために妻と子供を犠牲にしたのと同じように、フィオナとウィリアムを犠牲にしようとしている。

これほど悲しみに沈んでおらず、これほど傷ついていなければ、その皮肉を笑っていただろう。

そういうわけで、恐れていたとおり、フィオナはまたしても捨てられた。

前回と一つだけ違うのは、たとえその運命を押しつけられても、自分は受け入れるつもりがないことだ。ウィリアムとともに過去の廃墟から未来を作り上げ、この手でより良い人生をつかみ取ってやる。そこに男性は必要ない。必要なのは自分の知性と強さ、そしてここから逃げ出す計画を立てる創造力だ。

ウィリアムをベビーベッドに寝かせ、計画を立て始める。室内を歩き回り、何が必要か考えた。見つかる可能性があるためあまり賢明な選択ではないが、羊皮紙に自分の考えを書くことにする。さもないと心が安まらないとわかっていた。

ベッドサイドテーブルに置かれた羊皮紙の山とインクから必要な物を取り、逃走とマクナブ氏族への旅を成功させるための物資のリストを作り始めた。前に保護を求める手紙を書いたいとこのもとへ引き続き向かおう。彼女は今もフィオナとウィリアムを待っているはずで、二人が前進するための最善策を一緒に考えてくれるだろう。

リストを作り終えると、それをたたんで身頃の中にたくし込んだ。今、何かを安全に保管できる唯一の場所だ。ブランドンはフィオナが逃走を試みると予測し、今後はフィオナを厳しく監視させるのではないだろうか？　だが、させないかもしれない。彼は自分がフィオナを、そして未来を制御できると確信しているように見えるので、その傲慢さを利用できるかもしれない。あるいは、目の前に迫っているとわかっている気を散らす出来事、すなわち婚約発表を活用できるかもしれない。

フィオナはほほ笑んだ。そうなれば完璧だ。

誰もが花嫁の到着に気をとられ、キャメロン氏族に与える印象を心配し、大酒を飲んでいるとき以上に、逃げ出すのに良いタイミングがあるだろうか？

フィオナは嬉しくなって小躍りし、息子にキスをした。完璧だ。キャメロン氏族は愚かではない。この結婚をいずれキャンベル氏族を自分たちの領地に吸収するためのチャンスと見なし、その機会に飛びつくだろう。五日もあれば条件が合意されるだろうし、そうなれば結婚予告の日取りが決まるはずだ。

フィオナは指を折って日にちを数えた。二週間あればじゅうぶんだ。二週間あれば衛兵を見張り、彼らの動きを把握して、赤ん坊を連れて誰にも見られずに逃げ出すタイミングを決められるだろう。

侍女のジェニーに、本人が知らないうちに手伝わせることもできるかもしれない。優しさと寛容さを増していく彼女を利用したくはないけれど、息子のためにはそうするしかない。ジェニーも最後にはわかってくれるだろう。何しろジェニーもハイランドの女性で、自分でチャンスをつかまなくてはならないと知っているのだ。向こうから勝手に、何かが自分に与えられることは期待できないと。

20

スザンナ・キャメロンとの正式な婚約を発表するための祝宴を翌日に控え、ブランドンは心底苦悩していた。寝室の窓に寄りかかり、暗い夜空を眺める。目の前のグレンコー山脈の静穏さはいつもどおり何も解決してはくれなかった。

　腹の中で恐怖が渦巻く。つい二週間前はフィオナと息子を守るための明快な計画に思えたものが、今は偽物の輝きを放っていた。日を追うごとに心が押し潰されていく。キャメロンの娘と結婚しなくてはならないとわかっていながら、それだけはどうしてもいやだと思ってしまう。

　明日、知りもしない女性に自分の運命を固く結びつけるのだ。

　自分の寝室とフィオナの寝室を隔てている隠し扉を見つめる。二人は互いに礼儀正しくふるまい、ブランドンは毎晩ウィリアムに会いに彼女の寝室を訪れたが、二人の間には冷ややかな空気が流れていた。ブランドンは停戦できたことに感謝しながらも、別の女性と結婚する決断について言い争う前に育んでいた友情と再燃した親愛の情が恋しかった。

　フィオナの感触も恋しかった。そして、そんな自分がいやでたまらなかった。

　羽目板に指先をかけてしばらくそのまま立ちつくし、それを開けるまいと頑張ったが無駄だった。自分にその権利がなくてもフィオナに会いたかった。

　ブランドンは羽目板を押した。

　フィオナはベッドの端に座り、鼻歌を歌いながら濡れた髪を梳かしていた。彼女の姿を見てブランドンの体はうずき、切望が理性を押しのけた。二人は決して結ばれないし、フィオナは決してブランドンの妻にならないのに、体は彼女の感触の記憶を消し去ることができず、ブランドンを裏切った。

「ウィリアムなら寝たわよ」フィオナはブランドンを振り返りもせずに言った。

ブランドンは何も言わず、吸い寄せられるように彼女を見つめた。

フィオナが振り返り、髪を梳かす手を止めた。「何？　ミス・エマの薬をのまされたような顔ね」

ブランドンは笑った。「いや。そこまで差し迫った事態ではない。君とウィリアムに会いたかっただけだ。明日、発表が終わればすべてが変わるから」

あごをかき、胸の前で腕組みをする。罪悪感と混乱に襲われた。「君は大丈夫だということも伝えたかった。この城での将来のことは心配しなくていい。君が追放されることはない。君とウィリアムはずっとここで暮らせる。そのことをわかってほしい」

「長老たちに命令されても？」フィオナはベッドの端に座ったまま問いかけた。髪を片側に寄せ、小さな三つ編みにできるほど伸びた髪を編み始めた。まとまらない毛先と苦闘している。

「私にやらせてくれ」ブランドンは思わず言った。

フィオナの手が止まり、その目に不安の色がにじんだ。その反応はブランドンにも理解できた。自分でも何をしようとしているのかわからなかった。ただ別の女性と婚約する前に、最後にもう一度フィオナに触れたくてたまらなかった。触れられるのが髪だけなら、それでじゅうぶんだった。

フィオナに近づき、ベッドの上の彼女の真後ろに座る。フィオナからはラベンダーとミントの香りが漂い、ブランドンはそれを深く吸い込みながら、濡れたつややかな髪に指を差し入れた。ブランドンの中の論理的で理性的な部分は、自分が二人の間の危険な境界地帯をうろついていて、一歩間違えれば過去へ真っ逆さまに落ちると知っていた。だがより原始的な部分は彼女の匂いに、感触に、声に焦がれ、かつて二人を心身ともに結びつけていた記憶を、二人に寄り添っていた夢を追体験することに焦がれた。

最後に一度、愚かなまねをせずにいられなかった。フィオナの髪をまとめ持つために頭皮と小さな耳のまわりを指先でなぞる。親指が柔らかな耳たぶの下をかすめると、フィオナが息をのみ、今後この近さを恋しがるのは自分だけではないと思えた。

「いつから三つ編みができるようになったの？」フィオナは高くこわばった声でたずねた。

ブランドンは笑って、二人の間の気安い時間を味わった。「私に姉と、世話をしなきゃいけない注文の多い姪がいることを忘れているようだな。私は小さなローザの監督下でめきめき上達し、あの子に腕を褒められることでやる気をみなぎらせてきたんだ」

ブランドンはフィオナの美しい髪を三等分したあと、それを一本の三つ編みにしていった。ブランドンが頼む前に、フィオナは髪を結ぶための青いリボンをブランドンに差し出した。

ブランドンがリボンを取ると、フィオナは静かにたずねた。「あの襲撃のあと、私が故意にあなたを裏切ったとあれほど確信していたのはなぜ？　あなたがその発想に簡単に飛びついた理由をずっと知りたかったの。単なる事故や不注意以外の何物でもないと、なぜ思わなかったの？」

ブランドンはためらい、咳払いをした。フィオナの髪を縛りながら、残っていた勇気を振り絞る。「君が私を裏切ったと信じるほうが簡単だったからだ。自分が君に愛される価値があると心から思えたことがなかった。怖くなる時もあったくらいだ」

フィオナは振り返り、ブランドンの膝に手を置いた。その感触に皮膚の下が熱くざわめいた。

「怖くなる？　あなたが？　なぜ？」フィオナは眉間にしわを寄せ、嘲るように言った。

　ブランドンはフィオナと目を合わせた。燃えるような緑色の目は輝き、真実を求めていたため、ブランドンは思いきってそれを差し出した。「それが意味することが怖かったんだ。母以外の誰も私を全身全霊で愛してはくれなかったたし、母を失ってからはあれほど人を愛することが怖くなった。君は最初から本気で私を愛していたわけではなく、マクドナルド氏族の勢力を拡大するために私を利用しただけだと思い込むほうが、簡単だし安全だったんだ」

「その理屈は理解できる気がする」フィオナは答えた。「私があなたに捨てられたと確信したのも、それが理由なのかも。私は母が出ていったことでずっと自分を責めていた。私がもっと良い娘だったら、母は出ていかなかったはずだと。あなたも私を捨てたんだと思い込むほうが簡単だったの。私はあなたの相手としてじゅうぶんでなかったと思うほうが」

　ブランドンはフィオナの手に手を重ね、身を乗り出した。「私はあのときも君を捨てていないし、これからも捨てないと約束する。君とウィリアムはここで守られるんだ。いつまでも」

「レディ・スザンナが何を望もうとも？」

「ああ。もし心配ごとがあれば、私のところに来てほしい。いいかい？」

「ええ。でも、奥様を困らせるさりげない方法を見つけるはめになるかも」フィオナは笑顔を作った。

「いや。彼女を哀れに思ってくれ。レディ・スザンナは父親の命令に従って私と結婚するだけだ……私がレアドに求められる役目を果たしたように。二人とも幸せにはなれないよ」

　ブランドンはフィオナの頬にキスし、まだ立ち去れるうちに彼女から離れようと立ち上がった。

二つの寝室の間の羽目板が閉まると、フィオナは身震いした。ブランドンに優しく触れられた体が今も脈打っていたため、毛皮の上に倒れ込み、深く息を吸って鼓動を落ち着かせようとした。

自分はこれをやり通せる。計画も立てた。明日の晩に婚約発表が行われている間が、逃げるのに最適のタイミングだ。誰もがレディ・スザンナとその家族の要求を叶えようと、そちらに集中するはずだ。

今夜ブランドンが不意に現れたことで彼との仲違いは解消したため、安らかな心でここを出ていける気がした。二人とも言うべきことを言ったのだから、これ以上ぐずぐずする必要はない。ブランドンに触れられただけで体が熱くなることは関係ない。体は自分と息子にとって何が良いのかわかっていないが、理性はわかっている。明日出ていくのだ。

それまでは打ちひしがれ、弱々しくも自分の新しい立場を受け入れようとしている女性を演じなくてはならない。難しいだろうが、やってのけてみせる。明日の今ごろは新たな冒険に出て、自分と息子にとってより良い人生を探しているはずだ。ブランドンは新しい家族のことを考えなくてはならないのだから、フィオナとウィリアムのことなどすぐに忘れるだろう。自分たちは遠い記憶になる。

明日はブランドンの寝室に忍び込んで彼の背嚢と、中に入っているはずのハイランドの地図を取ってくる。自分とウィリアムを道中温めてくれる予備のプレードも見つけよう。干し牛肉の塊とオート麦はすでに厨房から調達した。明日の祝宴のために、レアドと将来の花嫁のために何を準備しているかを料理人から聞き出したあとでは簡単な芸当だった。

宝石は服の下でウエストのまわりに結びつけた小さな巾着袋に押し込む。そうしておけば、道中襲われたとしても見つからずにすむ可能性が高い。また、ブランドンから贈られたエミリアの短剣を護身用に持つのに加え、背嚢を取りに行ったときに彼の寝室にある予備の短剣も持っていこう。

　どれも簡単すぎる……そう思うと、胃がひっくり返った。あとは足元を照らしてくれる満月と、じゃまされずに逃げきる幸運があればいい。この二つが味方し、人々の注意が少々散漫になれば、自分は新たな未来への旅に乗り出し、この場所から解放される。一年前は出ていくなんて夢にも思っていなかったが、今や留まることはできなくなった場所から。

　ブランドンは書斎の大きな椅子に座り、暖炉でくすぶる火を見つめた。眠ることは一時間前に諦め、何かで頭をいっぱいにしようと書斎に下りてきた。境界地帯の農地の新たな区画の計画を立てようとしたが、やがてそれも諦めた。集中できない。明日はスザンナ・キャメロンとの正式な婚約を発表するのに、ブランドンはどうしようもない状態だった。

　書斎のドアが軽くノックされ、反対側の壁の前に立つ大時計に目をやった。真夜中を過ぎている。フィオナが自分を探しに来たのかもしれないと思い、心臓が飛び跳ねた。

「どうぞ」ブランドンは答えた。

　兄のローワンが顔を突き出したのを見て、落胆に襲われた。

「期待していた相手ではなかったという顔だな」ローワンはからかいながら入ってきて、ドアを閉めた。

「いや。兄上に会えて嬉しいよ。調子はどうだい？」ブランドンはたずねた。ローワンが起きていて、久しぶりに具合が良さそうなのが嬉しかった。

「いいよ。今も眠れないことはあるが、その症状で苦しんでいるのは私だけではないようだ。弟よ、眠れないほど何を悩んでいる？」ローワンはブランドンの向かい側の椅子に座った。

「将来のことだ……それ以外に何がある？」ブラン

ドンは人差し指で椅子の革のすり切れた部分をなぞった。父とローワンも似たような状況に置かれたときは悩んだのだろうか？　きっとそうなのだろう。

「マクドナルドのことか？　それとも、自分の結婚のこと？」

「その二つは同じことじゃないか？」ブランドンは言い、いらだちを寄せつけないよう努力したが、いらだちがそれを押しのけた。

「いいか……」ローワンは言いかけて言葉を切った。「キャメロンの娘と結婚する必要はないんだ。もしお前がフィオナのために戦う気があるのなら……それを望み、今も彼女を愛しているのなら」

ブランドンは目をぱちぱちさせて兄を見つめ、頭を振った。

ローワンは片手を上げた。「よりによって私がそんなことを言うはずがないと思うだろうが、聞いてほしい。少し耳を貸してくれ。お願いだ」

兄に〝お願い〟だと言われ、ブランドンは動きを止めた。「聞くよ」

「この……悲嘆に暮れている間、私は自分の多くの過ちを思い出し、それについて考えることに時間を使った。おかげで、今までより物事を明晰に考えられるようになった。悲嘆と憤怒のあまり我を失いそうになって初めて理性を取り戻すことができたのだと思う」ローワンは咳払いをして続けた。「ブランドン、これはお前の人生だし、お前はレアドだ。結婚すべき相手は自分で選べばいい」

「でも兄上も知ってのとおり、この氏族に力と安定をもたらすために動かなければ、我々はマクドナルド氏族にのみ込まれてしまう。私はそれに甘んじるわけにはいかない」

「ブランドン、お前はそのことを知っているんじゃない、恐れているんだ。その二つは別々のことだ」

「それに氏族はフィオナを憎んでいる。もし私が彼女と結婚すれば暴動が起きるだろうし、あれだけのことがあったあとでそんな騒乱が起きれば、我々はさらに弱ってしまう」

「だが弟よ、もしそれがお前の選択なら、我々はそれを生き延びるしかない。それに、フィオナがいなければ、生き延びたところでお前が幸せになれるとは思えない」ローワンは思いきったように笑みを浮かべた。「私はお前たちが一緒にいるところを見てきた。そこには愛がある。過去は過去だ。人は過去をなかったことにはできないが、過去の奴隷になってもいけないんだ」

ブランドンは耳を疑った。「私はどうかしてしまったのか？　兄上が私にフィオナとの結婚を勧めている？　彼女の家族のせいであんなにも失ったのに？　我々は氏族としてあんなにも失ったのに？」

「そうだ。そうすればお前が幸せになれると信じている。それに私がフィオナを許し、最良の未来を願うことができるのなら、お前にもできるはずだ」ローワンは席を立った。「よく考えてほしい」

ローワンはドアの前まで行くと、振り返ってもう一度ブランドンのほうを向いた。

「フィオナを愛しているなら、手放してはいけない。いついなくなってしまうかわからないのだから」

兄の言葉がブランドンの胸に鉄床のように落ちてきた。その一語一語に痛みがにじんでいた。喪失と後悔の痛みを知っている人がいるなら、それはローワンだ。

ドアが閉まると、ブランドンは椅子にもたれて毒づいた。兄が正しいかどうかは関係ない。未来はすでに決まっている。明日キャメロンの娘との婚約を発表するし、何があろうとそれは変わらないのだ。

21

フィオナはこれで千回目かもしれないほど唇を噛み、心配することはほとんどないと自分に言い聞かせた。逃走の準備はすべて整えてある。背嚢には物資をつめ、それをエミリアのたんすの奥に、今夜の祝宴からタイミング良く退出できしだい着替える予定の簡素なワンピースとブーツとともに隠してある。

まずは求められる外見を作り上げ、スザンナ・キャメロンとブランドンが将来の夫婦としてお披露目されるところを見なくてはならない。

唾をごくりとのむ。今夜は人生で最も長い夜になりそうだ。

「準備はよろしいですか？」寝室の反対側から、ウィリアムの清潔な毛布をたたんでいるジェニーがたずねた。

フィオナはドレスの袖を直し、鏡の前で振り返って侍女のほうを向いた。

ジェニーはほほ笑んでため息をついた。「おきれいです」

正直に言って、フィオナは自分が持っていたはずの図々しさと切れ味をいくぶん失った気がしていた。すぐ近くでウィリアムが眠っていては、今夜危険に晒すすべてを思い悩まずにいるのは難しい。自分が下そうとしている決断が人生最良なのか、人生最悪なのかわからなかった。

「本当に？」フィオナはたずねた。

何もかもおかしい気がする。何もかもがおかしく見える。ブランドンと別の女性の婚約の発表のために着飾り、彼のために幸せなふりをする……そんなの馬鹿げている。

ジェニーはフィオナを再び姿見のほうに向かせた。

「私の言うことが信じられないなら、ご自分で見てください。本当にきれいです。レアドも発表を考え直すかもしれません」侍女はウィンクしてみせた。

フィオナは鏡に映った自分を見つめ返した。

ジェニーの言うとおり。自分はきれいだ。

そして、おぞましい。

どちらも事実だ。

エメラルドグリーンのドレスの締まったウエストに手のひらを押しつけ、自分を見つめ返す女性に畏怖の念を抱いた。鯨骨のコルセットは上質で、ジェニーが丹念に紐で締めてくれた。今、この豪華なドレス……アンナのドレスがその上からかぶせられ、ボタンがきっちり留められた姿を見ていると、フィオナの目に涙があふれた。

私は裏切り者かもしれない。アンナ、あなたは私の行動のせいで死んだのに、私はあなたのドレスを着てここに立っている。

フィオナは頭を振り、涙を拭いた。馬鹿げた考えだ。起こった出来事のことでほかの誰がフィオナを責めても、アンナが責めるはずがない。

だが、こんなふうに恥じ入ったところで何が得られる？　今夜のことに集中できなくなるだけだ。

フィオナはまばたきで涙を押し戻した。赤褐色の髪はうなじできれいなお団子にまとめられ、巻きつけるには短い髪が、あらわになった鎖骨にゆるやかに波打って垂れている。緑色のガラス玉が耳たぶから下がり、揃いのガラスのチャームがついたリボンが喉元にぴたりと巻かれていた。

確かに自分は美しい……わずかに向きを変えるまでは。過去を、自分の過去を、忘れることのない記憶をいつまでも思い出させる目立つピンクの傷痕を見ると、笑みが消えた。

この傷痕はこういったドレスでは隠せない。いつまでも。おかげでこの傷痕がいつまでも自分に印を残し、自分を損ない、醜くおぞましく見せるのだと思い知らされた。それこそがこの仕打ちの理由なのだろう。父は自分の印をつけることで、自分が娘に行使できる権力を忘れさせないようにしたのだ。

フィオナは唾をのみ、薄物のショールを肩に巻いて傷痕を覆った。「ブランドンが自分の選択を考え直すとは思えないけど、今夜のあなたのお手伝いには感謝するわ。ほかにもたくさんのことを私とウィリアムにしてくれたわね」フィオナはほほ笑んだ。

ジェニーはうなずいた。「あなたにお仕えするのは嬉しいことです。それに、ご心配なく……レディ・スザンナが私をあなたから取り上げることを心配されているなら、それはなさそうです。ご自分のメイドを集団で連れてこられるそうなので」

「あら、そう、それは良かったわ」

フィオナはもう一度ほほ笑んだ。今にも真実をもらしそうになったが、フィオナの意図をジェニーが誤解してくれたおかげで筋の通った口実ができた。

「今夜は感傷的になってごめんなさい。アンナのドレスを着たことでいろいろ思い出したのかも」

「みんなわかっていますよ。堂々と出席なさるなんてすごいことだと思います。あなたの立場にいることは楽ではないでしょうから」

我が子の父親が別の女性を選ぶ姿を見ることも。

「ええ、そうね。でもウィリアムも私も強いし、最終的には問題ないわ」フィオナは手を伸ばし、ジェニーの両手を握った。「しばらく顔を出したら、ウィリアムに会いにここへ戻ってくるわね」

「わかりました」ジェニーは部屋を片づけ始めた。「急いでください。あと数分で発表が始まります」

フィオナはうなずいてスカートを伸ばし、気を鎮めるために息を吸った。「私は準備万端よ。一時間後にこの部屋に柳の樹皮のお茶を運ぶよう手配してくれれば、いつまでも感謝するわ」

「はい。ウィリアムを寝かしつけたあと、あなたが戻られたときに運んでこられるようお茶の準備をしに行きますね」ジェニーは答えた。「幸運をお祈りします」

「ありがとう、ジェニー。確かに幸運は必要ね」

フィオナは息子を振り返ったあと、これが最後の晩であることを意識しながら部屋を出た。ドアを開け、廊下に足を踏み出す。

ブランドンがそこにいた。フィオナに背を向けて手すり越しに、話し声と祝宴でにぎわう大広間を見下ろしていた。フィオナがドアを閉めると、ブランドンが振り返った。

「準備は……」ブランドンは言いかけたが、フィオナに視線を向けると、唇の上で言葉が消えた。

フィオナの姿を見たとたんブランドンの体は隅々まで動きを止めたかのようで、フィオナは一瞬だけ、背中の傷痕は隠そうとしてもなお、醜くおぞましいのだろうかと思った。このドレスの美しさと対比して傷痕を見ると、ブランドンほど善良で上品な男性でも耐えがたいのかもしれない。

だがそのとき、ブランドンの目の色が和らぎ、深い賞賛と親愛の情、そして……別の何かがあらわになった。フィオナが認識したいとは思わない何かが。

「君は……」ブランドンは言葉を切り、声をつまらせた。「君は美しい。女性がこれほど美しくなれるなんて私は知らなかった」

ブランドンの評価にフィオナは手を揉み合わせた。頬が熱くなる。

ブランドンはほほ笑んで近づいてきた。「これだけの年月を経て、私はようやく君を赤面させられたのだろうか、フィオナ・マクドナルド？」

「そうよ」フィオナは答えた。ブランドンの賛辞に爪先まで熱くなり、柔らかく小さなスリッパの中で爪先をもぞもぞさせた。〝しかも、別の女性と婚約しようとしている晩に〟

フィオナは思わず皮肉を感じたが、胃の中で飛び回る蝶（ちょう）とともにそれを脇へ押しやった。自分は自分の決断をしたのだし、ブランドンも同じだ。

そのときヒューが現れ、二人の時間を断ち切った。

「今夜はヒューに君の警護をさせる。私は発表のために行かなくてはならないから」ブランドンはそう言ったあと、まだ何か言いたげだったが、思い止（とど）まった。うなずいて向きを変え、立ち去る。

「では、行きましょう」

ヒューがフィオナに腕を差し出し、二人は廊下を通って階段を下り、大広間に集まった群衆に向けて発表がなされる下のバルコニーへ向かった。

そこでようやく、フィオナの耳が階下のお祭り騒ぎをとらえた。ハープと管楽器の音が開放的な空間に響き、話し声と歌声が空気中に充満している。祝宴はこの二日間で計画され、準備されていた。

フィオナの胸の奥深くから小さな声が聞こえた。

〝こうするのがいちばんなの。あなたはブランドンを手放さなくては……この状況を手放さなくてはならないのよ〟

フィオナは肩をいからせ、身勝手な欲望を投げ捨てた。本当に息子を守りたいなら、方法は一つしかない。笑顔を作り、歯を食いしばって、婚約発表と退屈なお喋（しゃべ）りに耐えるのだ。その後、寝室に戻り、息子を連れて荷物を持ち出し、ブランドンのいない新生活を始める……ブランドンが自分たちのいない新生活を始めるのと同じように。

ブランドンは大広間を眺め、将来の花嫁の到着を待った。喜ばしい時間のはずだった。そこは氏族の人々、兵士、一張羅を着た女性でいっぱいだった。音楽が垂木を震わせ、陽気さが空気中に充満し、ごちそうの匂いがブランドンを迎える。すでに酔っ払った様子の兵士の一団が片隅で笑い、冗談を言って、女性たちにジョッキを満たしてもらっていた。だが、ブランドンはこんな場所にいたくなかった。祝う気分ではない。心が二つに割れている気がした。

　自分とフィオナが何事もなく互いの人生に再び入り込めると思ったのは愚かだった。ブランドンはフィオナがここにいる間に、こともあろうに彼女に愛情と信頼を抱き始めていて、遠い昔に締め出した切望が全力で蘇りつつあった。今にもレアドとしての責務を忘れるところだった。自分には自分の将来を選ぶ権利がないこと……それが失われたことを忘れるところだった。境界地帯で何人も兵士が亡くなってようやく、そのことを思い出した。

　ブランドンはあごを上げて肩を引き、胸を張ってバルコニーの中央まで行くと、兄が自分の到着を告げるのを待った。喉とともに意識もすっきりさせようと、咳払いをする。今夜は注意散漫が命取りになる。幸せな縁組みを成立させ、フィオナとウィリアム、氏族全体を守るために、将来の花嫁とその兵士たちに良い印象を与えなくてはならない。

　ヒューが近づいてきたのでフィオナを探すと、彼女はバルコニーの反対端でベアトリスと喋っていた。

「今夜の調子はいかがですか？」ヒューがたずねた。

「お前の予想どおりだ」ブランドンの言葉は今の気分と同じくらい平坦に響いた。

「では、最高の仮面をかぶってください。将来の奥方と兵士たちはすでに到着し、まもなく入ってきます。現時点で非常に要求が多く、今夜は実に興味深い晩になるでしょう」ヒューは首の後ろをかいた。

　ブランドンがそれ以上たずねる前に、ローワンがよく響く声で号令をかけ、楽団は演奏を中断した。

「皆さん」ローワンは大広間につめかけた酔客と氏族に向かって言った。「ご存じのとおり、我々が今夜ここに集まったのは、我が弟、皆のレアドとレディ・スザンナ・キャメロンの婚約祝いのためです。来てくれてありがとう。私とともに、お客様と未来のキャンベル氏族の女主人を歓迎してください」

ローワンは大広間の反対側を手で示した。黒い外套を着た女性がキャメロン氏族の四人の男性を従えてアルコーブから姿を現し、ブランドンは皮膚の下で血液が沸騰するのを感じた。

「くそっ」低くうなる。「なぜ花嫁が下にいる？ 予定では二人ともここで一緒に紹介されるはずだろう？ 氏族同士の一体感と対等性を示すために」

「伝えたかったのはそのことです」ヒューが言った。「レディ・スザンナがご自分で発表の仕方を変更なさいました。私も数分前に聞いたばかりなのです。あなたにお伝えしたかったのですが、お姿が見当たらなくて。あの方は一人で、自分の好きなように入場することを要求なさいました」

ブランドンは歯を食いしばってまたも毒づいた。

「弟よ、スザンナ・キャメロンを紹介しよう」ローワンが呼びかけた。「お前の未来の花嫁を」

ブランドンはうなずき、眼下のスザンナに向かっておじぎをした。婚約者に対する敬意の表現が求められているからだ。それ以外のどんな反応も侮辱と受け取られる。たとえ今、バルコニーの上で二人一緒に紹介されたいというブランドンの希望に相手が従わないことで自分が侮辱されていても。

「レディ・スザンナ」ブランドンは階下の婚約者に向かって、出せる限り誠実な声で叫んだ。「アーガイル城へ、未来のあなたの家へようこそ」

胸の中で心臓が大きく打ち、首の筋肉がこわばった。今から花嫁のために階下へ下りなくてはならない。プライドはさらに傷つくだろう。

スザンナはブランドンに会釈をして膝を曲げたあと、外套のフードを頭から後ろに落とした。白い肌と黒い髪をした印象的な顔立ちを見て、ブランドンは一瞬視線が釘づけになり、群衆は静まり返った。その女性は見た人が驚き、胸がざわめく種類の美人だった。だが彼女の淡青色の目と視線が合うと、ブランドンはたちまちその目の冷たさを感じ取った。

未来の花嫁に挨拶するために階段で一階へ下りながら、室内を探るように見回して氏族の人々が、特に長老たちがこの発表にどう反応しているのか確めようとした。

誰もが喜んでいるようだ。自分以外は。

心の奥底では、もし自分がフィオナとの婚約を発表していたら、フィオナとウィリアム、もしかすると自分も数時間後には死んでいただろうとわかっていた。長老たちと彼らに忠実な人々がブランドンの選択に激怒するだけでなく、大々的に結婚を申し込んでおきながらレアドの娘スザンナを侮辱したと、キャメロン氏族がその場でブランドンとキャンベル氏族を攻撃していただろう。

ローワンは昨夜ああ言ったが、実際には選択肢などなかった。自分はレアドなのだ。

最後の一歩を踏み出すと、ブランドンは深く息を吸い、愛嬌を振りまく準備をした……たとえ心は恐怖でいっぱいでも。

「レディ・スザンナ」ブランドンは言い、スザンナ・キャメロンの揺るぎない視線を受け止めた。

彼女が手を差し出すと、ブランドンはその上におじぎをし、指輪が並ぶ冷たい手に上品にキスした。

スザンナの手を放すと、彼女の顔に驚きの色があるのに気づいた。「踊っていただけますか？」

「どうかしら」スザンナは答え、ブランドンの背後のあたりをまじまじと見た。「まずは、未来の私の家を案内していただきたいわ。そのあと、ご家族の残りの方に会わせてちょうだい。そうすれば、来たるべき時に向けて準備ができるでしょうから」

その言葉には諦めがにじんでいて、ブランドンは笑いそうになった。スザンナの気持ちはよくわかる。ブランドンはただフィオナと一緒にいたかった。彼女を守りたかった。それなのにこうして、出席したくもない自分の祝宴で案内役を務めようとしている。

ヒューに視線を送ると、彼はうなずいてみせた。フィオナは安全だ。ヒューに任せておけばいい。

「もちろんです」ブランドンは答え、慎重に笑みを浮かべた。

人波をかき分け、スザンナが華々しく入ってきたのとは反対側のアルコーブへ彼女を案内する。やがて浮かれ騒ぐ騒音は背景へと薄れ、鈍い音が単調に聞こえる中を図書室へと向かった。

ドア口でスザンナは足を止め、ブランドンの腕を放してから図書室に入った。しばらくして奥の壁の近くに並ぶ詩集の前で立ち止まり、数冊の背表紙にゆっくり指先を走らせながら題名を目で追った。

ブランドンは戸口からスザンナの流れるような、猫に似た動きを見守り、彼女がしようとしている何らかのゲームが始まるのを待った。

「レアド、あなたに関する噂をたくさん聞いたわ」スザンナは言った。

「ほう、どんな噂でしょう？」ブランドンはたずね、スザンナを追って部屋のさらに奥へと入った。

スザンナはぴたりと動きを止め、ブランドンのほうを向いた。「最新だと、お兄様から統治権を取り上げ、自分の子とその母親を一つ屋根の下に住まわせているという噂よ」

その言葉を聞いたとたん、驚きがさざ波のようにブランドンを襲い、足取りが乱れた。二人は互いを見つめ、ブランドンは自分が彼女を嫌悪しているのか、その率直さに興味を引かれているのか判断しようとした。どちらともつかない気持ちのまま、スザンナの次の一手を待った。

「聞こえなかった？」スザンナはブランドンに近づきながら問いかけた。

「いいえ、耳は良いほうなので」ブランドンは胸の前で腕組みをした。

「では、その噂は事実なの？」スザンナが一歩ごとに目の冷たさを増しながら近づいてくる。

「すべて事実だ」ブランドンは彼女に劣らぬ冷たさで答えた。

ブランドンはスザンナを見つめ、長く波打つ漆黒の髪を一房持ち上げて薄布のように指の間をすべらせた。スザンナは目を丸くし、ぎょっとしたようにブランドンから離れた。それがブランドンの言葉のせいなのか、行動のせいなのかはわからない。もしかすると、ブランドンが腹を立てると予想していたのかもしれない。この女性を読むのは難しかった。

「案内はもうじゅうぶんよ」スザンナは言い、ブランドンの脇を通り過ぎ、先に大広間へ向かった。

ブランドンは彼女の黒っぽいドレス生地が衣ずれの音をたてるのに合わせてあとを追った。

ダンスフロアの端まで来ると、スザンナはブランドンのほうを向いた。「ダンスは必要ないわ。知りたいことはすべて知れたから……今のところは」

スザンナはキャメロンの兵士二人の間に立って遠くを眺め、特定の誰かは見ていなかった。

そう見えただけかもしれない。

ブランドンがスザンナの視線を追うと、不安に肌が粟立つのを感じた。彼女の視界にフィオナが入っている。フィオナに何より不要なのは新たな敵だ。自分とこの未来の花嫁との最初の不和が、我が子の母親に関することであってほしくもなかった。

「どうぞご自由に。祝宴を楽しんでもらえることを願っています。私はじきに戻ってきますので」

ブランドンは会釈し、未来の花嫁のそばでなければどこでもいいという思いでその場を離れた。

22

人がひどく退屈に感じると同時に刺草(いらくさ)の上を歩いている気分になることがあるなど誰が思うだろう？数週間前に初めてここへ来たとき、自分に罵声を浴びせていた女性数人が、収穫を控えた作物や、乾燥させなくてはならないハーブ、自分の子供や孫の最新情報についてべらべら喋(しゃべ)るのを聞きながら、フィオナはまたこわばった笑い声をあげた。彼女たちの会話についていくのが難しいところを見ると、孫はかなり大勢いるのだろう。

　最初の機をとらえ、フィオナはその場から辞した。女性たちに会釈をし、上流へ上る鮭(さけ)のように人ごみをすり抜けながら、ブランドンとスザンナ・キャメロンの婚約を祝う酔客の群れの中を進む。

　今夜の目的を思い出し、胸が痛くなった。これはブランドンを別の女性へ譲る祝いなのだ。スザンナがほぼ一晩中こちらに向けてくる険しい視線を無視して無理やり笑顔を作ったあと、ブランドンを見つけて近づく。今夜の彼はフィオナと同様につらそうだったが、それはほとんど慰めにはならなかった。二人のどちらかは幸せであるべきではないのか？

「レアド、少しは笑ったほうがいいわよ」フィオナはブランドンのそばでささやいた。「何しろ今夜はあなたの婚約祝いなんだから」

　ブランドンは笑ってフィオナを見た。「努力はしている。でも、すでにわかってしまったんだ、未来の花嫁がかなり……」言葉を切ってため息をつく。「手強(てごわ)いことが」

　フィオナは唇を結んで笑いを押し殺した。「結婚に妥協はつきものよ。そう簡単に降参しないで」

ブランドンは頭を振って嘲った。「見知らぬ相手と結婚するわけじゃない人に言われてもね」

「そうね」フィオナは静かに言い、ブランドンから離れた。「確かに」彼の言葉は棘のように刺さった。

ブランドンは手で顔をこすった。「すまない。そういうつもりでは――」

フィオナはブランドンの腕に手を置いた。「わかってる。いいのよ。あなたにおやすみを言いに来ただけだから。ウィリアムの様子を見たら休むわ。あなたはお祝いを楽しんで」

ブランドンは何か、おそらくフィオナを引き留める言葉を言おうとしたが、その要求は残酷だと気づいたらしい。「来てくれてありがとう」彼は言った。「私の代わりにウィリアムにキスしてくれ」

「わかったわ」フィオナはそう答えてブランドンの腕をつかみ、最後に一度彼をじっと見た。自分がかつて愛した男性……自分が手放そうとしている男性。今では別の誰かのものになった男性。

フィオナは向きを変え、これが最後だと思いながら寝室へ向かう階段を上った。

自分がかつて望んだ人生を送る立場になったスザンナ・キャメロンを嫌悪しながらも、ブランドンと二人で並んだ姿が絵になることは否定できなかった。祝宴で二人を見ていると、彼らの氏族が振るえる力と二人がハイランドの膨大な数の人々にもたらす繁栄が想像できた。二つの氏族の縁組みは、フィオナの父と氏族に恐るべき試練を与えるだろう。

フィオナがブランドンのもとに残ればそのような未来をじゃまするることになるし、彼とスザンナが新たな道を作り出す様子を陰から見守るなど自分にはできない。それはフィオナの幸せを、そして息子の幸せをも壊すだろう。たとえフィオナが今もブランドンを思っていようとも、最初からわかっていたとおり、フィオナがブランドンとキャンベル氏族から離れるのが誰にとっても最良の選択なのだ。

　期待どおり、フィオナの寝室のドア前には衛兵が一人だけ、しかも若い衛兵が立っていた。今夜は客に対応するために兵士が出払っているのだ。フィオナは安堵のため息をついた。第一段階は完了だ。

　次に寝室のドアを開けると、ジェニーがいて、ウイリアムに静かに歌を歌いながら待っていた。ジェニーは祝宴が始まる前にフィオナが頼んだお茶を用意し、恐ろしく複雑なドレスを脱ぐ手伝いもしてくれるはずだった。このドレスはいくら美しくても、脱ぎ着には助けが必要なのだ。これほど大量の布地を足首にまとわりつかせて走ることはできないため、ジェニーはフィオナの脱走計画に一役買ってくれる。これで第二段階も完了だろう。

　ジェニーが立ち上がってフィオナを迎えた。「祝宴はどうでした？」実際にはそれがどうだったかをよく知っているかのように、唇を噛んでたずねる。

　フィオナは笑った。「想像どおり、気まずくてぞっとしたわ。でもできるだけ笑って退屈なお喋りをしたあと、ブランドンにおやすみを言ったの」

「どうやって今夜を乗り越えられたのか、私には想像もつきません」ジェニーは低い声で言った。

「私にはそこそこ演技力があるんでしょうね。少なくとも今夜はそれが役に立ったわ」

　フィオナはショールとイヤリング、喉元のネックレスを外し、それらを鏡台の上に置いた。

　ジェニーがアンナの美しいエメラルド色のドレスの背中に無数に並ぶボタンと留め金を外し始めた。ドレスが脱げ、なめらかに波打って床に落ちると、フィオナはため息をついた。

　ジェニーが鯨骨のコルセットを外すと、フィオナは脇腹をさすった。「これは私の体型を良く見せてくれてはいたけど、外せてほっとしたわ」そう言うと、数時間前にジェニーにコルセットの紐を締められて以来初めて胸の奥まで深く息を吸った。

「別のドレスを着ます？　それともシュミーズのままでいいですか？」ジェニーが両腕で慎重にドレスを抱えながらたずねた。

「シュミーズでいいわ。このあとはお茶を飲んでウィリアムを寝かしつけるから。今夜のあなたの仕事はこれで終わり。バルコニーから祝宴を眺めて楽しんでちょうだい。こっそり下へ下りて焼き菓子やケーキを取ってきてもいいし。特にベリーがのったケーキがおいしかったわ。料理人が作ったそうよ」

ジェニーの目が輝いた。「ミス・アンナのドレスを昔の部屋に返したあと行かせてもらおうかしら」

「ぜひそうして。ありがとう、ジェニー」

「明日は良い日になります」ジェニーが言った。

出ていこうとしてドアを開けた侍女に対し、フィオナはうなずいた。「ええ。そう信じているわ」

ジェニーが廊下の先に姿を消したとたん、フィオナはすばやく着替え、背嚢を持って、道中の赤ん坊の安全を確保するために体のまわりにきつく巻いたプレードにウィリアムを入れた。泣き声が聞こえない限り、息子が一緒だとは誰も思いもしないだろう。

秘密の羽目板を開けてブランドンの寝室に入り、彼のぴりっとした麝香の匂いを最後に一度吸い込む。引き出しからブランドンの短剣を取り出し、代わりに別れを告げる手紙と盗めなかった宝石を入れる。自分と息子の食い扶持は別の形で確保するつもりだ。

宝石の巾着袋からエメラルドを一粒だけ取っていて、それはウィリアムが成人したら、彼が決して知ることのないキャンベル氏族と祖母の形見として贈ろうと考えていた。これは肌身離さず持っておくつもりだ。その時が来たら息子に渡せるブランドンと彼の家族の何らかの思い出が欲しかった。

震える手で引き出しを閉め、これが誰にとっても最善の決断で行動なのだと自分に言い聞かせる。

時計は十時前を指していた。衛兵の交代時刻で、フィオナが城の裏側へ続く使用人用通路を通って人に見られず外へ抜け出せる最大のチャンスだ。

ブランドンの寝室のドアをゆっくり開け、ウィリアムを胸に密着させて廊下をのぞく。一人きりの衛兵はドアから離れ、中央階段の下り口で交代が来るのを待っていた。その若い兵士は音楽と会話でにぎやかな眼下の大広間に熱い視線を向けていた。

フィオナは気もそぞろな兵士に感謝しながら、爪先立ちで廊下に出てドアを静かに閉め、反対側の階段を目指した。使用人が人に見られず城を上り下りするための階段だ。階段を使うのはリスクとわかっていたが、今も多くの使用人が大広間や階下の厨房で忙しく働いている。夜がふけるまで、彼らが上階の寝室へ仕事をしに来ることはないだろう。

これがフィオナが逃げ出すのに最善の選択肢だった。秘密のトンネルは襲撃を受けて以来閉鎖されている。階段へ静かに一歩近づくたびに胸の中で心臓が大きく打った。階段に辿り着くと息を吐き出し、すばやく下り始めた。

石造りの螺旋階段を着実に下りていく。やがて階段のふもとまであと一段というところまで来た。

「アリソン！」料理人が厨房のドアから叫んだ。

フィオナは身を屈めて物陰に入り、唇を噛んだ。

「はあい！」反対方向から若いメイドが答えた。

「そうかっかしないで！」

「あの娘は私の破滅のもとだわ」料理人はぶつくさ言いながら、どすどすと厨房の中へ戻った。

アリソンはフィオナとウィリアムが隠れている階段の危険なほど近くを通った。彼女が行ってしまうと、フィオナはあたりを見回した。誰もいない。ためらわず飛び出した。やがて外へ出て、最初に吸った空気はずっと焦がれてきた自由の味がした。

「ウィリアム、準備はいい？」フィオナは息子に向かってささやいた。

ウィリアムは喉を鳴らし、フィオナはほほ笑んだ。

「行くわよ」ブランドン・キャンベルのいない人生への新たな第一歩を踏み出す準備はできていた。

じっとして耳をすます。十時になれば、城の周辺の衛兵たちは交代する。近くの巨礫(きょれき)が集まる場所まで急げば二分で行ける。誰にも見られずにそこまで行ければ、自由への道に順調にすべり出せるだろう。

何世紀も風雨に晒(さら)されたせいでつるつるになった城壁の端から向こう側をのぞく。外にいる二人の衛兵がフィオナの左側で動き始め、交代しようとしているのがわかった。城壁に響く音楽から判断して今なお盛況な祝宴に早く参加したいのだろう。

フィオナは巨礫群を目指して全力で走りだした。月が雲に隠れているのがありがたかった。だが顔に最初の雨の滴が当たると、巨礫の陰にすべり込みながら顔をしかめた。これは恵みの雨ではない。移動を妨げるうえ、びしょ濡(ぬ)れになって体が冷えるだろうから、親子ともども害をこうむるだけだ。

フィオナは目の前の選択肢を検討した。

マクナブ氏族のもとへ行く最短経路であるグレンコー峠を通る予定だったが、雨が降ればその道の安全性は疑わしい。雨が峡谷に溜(た)まってリーヴェン湖へと流れれば、峠道は簡単に浸水するだろう。

雲を見上げても、この雨がすぐにやむのか激しい嵐になるのかわからなかった。雷が鳴り、顔をしかめる。春の天気は予測がつかない。最悪の事態に備えて境界地帯と森を通ったほうがいい。少なくとも森に入れば、必要に応じて身を隠すことができる。

ただし、父の兵士たちにじゃまされなければの話だ。父は長い間、防衛手段として森に兵士を潜ませている。父にとっては、キャンベル氏族やほかの氏族と共有する境界地帯に自分の兵士を置くことに問題はないのだ。父が規則を重視したことはない。

フィオナは迫りくる嵐がもたらす真っ暗闇を前へ進むことに利用し、人目を忍んで平原を横切り始めた。歩き始めたのとほぼ同時に、土砂降りの雨が降り始めた。フィオナは声を殺して毒づいた。

その風景の中を突進するブーツの底は、ほとんど地面に触れなかった。やがて泥が脚に飛び散り、雨で前がほとんど見えなくなった。だが、何があろうと構わなかった。何があろうと、このチャンスをとらえることを思い止まる気はなかった。

境界地帯への最短経路、すなわち、身を隠すことも豪雨から身を守ることもできない開けた牧草地と丘の斜面を進む。だが、この危険で大胆な道筋からできるだけ外れずにいることで時間が節約できる。最終的には境界地帯の端の暗い森に入り、身を隠すつもりだ。さもないとマクドナルドの兵士に発見され、その場で倒されるだろう。とはいえ、ウィリアムの無事を確信できるまでは死ねない。

一歩進むごとに外套が重くなり、大股に踏み出す一歩より先は見えないほどの豪雨でずぶ濡れになった。脱ぎ捨てたくてたまらなかったものの、外套はウィリアムを覆い、温めるのに必要だった。あと少しで精霊のように森の中に姿を消せるはずだ。

森の端が視界に入り、波打つ暗い木の枝が激しい風に揺れるのが見えてきた。フィオナは歩調をゆるめ、うっそうと茂るかびくさい常緑樹の中へ入り、枝を避けてぐねぐねと曲がりながら、できるだけ音をたてないように進んだ。とつぜん襲われるとしたら、おそらくここだろう。雨がやむまでしばらく身を隠す場所も必要だ。稲妻が自分のまわりでぱちぱち音をたて、雷鳴が轟く中を歩くのは、あまりにも危険になりつつあった。

ウィリアムが身動きし、フィオナは赤ん坊を安心させるように大丈夫よとつぶやいた。ウィリアムは立派にも一度も泣いていない。この子は天使だ。

大きな常緑樹に囲まれた小さな空間を見つけると、フィオナはウィリアムとともにその中へ入り込んだ。激しい雨をよけられたことに安堵のため息をつき、巨礫の上に身を落ち着ける。

あたりを見回したところ、異変は見当たらなかった。ただ雨が降り、真っ暗で、ときどき稲妻が光ってあたりが明るくなるだけだ。気温はこの一時間で急激に下がっていて、フィオナは濡れた外套の中で身震いした。息が煙のように螺旋を描き、心の中で毒づく。自分たちの存在を完全に隠すことは不可能だろうが、やってみるしかない。

口元まで外套を引き上げ、ここから出る前にまずは白い息を押し込めることにした。

前方で小枝が折れた。その正体を見極めようと目を凝らす。誰？　それとも、何？　大粒の雨と風音のせいで、それを突き止めるのは難しかった。

フィオナは目をつぶって耳をすまし、息を潜めた。耳のほうが多くを教えてくれるかもしれない。だが、雷鳴と雨が木々に打ちつける音以外は何も聞こえなかった。目を開けた瞬間に空で稲妻が光り、二メートルほど先にマクドナルドの兵士の背中が見え、フィオナはあえいだ。見慣れた濃緑と紺と赤のプレードに胃がひっくり返る。その兵士が一人きりで偵察しているはずがないのはよくわかっていた。

フィオナは切迫感に駆られた。この兵士が騒ぎだす前に黙らせなくてはならない。鞘から短剣を抜き、兵士の背後から忍び寄って、彼がほかの兵士に向かって警告の叫び声を発する前に腹を刺した。

あいにく、彼は大きな音をたてて倒れた。

兵士が地面にぶつかる音が、周囲一帯に倒木の音のごとく大きく響き、たちまちほかのマクドナルドの兵士たちの叫び声があたりに充満した。

フィオナは倒れた兵士から離れ、森の中を猛然と突き進んだ。枝に腕と脚を打たれながら小さな丘をすべり下りていると、背後から叫び声が聞こえた。

まずい。見つかった。

フィオナは大きな巨礫をつかんで足場を安定させ、木の向こう側へ回った。少なくとも、それを木だと思った。だが、フィオナがつかんだ腕の下で鋼のように硬い筋肉がぴくぴく動き、その人影がくるりと振り返って、息が止まるほど強くフィオナを締めつけてきた。フィオナは空気を求めてあえぎ、前腕を引っかいた。ウィリアムが驚いて泣いた。

「じたばたするな」その兵士が命じた。

勝てる相手ではないとわかり、息子の安全も心配だったので、フィオナは動きを止めた。

「お前とそのガキの命が惜しいなら、我々と一緒に来てもらう。静かにだ」

兵士がフィオナをさらに強くつかみ、腕を不自然な角度で後ろに引っ張ったため、腕の骨が折れそうになった。フィオナは息を吸い、兵士の手の中で動かず、彼をじっと見た。

「赤ん坊は？」

フィオナを捕らえている兵士よりさらに大柄な兵士が、追いかけてきたせいで息を切らしながら近づいてきた。月明かりで彼の目が光ったが、その顔には見覚えがなく、フィオナは妙だと感じた。父の兵士なら全員知っている。この戦士たちは何者？

「赤ん坊はここにいる。泣き声が聞こえた。取り上げろ」フィオナを捕らえている兵士が命じた。

大柄な兵士が近づいてくると、フィオナはできるだけ遠くへ身をよじった。「やめて」ぴしゃりと言う。「寒さと雨から守るために、この子は私と一緒にいさせて」

大柄な兵士は怒ることなく、ほほ笑んだ。「なるほど、あんたは噂どおりのレディ・フィオナだ。私の要求を拒むような愚かな女はほかにいない」

「ええ、私がレディ・フィオナよ。あなたたちは誰？　マクドナルド氏族のプレードを身に着けているけど、私たちの一員ではないわ。今まで見たことがないし、私は父の兵士を全員知っているの」

「行くぞ」背の低い兵士が命じ、フィオナを引っ張った。「我々のことはお父上の新入りだと思ってくれ。ハイランドに秩序をもたらすことに熱意を注いでいてね。あんたを捕らえたのは、我々の計画の小さくとも必要な一部だ」フィオナを前に押し出す。

傭兵だ。それ以外に説明のしようがなかった。

沈黙が数分間続き、フィオナはウィリアムとともにグレンヘイヴンへ連れていかれる間に逃走計画を立て、状況を正確に把握しようとした。何か重要なことを見落としている。もし自分が父の計画の一部なら、どんな役を演じている？

ゆっくりとパズルのピースがはまり始めた。

ブランドンだ。

彼が攻撃される？　それとも、殺される？

胃がむかついた。父がフィオナとウィリアムの返還を要求した本当の目的はそれ？　ブランドンを罰し、最終的にキャンベル氏族を混乱に陥れることで自分たちの攻撃を容易にする？　キャンベル氏族の注意がフィオナと息子の救出に向いている間に？

このあとの展開を正確に見抜けなかった自分にいらだち、フィオナは悪態をついた。

抵抗をやめ、現在の自分の状況を検討する。赤ん坊を傷つけることなく兵士たちの手から逃れ、二人を倒せるだろうか？　無理だ。数で負けているし、彼らは傭兵だ。自分とウィリアムを殺すことをためらわないだろうし、息子の命を危険に晒すことはできない。すでにこれだけの経験をしたあとでは。

目を閉じ、助けが来ることを祈った。

驚いたことに、思い浮かんだのはブランドンの顔だった。息子を連れ去ることで自分が裏切った男性……誰よりも自分を助けに来るはずのない男性。

23

フィオナが寝室に下がったあとも、お祭り騒ぎが続く大広間をブランドンは眺めた。ぎゅうぎゅうづめになって、城の外まであふれ出しながら踊り、将来を祝福する氏族の中には幸せが満ちていた。

氏族の喜びがブランドンにも伝染するはずだった。ようやく氏族の将来を保証し、同時にフィオナとウィリアムを守る決断ができたのだ。だが、喜びの代わりに恐怖が肌の上を這い回っていた。スザンナ・キャメロンとの結婚を楽しみだとは思えなかった。それどころか、今夜フィオナとウィリアムに会うこと以外、楽しみなことなど何もなかった。

すでに十一時半を過ぎていたが、それでも寝室へ行って二人に会い、おやすみを告げたかった。これ以上遅くなる前に行ったほうがいいだろう。二人はもう眠っているだろうが、そのときは羽目板から部屋に忍び込んで二人を眺めればいい。それだけでも疲れた心にささやかな幸せが満ちるはずだ。自分が結婚するのは二人のためで、二人の安全な将来のためなら犠牲を払う価値があると改めて思えるだろう。

ブランドンはヒューに近づいた。「もし誰かにきかれたら、私は数分で戻ると答えてくれ。フィオナとウィリアムの様子を見に行きたい。二人に問題がないことを確かめたいんだ」

「はい。未来の花嫁と兵士たちには私が目を光らせておきます」ヒューはため息をついた。「これ以上何も要求してこないといいんですが」

ブランドンはヒューの背中をたたいた。「ありがとう」

早くこの場から離れたくて踵を返し、一段飛ばしで階段を上った。フィオナの寝室の外に立つ兵士にうなずき、静かにノックする。返事はない。ドアを開けようとしたが、中から鍵が掛けられていた。

ヒューがいないとき、フィオナが自分と息子を守るためにドアに鍵を掛けていることに安心し、ブランドンはほほ笑んだ。そのまま自分の寝室へ行き、中に入って二人の部屋の間の秘密の羽目板を押し開ける。それは簡単に開いた。

フィオナの部屋は暗くて静かで、空気はブランドンがぶるりと震えるほど肌寒いのに、炉床ではまったく火が燃えていなかった。

妙だ。

フィオナに声をかけようと思ったが、眠っている彼女とウィリアムを起こしたくなかった。そこで自分の部屋から火のついたたいまつを取ってきて、再びフィオナの部屋に入った。ちらつく火灯(ひあか)りが空っぽの部屋に不気味な陰を投げかける。フィオナはどこだ？　ウィリアムはどこだ？

腕の毛が逆立ち、喉がからからになった。何かがおかしい……完全におかしい。もう真夜中に近いのに、二人がここにいない。

理由として可能性のある事柄がブランドンの頭の中を回り、そのどれも筋が通っていない気がした。

たんすの扉を開けると、フィオナの持ち物がいくつかなくなっているのがわかった。ウィリアムのベビーベッドも剥(む)き出しになっている。毛布とキャンベルのプレードが、ブランドンが息子のために彫った木製の馬とともに持ち去られていた。

胃がむかつき、胸がざわめいた。

息子とフィオナが姿を消した。

目を固くつぶり、この状況に関するさらなる情報を集めるまでは落ち着け、理性を働かせろ、体内にあふれるパニックを脇に置けと自分に言い聞かせる。

秘密の扉を通って急いで自分の寝室へ戻り、廊下に出た。ジェニーがバルコニーからお祭り騒ぎを眺めながら、近くにいる兵士と戯れていた。

ブランドンは急いでジェニーのそばへ行き、腕を取った。「フィオナはどこだ？ ウィリアムは？」

ジェニーの目が丸くなった。「お……お部屋にいらっしゃいます」つかえながら言う。「レディ・フィオナがドレスを脱ぐのをお手伝いして、お茶を運び、お休みになる準備が整ったのが九時半過ぎでした。レディ・フィオナは私に下がっていいとおっしゃって、ドアに鍵を掛けられたんです。掛け金が下りる音をこの耳で聞きました」

「レディ・フィオナがお部屋に戻られたときにいた衛兵と交代して見張りをしています」兵士が言い添えた。「一度もお部屋から出られていません」

「本当か？」ブランドンはたずねた。「お前は一瞬たりとも持ち場を離れなかったのか？」

兵士はジェニーに目をやり、頬を赤く染めた。「一瞬くらいはレアドの婚約祝いを見るために離れたかもしれません……」肩をいからせ、ブランドンと目を合わせた。

ブランドンは毒づいた。その〝一瞬〟があれば、フィオナのような女性や戦士が逃げるにはじゅうぶんだとよくわかっている。「お前の処分は追って知らせる……だが、今はただちに二人の捜索を始めてくれ。私は確認しなくてはならないことがある」

ジェニーと兵士が急いでその場を離れると、ブランドンは自分の部屋へ向かったが、一歩踏み出すごとに自分を引きずり込もうとする沼泥の上を歩いている気がした。ブランドンの一部はこのあと何を目にするかわかっていた……だが、できるだけ長くそれを否定したがっている部分もあった。

気を鎮めるためにドア口で息を吸い、再び自分の部屋に入った。階下の音楽が遠ざかって聞こえなくなり、完全な静寂が訪れる。戦闘開始の直前に経験するのと同じ、時の流れが減速して無になる瞬間だ。フィオナとウィリアムが消えた。それはわかった。彼女が逃げた方法はわからないが、逃げたのだ。

〝私の代わりにウィリアムにキスしてくれ〟ブランドンは言った。

〝わかったわ〟フィオナは答えた。

つい数時間前に祝宴でフィオナから向けられた視線を思い出し、体が震えた。あれは最後の視線だった。さよならだったのだ。ブランドンは毒づいた。なぜ気づかなかった？　なぜ注意を払わなかった？

それは、自分がまぬけだからだ。別のことに気をとられていたからだ。そして、フィオナが自分にこんな仕打ちができると思いたくなかったからだ。息子を誘拐するという裏切りができるとは。

「レアド、誰もレディ・フィオナのことは見ていないそうです」衛兵がドア口から言った。

ジェニーが隣に現れた。「下の使用人も誰も見ていません」そう言い添える。

ブランドンはため息をつき、両手をウエストに当てた。「ああ。フィオナは逃げたんだ」

ジェニーはあえぎ、その瞬間に雷鳴が轟いた。

「この天気の中を？」

ブランドンは息子を恋しがる父親から、手遅れになる前に息子を取り戻す任務を指揮しなくてはならないレアドへと気持ちを切り替えた。

「ジェニー、息子のための食べ物と毛布を用意して私のところに持ってきてくれ」衛兵のほうを向く。「今すぐヒューを呼べ、ただし、何かがあったようなそぶりは見せるな。今夜中に二人を連れ戻そうとする試みを誰にもじゃまされたくない」

二人がその場から離れると、ブランドンは装飾の多い上着とキルトを脱ぎ、どんどん下がる気温と外で激しく降る雨から身を守るためにウールのコートとトルーズ、革のブーツを選んだ。

すでに過ぎた時間に二人の身に何が起こったかは考えたくなかった。なぜフィオナが出ていこうとしていることに気づかなかった？　ブランドンは別の女性と結婚することになり、フィオナは最初からここにいるのをいやがっていた。婚約パーティは注意をそらす手段として完璧だっただろう。

ブランドンは引き出しを開け、剣を取りつけるベルトを取ろうと手を伸ばした。羊皮紙にフィオナの見慣れたくりくりした文字が見え、その手が止まった。体を寒けが駆け上がる。その手紙をしゃにむにつかみ、ベッドに座って震える指で開いた。

〈ブランドンへ

今ごろあなたは私たちがいなくなったことに気づいているでしょう。私たちのことは心配しないで。息子は私が面倒を見るし、天気が持ちこたえれば、二日でマクナブ氏族のもとに着くでしょう。

あなたは私と同じく、私がいなくなるのが誰にとっても最善だとわかっているはず。あなたはスザンナ・キャメロンと新生活を築けて、キャンベル氏族は再び繁栄して父は脅威ではなくなる。私がここにいれば、氏族にふさわしい指導者でレアドであろうとするあなたのじゃまになるだけです。

それから、これは私のわがままだけど、あなたが別の女性と人生を築くところを見たくない……かつて私があなたとともに生きることを夢見た人生を。追いかけないでください。あなたに与えられた新生活を楽しんで。私もそうするから。

フィオナより〉

ブランドンは手紙が床に落ちるのに構わず、背中を丸めて座り、太腿に肘をついて両手で頭を抱えた。なぜこうなることを予見できなかった？　なぜ自分はすべてを掌握し、誰もが自分の決断に満足していると思い込んだのか？　何もかもうまくいくと？

　自分がまぬけだったから、それが理由だ。

　引き出しに視線を戻すと、見たことのない小さなベルベットの巾着袋があった。それはフィオナの手紙の下に隠れていて、さっきは手紙に集中しすぎて気づかなかった。巾着袋を取って引き紐をゆるめ、中身を手のひらに出す。鮮やかな、きらきらした宝石が輝きを放った。ブランドンはあえいだ。

　袋の中には小さな手紙が入っていて、それを広げて読んだ。やはりフィオナの字だった。

〈この宝石はあなたのお母様の寝室で見つけました。きっとお母様のもので、安全に保管してあったんでしょうね。私たちの新生活のために持っていくことも考えたけれど、これはエミリアのものだから、それはできませんでした。

　お母様はあなたにこれを持っておいてほしいと思うはず。エミリアと同じように美しい宝石です〉

　ブランドンは胸がいっぱいになった。母の宝石？　フィオナがブランドンに知らせることなく、新生活のために持っていくこともできた宝石？　だが、彼女はこれらがどれほどの意味を持つのかわかっていて、ブランドンのもとに置いていってくれたのだ。

　息が止まりそうだった。ブランドンはぎこちない手つきで二通目の小さな手紙とともに宝石を巾着袋に戻し、引き出しをしまった。

「レアド？」開いたドアからヒューが声をかけてきた。「お呼びですか？」

「ああ。ドアを閉めてくれ」ブランドンは答えた。

　ヒューはドアを閉めた。「何があったんです？」

「フィオナがウィリアムを連れて出ていった」

　ヒューはブランドンに向かって目をぱちぱちさせた。「出ていった？」

「ああ。手紙が残されていた。ウィリアムを連れて、またマクナブ氏族のもとへ向かっている。これが誰にとっても、特に私にとって最善だと言うんだ」ブランドンは立ち上がり、首の後ろをつかんで室内をうろつき始めた。

「この嵐の中を?」ヒューが言った。

「そうだ」

「どうすればよろしいですか?」

「できるだけ早く見つけてくれ。二人が足止めされる前に」

ブランドンがそれ以上言う必要はなかった。夜のグレンコー峠を雨の中、赤ん坊を連れて移動するフィオナの身に何が起こりうるか、ヒューはブランドンと同じくらいわかっている。ブランドンは理性が削り取られる前にその想像を払いのけた。

今すぐにここを出て二人を見つけたいという切迫感に脈が大きく打ち、体がざわめいた。だが物資も必要だし、誰にも見られずに出ていかなくてはならないし、計画も立てなければならないとわかっていた。婚約パーティから大っぴらに立ち去ることで、未来の花嫁と彼女の兵士たちを怒らせるリスクは冒せない。しかも目的は自分の息子と女性を探すためであり、その女性は……。

こんなことを深く考えている場合ではない。まずはフィオナとウィリアムを連れ戻さなくては。その後、氏族とレアドたる自分の将来を心配するという、しなくてはならないことをするのだ。

壁をこぶしでたたく。自分がこれほどまぬけでなければこうはならなかった。良きレアドになることに集中しすぎて、どうすれば良き男に、良き父親になれるかを忘れていた。とっくの昔に、父が同じ過ちを犯したときに学んでいたはずの教訓なのに。

フィオナは自分に腹を立てた。マクナブ氏族のもとへ行くこと、豪雨のグレンコー峠を避けることを焦るあまり、マクドナルドの兵士に出くわしてしまった。父が兵士を巡回させていることを知りながら、森に入ってしまった。

天気が良くなるまで身を隠して待ったあと、グレンコー峠を行けばよかった。自分が立てた移動計画に従ってさえいれば、こんな惨状には見舞われなかった。だが、忍耐力はフィオナの長所ではない。

まぬけだわ。

フィオナは自分を縛っている縄を引っ張り、やぶと泥の中で脚とブーツを引きずった。とにかく暗闇を進む足取りを遅らせたかった。すでに、フィオナが子供のころから住んでいたマクドナルド氏族の城グレンヘイヴンが、夜空を背に羽を広げた阿呆鳥のようにそびえ立ち、来たるべき事態を警告するように旗が風にはためいている。

フィオナはずっと前に、死なない限りはこの場所へは二度と帰らないし、死にそうになっても抵抗するのだと自分に言い聞かせていた。息子の身の安全が確認できしだい、通り道をふさぐ兵士を一人残らず蹴散らして逃げるつもりだが、今はどうだろう？

体の前でぐずるウィリアムに、フィオナは優しく話しかけた。かわいい我が子を自分と自分を連行する傭兵たちの間に置いた状態で戦うことはできない。

グレンヘイヴン城へ続く小道に沿って並ぶたいまつに近づくと、地面に唾を吐いた。マクドナルドの兵士たちが入り口の両側を守っていて、彼らの顔はいかめしく真剣だった。レアドの娘が受けるべき温かく歓迎するような応対ではない。フィオナが顔を知っている兵士は半分だけだ。自分がいなくなったあと、それほど多くのことが変わったのだろうか？そろそろ事実を突き止めなくてはならない。

フィオナは身震いし、濡れた髪を顔から払いのけようとした。「父のところへ連れていきなさい」そう叫び、目の前にいるいかめしい顔つきの兵士たちをにらみつけた。中には顔を知っている兵士もいて、かつては自分を守ってくれていた者もいた。「シェーマス？　ゴードン？　私が帰ったことを父に伝えて、私を父のところへ連れていって」

　フィオナがかつて知っていた二人の兵士は何も答えず、ただフィオナをにらみ返した。

　フィオナは自分を捕らえている兵士を押しのけ、顔に唾を吐いた。「人でなし、父に言いなさい！」

　兵士はお返しにフィオナを強くたたいた。

　フィオナは足をふんばって持ちこたえ、口の中に血の味を感じた。ウィリアムが動揺して腕の中で泣き叫んだ。フィオナは自分の髪越しに、ゴードンがおそらくはとっさにフィオナを守ろうと前へ踏み出すのが見えたが、シェーマスが彼を押し戻した。

　マクドナルド氏族全員が自分に敵対しているわけではないのだと思い、腹の中に希望が灯った。全員がこの新入りたちと同様に冷たく無慈悲ではないのなら、彼らを互いに敵対させるか、少なくとも自分とウィリアムが殺される前に逃げるのに手を貸すよう懇願することはできるかもしれない。

　新たな計画が頭の中で形を成し、フィオナはよろよろと体を起こして笑みを浮かべた。

「私を笑っているのか？」人でなしがたずねた。

「ええ。そうよ。無防備な女性をたたくのは臆病者だけだもの」フィオナは芝居がかった動きで鼻をくんくんさせた。「匂いも臆病者ね」

　兵士が再びフィオナをたたこうとした。フィオナは肩を入れてウィリアムを守り、その一撃に備えた。

「そんなことをする必要はない」大きく響く声が城の扉から呼びかけた。「連れてこい。今すぐに」

　フィオナは顔を上げ、二度と会いたくなかった男性と目を合わせた。レアド・オードリック・マクドナルド……フィオナの父親だ。

24

「フィオナ！　フィオナ！」

ブランドンの喉は焼けつき、服は雨でびしょ濡れだった。周囲で雷鳴が轟き、フィオナの名前を呼ぶブランドンの声をかき消す。彼女に声が届かないことはわかっていても、呼び続けずにはいられなかった。心がそれ以外の何も許さなかった。

ブランドンは何度も名前を呼び、城からグレンコー峠まで走り続けているせいで心臓が大きく打ち、肺が燃えていた。フィオナはグレンコー峠を通ってマクナブ氏族のもとへ向かう道に出るはずだった。

眼下の小道へ続く崖の縁まで来ると、峡谷に溜まった水がすでに激流となってリーヴェン湖へ流れ込んでいた。それは春の雨が降るとよく見られる現象で、フィオナも先へ進む前に考慮したはずだ。もしこの経路を選んでいたら、流れに巻き込まれて溺れるリスクがある。さほど水量が多くなくても足を取られるにはじゅうぶんだ。

ブランドンはごくりと唾をのんだ。フィオナは愚かではない。たとえ出ていったのが数時間前で、雨が降り始めたばかりでも、このリスクは冒さないだろう。ウィリアムには危険すぎるし、フィオナは欠点こそあれど賢く抜け目ない戦士で、息子を守ろうとする母親なのだ。このリスクは大きすぎると判断し、別の道を選んだに違いない。

「フィオナがこの道を行ったはずがない……ウィリアムがいるんだ！」ブランドンは大雨の轟音の中でヒューに向かって叫んだ。「危険すぎる」そう続け、眼下の激流を指さした。

ヒューがうなずいて同意した。「マクナブ氏族のもとへ向かう道に出るには、あとは森を通る経路しかありません」二人が来た小道とは反対方向にある森を手で示した。

この道を来たことで時間を無駄にしたものの、ここにフィオナがいないことを確かめる必要があった。ある意味、フィオナがこの激流のリスクを冒さなかったことがわかって安心した。

二人は来た道を引き返した。やがて城へ戻ってきて、ブランドンは水ですべりやすくなった草深い丘を登り、納屋へ近づいていった。ブーツが濡れた土の上ですべり、吹きつける風で左右に揺れる野花を手でつかむ。その強くさわやかな香りがフィオナと自分が失いかけているすべてを思い出させた。

丘の頂上に着くと、濡れた髪を目から払いのけ、眼下の暗い谷間を見下ろした。夜空に稲妻が光り、左手の彼方にあるリーヴェン湖が一瞬照らし出された。光のちらつきや何かが動く音をとらえようと集中したが、何も発見できなかった。一時間前に感じた自信は洗い流されていた。森の端のマクドナルド氏族と共有している境界地帯に到達するにはそう時間はかからないが、フィオナが出ていってから今までに何が起きていてもおかしくなかった。

最悪の事態を覚悟したほうがいいのだろうか？

ヒューが息を切らしながらブランドンの隣にやってきた。「見つかりますよ」

見つかるのか？

言葉に出せないその恐怖が胸を締めつけた。見つかったとしても、二人は生きているのか？　それとも最も恐れていたことが現実となり、丘の斜面にプレードの塊のように倒れているのか？　フィオナと息子の……死体が。マクドナルド氏族にめった刺しにされて。

フィオナが危険に飛び込んでいったのはブランドンのせい……ブランドンの弱さのせいだ。ブランドンが早くから長老に立ち向かっていれば、反論を許さない強い指導者であれば、自分の心に従って家族を守ることを選んでいただろう。

だが実際にはフィオナと息子よりも氏族を優先し、レアドとして求められる事柄に屈したのだ。

父と同じように。

そして、母は究極の代償を払った。ブランドンたちきょうだいも同じだ。

ローワンですら婚約をやめるよう警告してくれたのに、ブランドンは耳を貸さなかった。今、兄と姉はスザンナ・キャメロンとその兵士たちの相手をしていて、祝宴は徐々に終わりに近づいているが、キャメロンの一行は今夜泊まる準備をしている。それもこの悪天候がもたらした、ありがたくない結末だ。

ブランドンは再び目にかかる濡れた髪を払いのけた。悪態をつき、もう一度谷間を眺める。「フィオナはどこまで行っただろう?」

ヒューがブランドンのほうを向いた。「あなたは答えをご存じのはずです」

「ああ、すでに境界地帯に入り、行く手を遮る兵士たちを全員切り倒しているだろうな」

「それを忘れないでください。フィオナは優秀な戦士です。向こうの兵士たちはさほど賢くはありません。連中に同情したほうがいいくらいです。フィオナのじゃまをしたり、息子の脅威になったりすれば、自ら死を招いているようなものです」

「そうだな」ブランドンの恐怖にごくかすかな希望が寄り添った。「もしフィオナが息子を守るためにやつらを殺さないなら、私が殺すまでだ」

丘の斜面を下りようと一歩踏み出したときにつるつるした草の上で転んだため、丘の残りはすべって下りることにした。雨とすべりやすくなったやぶのおかげで、難なくふもとへ辿り着く。無駄にした時間を埋め合わせられるなら何でも良かった。二人が危害を加えられる前に見つかるなら。

ヒューもすぐ後ろからついてきて、降りしきる雨の中でブランドンの隣に立った。「どうします?」

「森の中の境界沿いを捜索し、二人を見つけ出して連れ帰るしかない。それ以外の結果はありえない」

ブランドンはウエストのベルトから短剣を抜き、眉についた雨を拭ってから漆黒の森へ入った。

二人は嵐を追いかけるように進み、横殴りの雨と木々の間で轟く雷と戦いながら進んだ。いずれ川は氾濫までしなくても、春の雨でいっぱいになるだろう。

暗闇と嵐に紛れて進み続け、つかめるチャンスはつかむのが賢明だ。マクドナルド氏族に攻撃された晩のように。ブランドンは今も戦闘の叫び声や剣がぶつかり合う音、肉が金属を受け止める音、恐怖の中を逃げ回る女性や子供の悲鳴が聞こえる気がした。

頭を振り、まばたきをして目から水を払いのける。目の前の任務に集中しなくてはならない。息を吸って吐き、乱れた鼓動を落ち着かせ、周囲の環境に体を慣らす。この土地は自分の土地と同じくらいよく知っている。隠れるのに最適な場所も、危険な片隅も、森の中の避けるべき部分も。

ヒューはブランドンから少し遅れ、適度な距離をとってついてきた。警戒心が薄い衛兵に安全だと錯覚させるためだ。まぬけが一人、罠に掛かりさえすればいい。それで必要な答えはすべて得られる。ヒューは特に兵士に秘密を吐かせる術に長けていた。

二人は森の密度の高い部分へ入った。不慣れな人間を引き返させるために、わざと木が生い茂るままにしてある部分だ。背の高い木が生い茂り、夜空に美しい天蓋を作っているため、入ったとたん方向感覚を失う。二人を取り巻く闇が濃くなり、ブランドンに聞こえるのは雷鳴と雨音だけになった。ヒューが背後をついてくる音すら聞こえない。

深く息を吸い、テーブル大の大きな石のそばを通り過ぎる。ブランドンとフィオナがその上に寝そべり、星を見上げるために使っていた石だ。

暗闇で枯れ枝が音をたて、次に低いうめき声が聞こえた。ブランドンは息を止めて目を閉じ、その音が聞こえた方向を確かめるために次の音を待った。

再びうめき声が聞こえ、葉と土が動く音がそれに続いた。声の性別はわからない。わかったのは、左側のそう遠くない場所から聞こえたことだけだった。

ブランドンは声をあげようと口を開けたが、ためらった。暗闇から釣り糸を垂らし、攻撃するための周到な罠かもしれない。音がする方向へあと二歩進んだところで足を止め、存在を示す次の音を待った。

何も聞こえない。

短剣を構えて大きな木の幹の向こう側へ回ると、目の前の地面に影になった人間が伸びていた。

たっぷりとしたマクドナルドのプレードと、それに包まれた負傷した兵士を見て、憤怒が血管を駆け巡った。「息子はどこだ？　フィオナは？」

兵士はブランドンを無視し、自分の腹をつかんだ。そのとき初めて、兵士の胸と腹から血が流れているのが見えた。ひどいけがをしている。

ブランドンは兵士の傷を押した。「話せ」男が苦しがるのを無視して命じる。

兵士はうなった。「あいつらが連れていった」息をつまらせ、咳き込みながら答え、まぶたを震わせて目を閉じた。

ヒューが兵士の腹部を圧迫し、流血を止めた。「レアド」彼は言った。「この男は長くはもちません。急いでください」

ブランドンの中にそのような優しさは残っていなかった。フィオナと息子を見つけなくてはならないのだ。生きたままで。

「誰だ？　誰がどこへ連れていった？」そう叫んだ

が、すでに答えの予想はついていた。

マクドナルドの兵士の目が細く開いた。彼は答えようとしたが、再び咳き込み、唾を飛ばした。グレンヘイヴンの方向を指さし、顔に醜い笑みを浮かべる。「レアド、手遅れだ。もう死んでるだろうよ」


手足の鈍い痛み以上に冷えが全身をのみ込み、フィオナは冷たい濡れた石の上で震えた。暗闇の中で動こうともがくと、ウエストのところで縛られた縄で手首がすりむけた。鼓動が速くなり、座ろうとしたが座れなかった。体中が痛む。

ここはどこ？

ウィリアムはどこ？

何があったの？

やめなさい、と自分に命じる。息をするのよ。

パニックを起こしても何にもならない。鼻から息を吸って口から吐くことを何度か繰り返すと、やがて鼓動は自然なリズムに近づいてきた。感覚を研ぎ澄ませる。背後で水が滴り、暗く影の多い廊下をたいまつがちらちらと照らしている。前方のたいまつの近くにある窓から、暗闇の中で今も雨が降りしきっているのが見えた。

どういういきさつで自分はここに来たのだろう？

ここはどこなの？

目をぎゅっとつぶり、雨音に集中した。怒りといらだちが体内で暴れている。それ以外の音は周囲に響いていない。自分は一人きりのようだ。ウィリアムもいない。そして、場所はおそらく地下牢（ちかろう）だ。それ以外の説明はできそうになかった。

だがなぜ、父はわざわざ自分を生かしているのだろう？　あの人でなしの兵士に殴られて意識を失う前、父の目に浮かんでいた憎しみの色には見覚えがあった。父は娘を殺したがっていた。

頭上のドアがきしみながら開いたあと、そっと閉まった。小さなろうそくの光が新たに廊下に差し込んだが、それを持って近づいてくる大柄な戦士の顔までは照らしてくれなかった。だが、彼がまとっているプレードは見えた。マクドナルド氏族のものだ。

　フィオナは歯を食いしばった。自分の氏族に囚人にされているのだ。

「姉上？」低い声がささやいた。

「デヴリン？」その男性が近づいてくるのを見つめながらフィオナは感極まった声で言った。

　弟は最後に会ってからずいぶん成長していた。若者というより手練れの戦士に見える。フィオナはつかまる物を求め、岸に打ち上げられた魚のようにもがきながら鉄柵へ近づいた。もう一度ばたついたところで弟がしゃがみ、影になった顔が光に照らされたため動きを止めた。赤毛は肩より長く、剥き出しの二の腕に戦士の刺青が入っている。苦しげに眉がひそめられ、左目と唇の端に痣と切り傷があった。

「大丈夫なの？」フィオナは傷を心配してたずねた。

　デヴリンは姉にほほ笑みかけ、鉄柵をつかんだ。

「姉上、大丈夫かとききたいのは僕のほうだ。ごめん……本当にごめん、姉上をこんな目に遭わせて。あのときの僕には止められなかった。しかも、僕が姉上を守れなかったせいで今にもお腹の子が死ぬところだった……」弟は言葉をつまらせた。

「いいのよ、デヴリン。あなたにできることは何もなかったんだから」フィオナは縛られた両手を鉄柵へと伸ばし、弟の手に触れようとした。「ウィリアム……あなたの甥っ子は生きているわ」ささやくように言う。「あの子は強くて、あなたに似てハンサムよ。あなたを見ていると……」フィオナの目に涙があふれた。「でも、引き離されてしまった。あの子は今もここにいるの？」

「赤ん坊はここにいるし、今のところは無事だ。でも、できれば……できればここに来てほしくなかった。姉上もここに来てほしくなかった。父上は……父上はすっかり正気を失っている。しかも、あの新入りの、父上が雇った傭兵たちのせいで父上の強欲と権力欲がいっそうふくれ上がったんだ。父上はそのうち僕たちを破滅させるよ」

弟の黒っぽい目が細められ、フィオナを見た。フィオナはごくりと唾をのんだ。弟の声ににじむ恐怖がフィオナの中に入り込み、手足がいっそう冷えた。体が震え、歯がかたかた鳴る。

デヴリンが身を乗り出した。「なぜ自由の身になったのに、逃げる前にいた場所へわざわざ戻ってきたんだ？　なぜだ、姉上？　あの手紙……父上が殺してブランドンに見つけさせるために残したキャンベルの兵士たち……あれを見れば姉上は警戒して僕たちに近づくはずがないのに」

デヴリンの声はかすかに震えていて、かつての怖がりの幼い少年を思い出させた。

「私はマクナブ氏族のもとで暮らすいとこのもとへ逃れようとしていたの。ブランドンは結婚を控えていて、私はあそこに彼の妻以外の立場で留まりたくなかった。今では愚かに思えるわ。私たちはブランドンの保護下で大事にされ、安全を確保されていたのに、私はプライドと身勝手さからそれを捨てたの。今ではウィリアムが危険に晒されている」フィオナは冷たい鉄柵に額を預けた。「お父様は私とウィリアムに何を求めているの？　なぜ私たちはまだ殺されていないの？」

デヴリンは目を閉じ、鉄柵越しにフィオナの額に自分の額を重ねた。「姉上は父上のより大きな計画の一部なんだ。ウィリアムも。父上はキャンベル氏族を永久に潰そうとしている」目を開け、フィオナの両手を握る。「どうすれば姉上を守れるのかわからないけど、できるだけのことはやってみる。僕は二度と姉上を失望させない。約束するよ」

「私をここから出して」フィオナは縛られた手首を引っ張りながら懇願した。

デヴリンは首を振った。「いや。それではうまくいかない。僕が姉上をここから出しても、生きたまま逃がす方法がわからない。あちこちに兵士が配置され、城壁の外で姉上を見つけたらその場で殺すよう命じられている。僕が今ここに来られたのは、上のドアを見張っているのがオリックだからだ」

オリック。フィオナはほほ笑んだ。その老兵士はフィオナのことを生まれたときから知っていて、フィオナとおばが逃げるのを助けてくれた。

暗闇に口笛の音が響いた。

デヴリンがびくりとした。「オリックの合図だ。姉上をここから出す方法は僕が見つける。約束するよ。僕はもう行くけど、計画とともに戻ってくる」

弟の目に希望がきらめき、フィオナは弟が脱出計画を立ててくれることを心の底から祈った。さもないと、自分もウィリアムも死んだも同然だ。

フィオナはうとうとしていたらしく、次に気づいたときにはドアが開く音が聞こえ、その音で完全に目が覚めた。前方の窓から日光が差し込み、フィオナが目をしばたたくと、そびえ立つ人影が近づいてきていて、背後に大きな影ができているのが見えた。

その姿を見て、フィオナは身をこわばらせた。恐怖、憤怒、不安がはっきりと、熱を持って全身を駆け巡ったが、それはいつものことだった。

「お父様」フィオナは言ったが、声の震えを抑えることはできなかった。

父が衛兵に向かってうなずいた。その人でなしは房の鍵を開け、フィオナを床から引っ張り上げた。フィオナはつまずき、皮膚がずきずきするほど強く腕をつかんでいる頑丈な戦士にぶつかった。

レアド・オードリックが手を伸ばし、フィオナのあごをそっとつかんで自分のほうへ向けさせた。灰色の目に柔らかな表情がちらついた。「お前を見ていると、母親のことを思い出すよ」

　父の唇に今にもかすかな笑みが浮かびそうになったところで、手が下に落ちた。

「もう少し待とう」父はにやりと笑った。「やつは来るし、そうすれば計画は達成される」

「誰が来るの？」フィオナは叫んだ。「誰？」

　父は笑い声をあげ、もがくフィオナを、決して手を離してくれない衛兵のもとに残して出ていった。

　だが、フィオナは心の奥底で誰が来るのかわかっていた。自分と息子が生かされているのは、より大きな目的のためだとわかっていた。キャンベル氏族のレアドを罠へおびき寄せ、両氏族の苦い敵対関係を混乱の中で唐突に終わらせるつもりだ。

　そしてブランドンが死ねば、フィオナも死ぬ。

　ウィリアムも死ぬ。

25

「レアド」ヒューがブランドンの肩に手を置き、小声で話しかけた。「どうするんです？　我々はたった二人です。二人で城を襲撃して、フィオナとウィリアムを生きたまま助けられるはずがありません」

　ブランドンは森の端で立ち止まり、自分を苦しめるグレンヘイヴンの輝ける要塞を遠くに眺めた。いつもながらヒューの言うことは正しい。息子とフィオナが囚われているのが本当にこの城であるなら、あの壁を突破して二人を見つけ、生きたまま脱出するには、もっと兵士が必要だ。

　ブランドンがどれだけフィオナと息子に会いたい、抱きしめたいと思っていても関係ない。今、城を襲うのは無謀で衝動的な行為だ。それこそがマクドナルド氏族の狙いなのかもしれないが、その手に乗るものか。彼らの予想とは正反対のことをしてやる。

「引き返そう」

「何ですって?」ヒューはきき返した。「今、引き返すとおっしゃいましたか?」

「ああ。言った」

今どんなゲームをしているのか判明するまで、これ以上兵士を関わらせたくない。ブランドンはフィオナとウィリアムを追って無鉄砲に飛び出し、ヒューだけを連れてきた。もしマクドナルド氏族がフィオナと息子を捕らえた理由が二人をすぐさま殺すことではないなら、より大きな計画があるはずだ。だからブランドンがマクドナルド領にこれ以上入り込む前に、それが何なのかを突き止める必要があった。

最後にもう一度グレンヘイヴンを見つめ、自分の選択が正しいことを祈った。もし間違っていれば、フィオナと息子は二人とも死ぬ。

二人がアーガイル城へ戻って数時間が過ぎたが、マクドナルド氏族からは何の連絡もなかった。

ブランドンは書斎を歩き回って日の出を眺めながら、これがどういうゲームなのか想像しようとした。

単に過去の所業の復讐なのか? それともレアド・オードリック・マクドナルドがブランドンをおびき出し、一年前にも試みたのようにキャンベル氏族を自分の氏族に吸収しようとしているのか?

立ち止まり、両手を腰に当てて赤々と燃える火を見つめる。ローワンとヒューが兵士たちに攻撃準備をさせているが、ブランドンはすでにグレンヘイヴンへ向かいたくてうずうずしていた。マクドナルド氏族がフィオナとウィリアムを捕らえている時間が長引けば長引くほど、二人に迫る危険は大きくなる。最初に出ていったとき、城を襲撃してフィオナとウイリアムを救出する計画を捨てたことで自分が賭に出たのはわかっていたが、たった二人では成功する可能性が低いとわかっていたし、フィオナと息子を失うわけにはいかなかった。

今も。これからも。

自分はなぜこれほどまぬけだったのだろう？

父とまったく同じまぬけだ。

胃がきりきりし、デスクにこぶしを打ちつけた。

フィオナに警告されたとおりだ。

レアドの責務に集中したことで、フィオナとウィリアムが指の間からこぼれ落ちてしまった。ブランドンには今まで願い、望んだすべてが与えられていた。愛、家族、将来。それなのに、それを信じるのが怖すぎて、それをつかむのが怖すぎて、すべて手放してしまった。自分に嘘をつき、別の女性と結婚するのがレアドとしての務めだと、その行動が全員の安全と安寧を守るのだと判断した。

だが実際は自分自身を守り、フィオナを再び信じて傷つくことへの恐怖を隠すために自分の役目の陰にうずくまっていただけだ。フィオナがいない半端な人生を選んでいたが、今の自分は完全な人生を求めている。長老や氏族の誰にどう思われようと、フィオナとウィリアムと、その結婚から生じる複雑な状況すべてとともに歩む人生を。

ノック音が聞こえ、ブランドンは鼓動を高ぶらせながら書斎のドアへ急いだ。ドアを開けると同時に、肩が落ちた。肺から空気が出ていく。スザンナ・キャメロンだった。まさに今この瞬間に必要ないのが、婚約者からの詰問だ。帰宅したときは彼女との会話を避けたが、今や逃れることはできないようだ。

「話がしたいのだけど、いいかしら？」スザンナはなめらかなベルベットのような口調で言い、目をいたずらっぽくきらめかせた。「うちの兵士たちがあなたの……状況を教えてくれたの。それで、私たちは互いに助け合えるのではないかと思って」

　スザンナの奇妙なほほ笑みには、ブランドンを躊躇（ちゅうちょ）させると同時に興味を引く何かがあった。彼女に何か考えがあるのは明白だが、それが何なのかは見当もつかなかった。

　ブランドンは肩をすくめてドアを大きく開け、スザンナを迎え入れた。事態はこれ以上悪化しようがないのだから、彼女の考えを聞いてもいいのではないか？「どうぞ。あなたがまだ起きているとは驚いた。とっくに休んでいると思っていた」

　ドアを閉め、スザンナが室内をぐるりと歩くのを見守る。そのときようやく、彼女が昨夜と同じドレス姿だと気づき、好奇心がさらに刺激された。

「レアド、私はもともとあまり眠らないし、ここへ来てからあまりに多くのことが起こったから、眠る気にもなれなかったの……あなたと同じよ」

　スザンナは炎がちらちらと輝く暖炉の前の大きな椅子に座った。脚を引き上げて体の下で曲げると、その姿はベアトリスがかつて飼っていた黒猫を思わせた。その獣に指を噛（か）まれたことがある。

「あなたの訪問が計画どおりに運ばなくて申し訳ない」ブランドンは言った。

　スザンナは謝罪など不要だとばかりにブランドンに向かって手を振った。「それは私にとってはどうでもいいことよ。私たちはまったく別の形で互いの役に立てるのではないかと思っているの。元の取り決めよりも二人ともが満足できる形だと思うわ」

　スザンナは細い指先で椅子の肘掛けをなぞり、ブランドンに隣の椅子に座るよう身ぶりで示した。ブランドンはためらったが、それに従い、スザンナからは一瞬も目を離さなかった。

「あなたは気づいていないかもしれないけれど、キャメロン氏族はかなり疑い深い集団なの」

　ブランドンは椅子にもたれ、話を聞きながらクッションに身を沈めた。「たいていの氏族がそうだと思うが」

スザンナは笑った。「あなたも予備の兵士をひそかに五十人も連れて移動するの？」

ブランドンは驚いて飛びのき、警戒心から神経が張りつめた。「いや……つまり、五十人のキャメロンの兵士が我々の城壁内に隠れていると？」

「城壁内ではないけど、あなたがたの領地内よ。それが私たちがほかの氏族を訪れるときに安全を確保する方法なの。味方と呼ぶ氏族に対してもね」

ブランドンはいらだちを募らせ、身を乗り出した。今朝はこんなことをしている場合ではないのだ。

「私を脅しているのか？」

「いいえ。誤解しないで」スザンナはほほ笑み、ブランドンに向かって目をきらめかせた。「もし必要なら、その兵士たちをあなたに提供すると言っているの……息子さんとその母親を取り戻すために。二人はマクドナルド氏族に捕まっていると聞いたわ」

「具体的に、何と引き換えだ？」ブランドンは顔をしかめ、腕組みをした。そのような提案に条件がないはずはなく、スザンナの条件を聞くのが怖かった。

スザンナはしわになったドレスの生地をいじったあと、ため息をついた。再びブランドンと視線を合わせたとき、その目には悲しみが色濃く表れていた。

「愛に失望するのがどんな気持ちかはわかるわ。それに、私は第二希望の妻になんてなりたくない」

スザンナが何を提案しているのか正確にわからず、ブランドンは続きを待った。

「私をこのでっち上げの婚約から解放してちょうだい。私ではなくあなたの過失にしてもらえれば、私は父に激怒されずにすむ。そうすれば私たちはお互いに自分の思いどおりにできるし、父に氏族の面汚しだとは見なされることもない。この条件をのんでくれるなら、あなたに兵士の提供を約束するわ」

聞き間違いではないのか？　ブランドンは頭を振り、両手で顔をこすった。自分が求め、焦がれているもの……この婚約からの解放が提案されている。だが、信用できない。すべてが安易すぎる気がする。

「どこに落とし穴がある？　これはあまりに私に都合が良すぎる。見返りとして、あなたはほかに何を求めるつもりだ？」

スザンナはブランドンにほほ笑みかけた。「レアド、鋭いわね。私からの要求は、私がその権利を使うと決めたときに、あなたは何も質問せず、私の頼みごとをそのまま受け入れてほしいの」

「つまり、君がいずれ何かを頼みたくなったときに、その頼みたい何かを受け入れることに合意しろということか？　その頼みごとの中身が何なのかも、それがどんな規模のことなのかもわからないまま？」

「そう」スザンナの唇が引き結ばれて細い直線になる。「それが私の条件」

ブランドンは彼女の目を見つめ、これが人生最大のリスクになるであろうことはわかっていながら、息子と愛する女性を守るために自分がそれを受け入れることもわかっていた。

「話はついたようだ」ブランドンは立ち上がった。「今朝さっそく手紙を書くから、伝令にそれをあなたのお父上に届けさせよう」

スザンナはほほ笑み、ブランドンの隣で立ち上がった。「良かった。私たちは互いに利益のあるこの合意に達することができるはずだと思っていたわ」

彼女は低く長い口笛を吹いた。ドアが開き、キャメロンの衛兵がヒューとともに入ってきた。二人ともヒューと同じくらい大柄で、同じくらい顔をしかめている。ほかの氏族に仕えるために呼ばれたことにいらだっているようだが、ブランドンは彼らの怒りを自分のために利用できるかもしれないと思った。

「ラン、シンリック、レアド・ブランドンの指示に従ってちょうだい。私たちがここにいる間、この方に私たちの兵士と資源をすべて提供することになったから。知ってのとおり、息子さんが捕らえられているの。息子さん……とその母親を無事に連れ戻すために必要なことは何でもするように」

スザンナ・キャメロンは兵士たちに向かってうなずき、出ていった。ブランドンは遠ざかる彼女の後ろ姿を見ながら、自分が今契約した相手は悪魔か天使か、どちらなのだろうと思っていた。

「レアド、やっと来ました」ヒューが書斎のドア口に姿を現し、後ろからローワンもついてきた。

ランとシンリックと計画を立てていたブランドンは作業を中断し、それまで何時間も見ていた獣皮の大きな地図から離れた。救出計画はすでにいくつも立てていたため、マクドナルド氏族からの手紙が届いたのならすぐにでも行動に移すことができる。

「要求は?」

ローワンが手紙を開くと、羊皮紙から一束の髪が飛び出し、ふわりと床へ落ちた。ブランドンは一目でその鮮やかな赤毛がフィオナのものだとわかった。この数時間働かせていた自制心がぷつりと切れ、床から髪をすくい上げて手のひらに強く握る。

「読んでくれ」ブランドンは命じた。

ローワンが咳払い(せきばら)をし、声に出して読み上げた。

「〝キャンベルのレアドよ、息子とフィオナに生きて会いたいなら、日没前にグレンヘイヴンへ一人で来い。レアド・オードリック・マクドナルド〟」

ランがテーブルから離れて窓の外に目をやりながら言った。「レアド・ブランドン、一人で行ってはなりません」ウエストのベルトに両手を置く。「ただちに切られます。先方の要求に対抗しなくては」

ブランドンは仰天し、首をさすった。「対抗だと? 正気か? マクドナルド氏族に対抗などできない。そんなことをすれば、フィオナとウィリアムは殺される」

「私は賛成です」ヒューが口を挟んだ。「それに、二人が今も生きている証拠はありません」

「でも、そのような賭は……」ブランドンはぶつぶつ言った。

「我々もマクドナルド氏族との関係は良くありません」シンリックが口を開いた。「連中を信用してはなりません。毎回汚い手を使って勝っています」

ローワンがうなずいた。「弟よ、彼の言うとおりだ。我々は皆わかっていることだ。連中と同じ無情な考え方をしなければ勝機はない。たとえ今日、キャメロン氏族に手を貸してもらったところで」

ブランドンの中には、危険に晒されているのが自分の息子とフィオナでなければ、彼らの言い分に合意しただろうと理解する部分もあった。だが現にそれは息子であり、フィオナなのだ。戦士らしく冷静な抜け目ない思考はできない。父親として、恋する男としてしか考えられない。魂の伴侶を、かつて誰よりも愛し、今も愛する女性を、二人の息子を失う危険に晒されている男としてしか。

これではまさに、あの糞野郎の思う壺ではないか。

ブランドンは呆れたように目を動かし、ため息をついた。今にも罠へ飛び込むところだった。「そのとおりだ。私は今、父親ではなくレアドであり戦士でなくてはならない。あの男は私を感情的にかき乱し、気を散らそうとしているのだろうが、そうはさせない。みんな、考えを聞かせてくれ」

「連中に対抗し、二人をここへ連れてくるよう要求しましょう」ランがすばやく言った。

「そうすれば向こうは拒否し、我々は境界線上の中立地帯で会うことになります」ヒューが言い添えた。

「境界地帯は厄介です。森の端以外に身を隠す場所がほとんどありません」シンリックが地図を指さし、兵士を配置できそうな場所に小石を追加した。「でも向こうは兵士をさらに奥、自分たちの領地の雑木林の中に隠すしかないでしょう。もし全面攻撃になった場合、我々のほうが先に境界地帯に着きます」

「あるいは……」ブランドンは体内に希望が満ちるのを感じてほほ笑んだ。「連中に何も連絡せず、城壁を突破する。追加条件や対抗的な要求に合意する前に、グレンヘイヴンに侵入してフィオナと息子を救い出すんだ」

「弟よ、マクドナルドのような考え方ができているじゃないか」ローワンがブランドンの背中をたたいた。「そのような奇襲こそ完璧な策だろう」

室内のほかの男たちも同意した。

「日没前に出発できるよう、兵士たちを準備させよう。我々は手紙を受け取ったのか、条件に合意するつもりなのか、連中が思い悩む時間をくれてやる」

26

男性には確実に想像力が欠けている。一時間、また一時間と過ぎる中、フィオナは囚（とら）われたまま何かが、何でもいいから何かが起こるのを待っていた。蜘蛛（くも）の巣を数え、自由の身になろうと何十回も無駄なあがきをした。衛兵の交代スケジュールまで把握したが、それはいずれ脱出するときに役立つだろう。

いつかは脱出するつもりだ。グレンヘイヴン城の中では死にたくない。少なくとも、戦わずして。

今生き抜くのに役立つのは気をそらすことだけだ。息子と無事に脱出すること以外の想像をすれば狂気の縁へ追いつめられるし、この状況を改善するには理性をしっかり保つ必要がある。太陽の位置から判断して正午が近づくと、フィオナは濡れた壁にもたれて周囲を観察した。どんな武器が使えるか、注意をそらすのに何が利用できるか、どうすれば優位に立てるかを見極めなくてはならない。その時が来たら逃げ出せるよう準備したかった。

〝ウィリアム、かわいいウィリアム、会いたい〟

フィオナは脱走について考える合間にたえずそう祈っていた。すると不意に、泣き声が聞こえた。ウィリアムの泣き声だ。フィオナは弾かれたように立ち上がり、鉄柵に体を押しつけて耳をすました。お腹が空いているのだとわかると、安堵に体が震えた。ウィリアムは生きているばかりか、すぐにお腹を満たしてもらえないのなら耳をつんざくほどの大声で泣いて乳を求めることができるのだ。

フィオナは強い息子にこれ以上ない誇りを感じた。ウィリアムは実にさまざまな状況を生き抜き、今回も生き抜こうとしている。フィオナも同じだ。

数分後、頭上で地下牢のドアがきしみながら開く音が聞こえ、重い足音が房に近づいてきた。ほどなくしてフィオナにいつも優しい、最も信頼する護衛で兵士のオリックがウィリアムを腕に抱いて現れた。

オリックは白髪混じりのひげの中で無骨な笑みを浮かべた。「お嬢様、坊ちゃんがお腹が空いたようで。私がここへ連れてくるよう命じられました」

フィオナは息子を抱きしめ、匂いを嗅ぎ、キスしたい一心で両手を汚れたドレスにこすりつけた。オリックが房の扉を開けて赤ん坊を渡してくると、頬に安堵の涙がこぼれた。ウィリアムの体を隅々まですばやく点検し、危害が加えられていないことを知ってほっとする。息子は元気で、生きていて、これからもそうあってもらわなくてはならない。

オリックが後ろを向くと、フィオナはウィリアムに乳をやるために身頃を開いた。息子をくるんでいたプレードで体を隠す。そのマクドナルドのプレードを見て、フィオナは驚いた。父がフィオナの息子を自分のプレードでくるませるとは思っていなかった。キャンベルの血が流れているからと、父はウィリアムが生まれるずっと前から孫を憎んでいた。

「オリック、息子を連れてきてくれてありがとう」

老兵士はこちらを向き、フィオナが息子と一緒にいる姿を見て表情を和らげた。白髪混じりの長いひげに日光が当たって輝き、オリックは二人にほほ笑みかけた。「お嬢様のこの姿を見たら、お母上は喜ばれることでしょう」彼の言葉には、どこか悔恨に似た何かがにじんでいるようだった。

「そうかしら?」フィオナは息子の潤んだ青い目を見下ろし、オリックの言うことは本当だろうかと考えた。「お母様は私とデヴリンを捨てたのよ、オリック。さよならの書き置きだけを残して、私たちのもとを去った。私たちをさほど愛していなかったから、ここに留まることも、私たちをお父様から守ることもしなかったの。そんなお母様がなぜ今、私の幸せや私の子供のことを気にかけるの?」

フィオナは声ににじむ辛辣さを隠そうともしなかった。その言葉は唇から簡単にこぼれ出た。母が出ていったことを考えると、いつもこんな気持ちになる。怒り、悲しみ、羞恥を同じだけ感じる。

フィオナがハイランドの流儀とレアドの娘としての自分の役割を理解しようとしていた少女時代から、オリックはいつも味方でいてくれた。物心がついたときから、彼はフィオナを守る任務を帯びていた。

今、オリックはためらい、自分の手のひらを見つめている。「確かなことは言えませんが、お母上はあなたを守るためにそうされたのだと思います」

「私を守るために出ていったというの?」フィオナはオリックの言葉に困惑してたずねた。母親が離れることでどうやって我が子を守るというのか……しかも、レアド・オードリック・マクドナルドの庇護下に置かれるのに？　理解できなかった。

　頭上でドアがきしみ、オリックは凍りついた。

「坊ちゃんはあとで迎えに来ます」

　オリックは向きを変え、立ち去ろうとした。

　フィオナは眉間にしわを寄せた。「私を守るって？　私を何から守るの、オリック？」彼の後ろ姿に向かってささやくように言う。

　オリックは答えず、角を曲がって姿を消した。

　聞こえてくる不均等な足音が父の接近を告げていた。フィオナは房の奥まで下がり、父が振るう恐ろしい杖が届かないようにした。恐れ、目を離さないようにするべきだと幼いころに学んだ杖だ。オードリックの癇癪はいつ爆発するかわからない。

「我が娘と私生児の赤ん坊は変わりないか？」

　父の怒れる灰色の目がフィオナをにらんだ。フィオナは父と目を合わせたが、返事はしなかった。

「お前の息子の父親は、お前たちのことなどどうでもいいようだ。会合の要求に応じない。わざわざお前たちを取り戻す気もないんだろう。そういうことなら、お前たちの使い道はほかに見つけないとな」

　フィオナは父をにらみつけた。

「あの男がお前たちを取り戻しに来る期限は日没だ。では娘よ、またあとで」

　日没はたちまち訪れ、フィオナは唇を噛んだ。やってきたのは授乳を終えたウィリアムを迎えに来たオリックだけで、彼は何も言わなかった。

　ブランドンはどこ？　彼が自分を見捨てるはずがない。まだフィオナを憎んでいるときだって、あれほどの困難の中でそばに置いてくれたのだから。この数日間、二人の間にあれほどのことが起こったのだから。スザンナ・キャメロンと結婚する義務に縛られてはいても、ブランドンが自分を愛しているのはわかっている。フィオナと息子がここで朽ち果てるか、虐待されるかするのを放っておくには、彼はあまりに善良すぎる。もしブランドンが自分と息子を救い出してくれたなら、フィオナは今までのように彼に守られることを当たり前だとは思わないだろう。

　ブランドンが提案してくれた人生を投げ捨てたのは、身勝手で愚かな行為だった。今は村にある家でウィリアムとともに静かに暮らし、息子を彼が属する氏族の一員にさせたかった。フィオナが自分の氏族から受けた扱いとは違い、ウィリアムを愛し、かわいがってくれる氏族だ。息子にはそんな人生を送る資格がある。生きる資格があるし、いつかは父親のようなレアドになる資格がある。

　地下牢のドアがきしみながら開くと、フィオナは安堵に襲われた。鉄柵をつかんで耳をそばだてる。二組の足音がこちらに向かい始めると、不安で背筋がうずいた。男たちが角を曲がると、鉄柵から手を離し、せいいっぱい戦士の表情を作った。それは森で出会った人でなし二人組だった。自分を捕らえ、このおぞましい場所へ連れ帰った傭兵だ。

「レアドがお呼びだ」背が高いほうの兵士がそう言って冷たい黒い目でフィオナを見つめ、その間にもう一人の兵士が縄を構えた。

「行かないわ」フィオナは答えた。

　兵士は顔をしかめた。「これはお願いではない。命令だ。引きずってでも一緒に来てもらう」

　フィオナは二人を観察し、彼らの気の短さと衝動性を値踏みした。これまでに見たところ暴力的な傾向があるようだし、フィオナは息子のためにできるだけ長く生きなくてはならない。

　フィオナは前へ行き、二人が房の扉を開けるのを待ってから手首を突き出した。前で縛られれば走ることができる。もし自分がひ弱で協力的に見えれば、彼らを欺いて逃げ出すチャンスがあるかもしれない。

小柄なほうの男がフィオナの手首を縛り、縄をしっかり握って引いた。フィオナは不意に引っ張られたせいでよろけ、倒れて膝と肘をついた。

「今のは口答えした罰だ。さあ、立て」

フィオナは顔にかかる髪を息で吹き飛ばし、兵士たちを見上げてにらみつけた。

糞(くそ)野郎。

二人に挟まれて二階へ上がると、テーブルと二脚の椅子、輪になった衛兵がフィオナを待っていた。ブランドンはどこにも見当たらない。息子もだ。胸の中で心臓が大きく打った。二人はどこ？

父がうなずくと、小柄なほうの兵士がフィオナを木製の椅子へ押しやった。フィオナは床に倒れるのを防ごうと、椅子の背をつかんだ。背筋を伸ばして椅子に座り、父の慎重そうな目と視線を合わせる。

「お父様、私に話があるそうね」フィオナは笑顔を作った。「お父様の兵士に囲まれているのだから、こんないましめは必要ないと思うのだけど」縛られた手首を宙に上げてみせる。

父はフィオナの前まで歩いてきて、しばらくじっと見たあと、フィオナが椅子から吹っ飛んで床に倒れるほどの力で平手打ちをした。フィオナはぎょっとして唇の血を拭き、ぜいぜい言った。

「立て！」父は叫び、フィオナの前をうろついた。

フィオナの血管に憤怒(ふんぬ)があふれ出した。「どうして？　また平手打ちして床に倒せるように？」

父はうろつくのをやめ、フィオナの髪をつかんだ。

「立てと言ったら、立て」

フィオナはたじろぎ、もがきながら立ち上がった。椅子に座り、父の足元近くの床に唾を吐く。自分の命はもはやどうでも良かったが、息子は……息子には生きてもらわなくてはならない。ウィリアムの居場所を突き止め、ブランドンが来るまで息子を生かしておけるよう父の気をそらす方法を見つけなくてはならない。その後は、必要なら父を殺す。

室内を見回し、弟がいないことに気づいた。「デヴリンはどこ？」

「ほう、お前はあのひ弱な役立たずの弟と話したいのか？　それは構わない。あいつを連れてこい」

さっきフィオナを転倒させた兵士がうなずいて出ていき、ぐったりしたデヴリンを肩に寄りかからせて戻ってきた。弟は殴られていた……ひどく。片目は腫れて閉じ、片脚を引きずりながらも、何とか体をまっすぐにしようとしていた。

「デヴリン！」フィオナは驚いて叫び、とっさに椅子から離れた。

一人の兵士に腹を殴られ、床に崩れ落ちた。息ができず、空気を求めてあえぎながら、デヴリンが自分の名を叫ぶのを聞いた。次に揉み合う音が聞こえたあと、弟は失神してフィオナの背後の床に倒れた。

フィオナはデヴリンの乱れた赤毛に指を差し入れ、耳元でささやいた。「デヴリン、助けが来るわ。私のために生きて。愛してる」

兵士がフィオナのウエストをつかんで立たせた。両腕を体に密着させ、フィオナを強く押さえつける。

「娘よ、私の質問に答えろ。さもないと殺す。ちなみに、ゆっくりとだ」

「私がどんな仕打ちを受けようと知ったことではないわ」フィオナは辛辣に言い、声が怒りに震えた。

「そう言うと思った。連れてこい！」父が叫んだ。

メイドがウィリアムを抱いて部屋に入ってきた。

見開かれ、恐怖でいっぱいのフィオナの目に涙が光った。「この子には触れられないはずよ！　いくらお父様でも赤ん坊に危害を加えるのは――」

そう言いながらも、その言葉が事実でないのはわかっていた。父は自分とウィリアムを殺そうとしたことがある。また同じことをしない理由があるか？

父が笑った。「そんなことはないと、お前も私も知っている」

「でも、なぜ？　なぜお父様は昔から私を憎んでいるの？　それに、なぜ私の息子を憎むの？　この子に罪はないわ。お父様に何もしていないでしょう。何も！」悔しいことに、目から涙があふれた。

「それは私のせいなのです、お嬢様」オリックが兵士たちの背後から現れた。

　フィオナはオリックを見てあえいだ。「オリック、何をされたの？」

　オリックの顔と腕には刃物で切り傷がつけられ、脚の大きな傷からも血が流れていた。

　わけがわからない。オリックはずっと自分たちの味方で、フィオナとデヴリン……そして母に忠実だった。母にはどこまでも忠実だった。

　すべての辻褄が合い、フィオナは息をのんだ。

「それは」オリックがささやく声は感極まってしゃがれ、きしんだ。「お嬢様が私の娘だからです」

「あなたの娘？」フィオナはつぶやいた。

「はい」オリックは答えた。「ようやくお話しすることができてほっとしました。私は今までずっと、あなたを娘として愛してきたのです」

　フィオナの子供時代の記憶が蘇る。射撃を教えてくれたのはオリックだった。父と喧嘩したときには涙を拭いてくれ、母を笑わせる方法を教えてくれた。ずっと、オリックこそが本当の父親だった。

　腹の中にずっとあった、父に拒絶され憎まれることへの怒りの種が消えた。実の父親は自分を憎んではいなかった。全身全霊で、彼にできるただ一つのやり方で自分を愛してくれた。オリックの穏やかな緑色の目が自分の目にそっくりであることに気づき、それに気づいたとたん思いがけない平穏と静けさが心の中に広がった。

「あなたは最初からそれを知っていたのね？」フィオナはマクドナルド氏族のレアドに、ずっと自分の父親だと思っていた男性にたずねた。

「ああ」彼はフィオナの顔に唾を吐き、その唾は頬を流れ落ちた。「お前が自分の子でないこと……オリックの私生児であることは最初から知っていた」

ようやく自分は何も悪いことはしていないのだとわかった。何度も父の愛情を勝ち取ろうとして失敗したのは、自分のせいではなかった。父は最初から自分を憎んでいて、それは母が別の男性を愛して生まれたのが自分だったからなのだ。

これで、オリックが必死に自分を守ろうとしてくれた理由もわかった。あの運命の晩、彼がフィオナとシーナおばの脱走を命がけで助けてくれたのは、フィオナが娘でウィリアムが孫だったからだ。

「なぜオリックをここに置いたの？　あなたは彼を衛兵として信頼もしている」フィオナはたずねた。

オードリックはせせら笑い、フィオナに近づいた。

「それは、お前と母親が決してこいつのものにならないことを知らしめたかったからだ。お前が生きていられるのは私がそれを許したからであることを」

彼はフィオナのあごをつかみ、強く引っ張って、目と目が合うようにした。その手つきには憎しみがこもっていた。

「だが、もうお前を生かす必要を感じなくなった。お前の母親に対してそう思ったのと同じように」

フィオナは凍りつき、血管を氷が流れた。一瞬、口も利けなかった。それって……。「お母様？　あなたは私に、お母様は私たちを置いて出ていったと……私たちを捨てたと言ったわ」

オードリックは手を離してフィオナに笑いかけた。

「お前にはそう言ったが、母親は今、あの女が最初からいるべきだった場所にいる」

フィオナは自分を押さえつける兵士に抵抗した。

「どういうこと？　ちゃんと説明して！」怒りが煮え立った。激情が全身で脈打ち、涙が出そうになる。

「お母様はどこ？　どこなの？」そう叫び、もがいた。

「私が捨てた沼の底だ。あの女はお前と弟を連れて出ていくと言って私を脅した。あいつと一緒になると。私が許さない限り、誰も私のもとから離れられないんだ」

オリックがフィオナを見つめ、次にオードリックを見つめた。その目にはやけくそな表情が浮かんでいた。彼は自分を押さえつけようとする兵士と揉み合った。「糞野郎！」オリックはどなった。

フィオナは自分にぽっかり穴が開いた気がし、息が苦しくなってあえいだ。自分は母に捨てられたのではなかった。母は自分を愛していた。母はここを出て子供たちにより良い生活を送らせようとしたのに、父が……いや、父ではない、レアド・オードリックが母を殺した。

フィオナは激怒して叫んだ。「殺してやる！」

オードリックは笑った。「いや。私がお前を殺す……お前の息子も」

「レアド、フィオナには手を出さないでくれ。お願いだ」オリックが懇願し、衛兵の一人を振り払ったあと、顔を強く殴られた。

「さもないと？」オードリックが答えた。

「さもないと、この場でお前を殺す」冷静だが凶悪な声音で、ブランドンがフィオナの背後から答えた。

ブランドンの声に、フィオナの膝から力が抜けた。これが現実なのか空想なのかわからず、後ろを振り返る。まるで異世界の存在が石壁をすり抜けたかのように、ブランドンとその兵士たちが城の裏階段から姿を現した。彼らを見たとたん、フィオナは息が止まり、安堵が全身にあふれた。ブランドンが来てくれた。やっぱり来てくれたのだ。これでウィリアムは助かるだろうし、それ以外のことはどうでも良かった。

フィオナはブランドンの目を見た。二人で息子を救い出し、フィオナが招いた惨状から逃げ出すのだ。

「キャンベル、私の手紙を受け取っていたのだな」オードリックが言い、唇をなめて室内を見回した。

マクドナルドとキャンベルの兵士は互角に戦うだろう。彼らは互いに見合った。

ぐずぐずしている場合ではないため、フィオナは衛兵を蹴飛ばし、よろめかせて床に倒した。兵士たちの間で乱闘が始まり、裏口と地下牢からさらなる兵士がなだれ込んできた。今見えたのはキャメロン氏族のプレード？　まさか。

フィオナは困惑して頭を振った。彼らがどうやって衛兵の防御を突破してきたのかはわからないし、興味もなかった。今はただ息子を見つけ出し、迫りくる戦闘の危険から遠ざけたかった。フィオナは床を這(は)い、蛇のようにのたくって、息子を抱いているメイドを最後に見た部屋の反対側へ向かった。だが、そのメイドは消えていた。ウィリアムもいない。メイドはこの騒ぎを見て逃げ出したに違いない。

ウィリアムの甲高い泣き声が耳に飛び込んできた。フィオナは目を閉じてその音に集中し、金属が触れ合う音や兵士の叫び声、負傷した兵士のうめき声からそれを切り離そうとした。動きを止め、顔をしかめる。ウィリアムは上にいるようだ。でも、なぜ？

転がって背中を下にし、上を見ると、例のメイドがレアドの寝室に続く螺旋(らせん)階段を上っているのが見えた。腹の中でパニックが弾けたが、立ち上がった。階段に駆け寄る間に肩に短剣が刺さるのを感じた。その勢いで一瞬転倒したが、再び立ち上がり、それ以上はけがをすることなく階段まで辿(たど)り着いた。

「フィオナ！」ブランドンが部屋の向こう側から叫び、その声の中には心配が波打っていた。

「私なら大丈夫！」フィオナは叫び返した。「ウィリアムを見つけないと」

騒音の中でその声がブランドンに聞こえたかどうかはわからなかったが、フィオナは傷口から血を流しながらも進み続けた。手首に巻かれたままの縄の結び目をゆるめて縄を落とし、階段を一番飛ばしで上る。肩の短剣を抜けば出血量が増えるのがわかっていたため、剣はそのままにして階段を上り続けた。

階段を上りきると、息を切らしながら手すりに寄りかかった。メイドはレアドの寝室の中でフィオナに背を向け、大きな東向きの窓の前に立っていた。

「息子を渡してくれれば危害は加えないわ。約束する」フィオナはそう言ってよろよろと部屋の中に入り、めまいの波にのみ込まれそうになりながら方向感覚を保とうとした。部屋の左側近くにある大きな椅子の背で体を支える。

「お嬢様、それはできません」メイドはすすり泣いた。「そんなことをすればレアドに殺されます」

「でも、そうしなければ私があなたを殺すわ。私は母親よ。その子を私に返して」フィオナは要求した。

メイドの前腕をつかみ、無理やり自分のほうへ向かせる。彼女がプレードにくるんで抱いているのが枕だとわかると、フィオナはあえいだ。

残っている力を振り絞ってメイドを揺さぶる。

「あの子はどこ? 泣き声が聞こえたの。あなたがここへ連れてきたのはわかっているのよ」

「言えません……」メイドは答えたが、その声は震えていて、視線は室内のあちこちに飛んだ。

そのとき、ウィリアムがフィオナの背後で泣いた。フィオナは振り返り、よろよろと部屋の反対側へ向かった。泣き声はたんすの中から聞こえてくる。たんすを開けると、ウィリアムがそこにいた。

フィオナはウィリアムを胸に抱いた。「ウィリアム、かわいい子」そうつぶやき、赤ん坊の甘い香りと体に感じられる感触を堪能した。

「お二人とも死んでもらいます!」メイドが叫んだ。

フィオナが振り返ると、メイドが刃物を手に突進してくるのが見えた。フィオナのもとへ来る前にメイドの胸に短剣が刺さり、彼女は膝から崩れ落ちて床に倒れ、手から武器が落ちて床に転がった。

フィオナは息をのみ、ドア口にブランドンが息を切らしながら立っているのを見た。彼はフィオナとウィリアムのもとへ駆け寄ってきて二人を抱きしめ、それぞれの頭にキスをした。

「二人とももう会えないかと思った」ブランドンの声は感動でかすれていた。「でも、君たちはここにいる。生きて、元気で」

フィオナはブランドンのチュニックにしがみつき、彼のぬくもりと強さを味わった。だが目を開けていられなくなり、体の感覚がなくなってきた。

「この子をお願い」フィオナはつぶやき、ブランドンに目の焦点を合わせようとしたが、彼の顔はぼやけて灰色になり、あたりは暗闇に包まれた。

27

「フィオナ？　フィオナ？」ブランドンはフィオナに向かって叫び、背中を揺さぶって目を覚まさせようとしたが、できなかった。彼女はブランドンの腕の中でぐったりし、頭は布人形のように横に倒れ、肩に短剣がきれいに刺さっていた。

何ということだ。

フィオナのドレスの前と息子をくるんでいるプレードに血がついていた。ブランドンを愛情いっぱいに、しっかりと見つめている息子。

「心配いらない。お前の母の命は私が守る」

ウィリアムにキスしてフィオナの膝の上に置き、自分のプレードを裂いて彼女の傷に押し当て、城に彼女を連れて帰るまで出血を止めるか、少なくとも出血量を減らせるようにした。

階段から足音が聞こえると、ブランドンはウィリアムをすばやくたんすの中へ戻し、フィオナを自分の背後へ押しやった。残っていた短剣を鞘から抜き、次にこのドア口をまたぐ殺人者に対して身構えた。

兄がすべり込んでくると、ブランドンは肩の力を抜いて安堵のため息をついた。「全員下にいるよう言ったはずだが」ブランドンは言った。

「お前が戻ってこないから、どうしたのかと……」ローワンは口をつぐみ、ブランドンの背後に倒れているフィオナを見た。心配そうに眉をひそめる。

「フィオナはけがをしているが、ウィリアムは無事だ。私はフィオナを連れて帰らなくてはならないし、急がなくては。出血がひどいんだ」

「オードリックはどうする？　やつは逃走した。私があとを追うか？」ローワンの言葉には熱意がこもっていて、そのまなざしには強い期待があった。

レアド・オードリックの追跡を、兄がこの世の何よりも望んでいるのはわかっていた。あの男を自分で殺し、妻と息子の仇を討つことを。だが……。

「兄上にはもっと重要な用件をお願いしたい」

「何だ？」

「私の息子を守ってほしい。お願いだ。私一人ではこの子とフィオナの両方の安全を守れない。私が兄上に何を頼んでいるかはわかっている」兄がどう答えるかわからず、ブランドンは彼を見上げた。

ローワンの表情が和らいだ。「私が命を賭けてウィリアムを守るよ。この子は私の甥、血を分けた子だ。オードリックは後回しでいい」

「ありがとう」ブランドンは言ったが、兄弟間であれだけのことがあったのに、ローワンの思いやりと弟を助けようとする意思に驚いていた。

たんすに隠していたウィリアムを抱き上げ、注意深く息子を兄に渡す。

ローワンは自分のブレードでウィリアムをくるみ、体に固定した。「お前の期待は裏切らない」

「わかっているよ」ブランドンは答え、兄の助力に感謝した。「ありがとう」

ローワンは階段を下り、ブランドンはフィオナを連れてグレンヘイヴンから脱出できることを祈った。

室内を見回し、追加の武器と脱出手段を探す。死んだ女性の胸から短剣を抜き、ウエストのベルトに戻した。部屋の開いた窓の前に、石の床の切れ目に固定された長い縄が見える。縄は外へ続いていた。この女性はこれを使ってウィリアムと逃げようとしていたのか？　ブランドンは窓辺に駆け寄って下を見た。太い縄は地面近くまで続いていて、降下しやすいようところどころ結び目が作られていた。

ブランドンはその幸運に喜びと驚きを感じて頭を振った。オードリックは卑劣な男だが、今回は彼が用意した脱出手段の恩恵を受けることになりそうだ。

階下では兵士たちが今も戦っているため、タイミング良く脱出するにはこの縄が最良の選択肢に思えた。階下の大広間で戦闘中の大勢の兵士の間を駆け抜けるのはリスクの高い戦略だ。しかもフィオナは意識を失っているので、ぐずぐずしている暇はない。とにかく時間がなかった。

フィオナの青白い顔と動かない体を見て、ブランドンは警戒感に襲われた。フィオナのもとへ駆け戻り、彼女を隠しながら守るためにブレードの下で抱える。マクドナルドの紋章がついた装飾用の木製の盾を壁から取り、降下中に飛んでくる矢や刃物を遮るために体の前で持った。大きな窓から垂れた縄をつかみ、フィオナと自分のウエストにくくりつける。

縄を伝い下りる間にフィオナが目を覚まさないことを願うしかない。目を覚ませば、ブランドンが彼女と縄と盾を固定するのに必要な繊細なバランスが崩れてしまう。ブランドンは窓の外に出てできるだけ速く動いたが、調整しながら縄を下りるせいで両腕が燃えるように熱くなった。下で兵士が戦っている間、誰にも見られず進める時間が長ければ長いほどいい。

あまり音をたてずに速く移動するために、結び目から結び目の間はすべり下りた。城壁の側面を半分ほど下りたところで、敵の一人に気づかれた。

「レアドが逃げるぞ!」その兵士が叫んだ直後、彼と戦っていたキャメロンの兵士が短剣で黙らせた。

「くそっ」ブランドンはつぶやき、盾の向きを変えて身を守りながら、次の結び目まですべり下りた。

一本の矢が耳元で音をたてた。さらに少しすべり下りると、もうすぐ地面に着くのがわかった。

「しっかりつかまっていろよ、フィオナ」ブランドンは言い、彼女をさらに強く引き寄せた。

短剣が木製の盾を貫通し、ブランドンの肩をかすめたと同時に次の矢が太腿に命中し、ブランドンはうめき声をあげ、縄をつかむ手元が狂った。もう一度すべると地面に着いたが、想定外の勢いがついた。負傷した脚に衝撃を受け、ブランドンはうなった。

思いきって盾の向こうを見ると、まだ立っているマクドナルド兵士が二人しかいないのが見えてほっとした。キャメロン軍は持ちこたえていて、ブランドンは彼らに援護してもらえたことに感謝した。

戦っていたマクドナルドの兵士にとどめを刺したランが、ブランドンに向かって叫んだ。「レアド、馬が待っています。あなたがそこまで行った時点で我々は撤退します」

「了解」ブランドンは答えて縄を落とし、自分とフィオナのウエストから手早くほどいた。

まさにこの目的のために連れてこられ、森の端に隠されている馬のもとへはすぐに辿り着ける。あいにく城から森までは開けた平原が続くため、ブランドンとフィオナが敵に見つかれば簡単に標的にされるが、時間は無駄にできない。ローワンがすでに息子とともに木々が守ってくれる場所へ到着し、アーガイル城へ馬を走らせ始めていることを願うしかない。そうであれば、ブランドンがこのあと心配しなくてはならないのはフィオナのことだけになる。

そのとき、ローワンが平原を走っているのが見えた。くそっ。兄はまだ馬のもとへ辿り着いていない。今も息子は危険なのだ。二人の兵士がローワンと並んで走り、矢や短剣を食い止めようとしている。そのうち一人はヒューだが、もう一人はマクドナルドのプレードをまとっていた。

ブランドンは困惑して目を細めた。フィオナの弟のデヴリンか？　いや、もっと年かさの男性だ……。

それが罠であることを恐れ、ブランドンは急いで平原へ出てローワンとヒューに警告しようとした。そうこうしているうち、そのマクドナルド兵士がローワンのほうへ身を乗り出し、矢が兄に当たる前に自分の肩でそれを受け止めた。マクドナルド兵士はよろけて地面に倒れた。だが立ち上がってローワンの後ろを走り続け、兄の脱走を助けている。

その兵士が誰であれ、ブランドンは感謝した。この見知らぬ男性が息子と兄の命を救ってくれたのだ。

ローワンが常緑樹の間へ入り込むと、ブランドンは安堵のため息をついた。これで息子は安全だ。

だが、ブランドンとフィオナはそうではない。

いつのまにかマクドナルドの一団が追ってきていて、走るブランドンの背後まで来ていた。ブランドンは太腿に刺さったままの矢の痛みとフィオナを抱える苦労を押しのけ、うなり声をあげながら進んだ。だがフィオナを助けるためならどんな痛みにも耐えられるし、諦めるつもりもない。あと千本の矢を受けようと、それでフィオナとウィリアムの命が助かるなら構わない。それ以外のことはどうでもいい。

　背後で戦闘が起こり、ランがマクドナルドの兵士と揉み合っているのが見えた。さらに二人の敵が迫っていて、援護しなければランが死ぬのは確実だった。ブランドンは足を止め、この新たな友人の首を背後から締めている兵士に残りの短剣を投げた。その兵士があえぎ、地面に仰向けに倒れて死んだ。

　ランは急いで立ち上がり、背中の矢筒から二本矢を取り出して、近づいてくるマクドナルドの兵士たち目がけて続けざまに放った。矢は兵士たちの胸を直撃し、二人は倒木のように地面に倒れた。

「行ってください！」ランがブランドンに向かって叫んだ。「こっちに来る連中は私が食い止めます」

　ブランドンはうなずき、フィオナを抱えて走り続け、無事に森の中へ飛び込んだ。ヒューが馬を準備しているのが見え、地面に膝をつく。

「ローワンは？」息を切らし、脚を焼くような痛みに歯を食いしばった。

「出発されました。守りを強化するために、兵士たちにお二人の先を行かせています」

「ああ、良かった」ブランドンはつぶやいた。

　マクドナルドのプレードが視界の隅に入り、ブランドンはフィオナをかばいながら短剣を抜いた。

　両手を上げた老兵士の片腕に矢が刺さっていた。

「レアド、あなたに危害を加えるつもりはありません」顔をしかめながら言う。

　ヒューが割って入った。「ご心配なく。彼はオリックです。我々の逃走を助けてくれました」

　ブランドンは短剣を鞘に収めずにいた。「この男はマクドナルド氏族だ。何かの罠か？　なぜお前たちを助けた？　なぜ我々を助けようとしている？」

　その兵士は両手を下ろし、フィオナをじっと見た。今もブランドンの体に三角巾のように巻かれているプレードがゆるみ、青白い顔と動かない体が見えている。その男は確かに柔和な表情を浮かべていた。

「フィオナは私の娘です。フィオナとその息子のためなら、私は何でもします」

娘？

ブランドンは自分の耳が信じられなかった。

ヒューは馬の準備を続け、グレンヘイヴンのほうを振り返った。「説明はあとでするので、今は行ってください。さあ！　敵はまだやってきます」

その言葉には切迫感がにじみ、ブランドンの疲労と混乱を切り裂いた。ブランドンは老兵士の衝撃的な言葉に混乱したまま、よろよろと立ち上がった。

オリックに支えられながら、負傷した脚で何とか歩き、馬に乗った。フィオナを注意深く自分の前に固定すると、ただちに手綱を引き、馬を走らせて暗くなった森の奥を目指した。

嵐のせいでまだ濡れている枝に体が当たると水がかかり、かびくさい空気が肺にこびりついた。垂れ下がる枝をできるだけ避け、フィオナにこれ以上のけがをさせないよう低い姿勢を保つ。道を曲がるたびにフィオナの体が前でぐらりと揺れ、彼女を救える時間が残り少なくなっているような気がした。

森の地面はすべりやすくなっていたが、かかとを馬に食い込ませ、馬をさらに速く駆り立てた。やがて二人は生い茂ったやぶから無傷で外に出た。遠くにアーガイル城が見える。

「頑張れ、フィオナ、もうすぐ家だ。私から離れないでくれよ」ブランドンの言葉は気持ちと同じくやぶれかぶれに響いた。

ローワンがそう遠くない前方に見えた。丘の上にいて、もうすぐ納屋を通り過ぎ、安全な城に向かうところだ。城壁の中に入れば息子の安全は確保されたも同然で、ブランドンは感謝でいっぱいになった。

一つの奇跡は達成した。息子は無事に生きている。

あとはもう一つの奇跡を達成すればいい。フィオナに生きてもらうのだ。

28

フィオナとウィリアムをグレンヘイヴンから救出し、アーガイル城へ連れて帰ることに成功してから三日が経った。ウィリアムは無事で元気だが、フィオナはミス・エマ、ベアトリス、ブランドンが何をしても目を覚まさなかった。彼らはフィオナに話しかけ、歌を歌い、物語を聞かせ、目覚めさせようとした。だが、どれもうまくいかなかった。

フィオナはグレンヘイヴンの塔の中で肩に短剣を受けて気を失ってから、一度も目覚めていない。大量の血液を失っていて、二度と目覚めないのではないかとブランドンは心配していた。

スザンナ・キャメロンとその兵士たちはとっくに帰ったが、彼らの助力はそう簡単に忘れられないほどありがたかった。彼らの援護がなければ、そもそもブランドンの兵士たちはグレンヘイヴンを襲撃し、フィオナと息子を取り戻すことができなかった。

ミス・エマが傷口を洗って縫い、薬をいくつかのませても、フィオナはぐったりして動かなかった。ブランドンは彼女を揺さぶって呼び戻したかったが、それは不可能だとわかっていた。自分が男としてレアドとして何をすべきだったか明確にわかった今、状況を立て直すには手遅れではないかと不安だった。

フィオナが嘘をつき、発見した宝石を隠し、ウィリアムを連れて逃げたことはわかっているが、自分は本当に彼女がそんなふうに脱走を企てずにいる理由を与えていただろうか？　そうは言えない。スザンナ・キャメロンと結婚したあともフィオナとウィリアムの面倒を見ると約束はしたが、それがどのような形になるかを実際に考えたことがあったか？

ブランドンはフィオナの安全を保証しなかった。もし二人の立場が逆だったら、自分はフィオナが別の男性と生活を築くのを見ながら同じ屋根の下で暮らすことに耐えられただろうか？

いや、耐えられなかっただろう。今ではフィオナのすべての選択も自分の失敗も理解できた。ブランドンはフィオナを愛し、必要としているため、そのことを本人に伝えたかったし、何としてでも状況を立て直したかった。だが、そのためにはフィオナに目覚めてもらわなければならない。そしてもちろん、フィオナはその面では協力してくれないだろう。

「いつもながら頑固だな」ブランドンはつぶやき、フィオナの力ない温かな手を握った。

フィオナの胸は一呼吸ごとにほんのわずかしか上がらず、ブランドンはまたも彼女を揺さぶって起こしたい衝動と戦った。怒って唾を飛ばす激しいフィオナであれば受け入れて対処できるが、生気も回復の兆しもなく何日間もベッドに横たわっているこの青白く無防備な存在となると……。ブランドンは乱れた息を吸い込んだ。こんな状態のフィオナを見ていると、言葉にできないほどの不安を感じた。

「変わったことは？」フィオナが眠るブランドンの寝室のドア口に、オリックが現れてたずねた。

ブランドンはこの三日間、フィオナのベッドのそばの椅子で歩哨よろしく彼女を見張っていた。オリックも同じくらい粘り強かった。そろそろフィオナが目覚めたのではないかと、毎日何度も傍らにやってきた。

「いいえ」ブランドンはため息混じりに答えた。

「知ってのとおり、フィオナはいつも誰かに頼りすぎることを恐れていました。家族のせいでそうなったんです。レアド・オードリックは残酷な男で……それはあなたもご存じですね。そしてフィオナの母親が出ていったのではなく、あの男に殺されたのだとわかった今、その喪失感は深く刺さったはずです。フィオナはずっと、私もそうですが、彼女の母親は我々のもとから去ったと信じていたのですから」

部屋に入ってきたオリックは、三日前の戦闘の名残でまだ脚を引きずっていた。ブランドンはその戦闘が別の時代の別の男の身の上に起こったことのような気がしていた。

「そうですね」ブランドンは笑った。「でも、フィオナはあの激しさの下に優しさを持っています」フィオナの手を両手で挟んでさする。

「そうです。昔から……幼いころから」オリックはほほ笑んだ。娘の話をしているとき、彼の顔は輝く。

この老兵士はフィオナを愛している。それが顔に表れ、声の温かさににじんでいるのがわかる。

オリックはベッドの縁に身を乗り出し、年老いた手をフィオナの足に重ねた。「でも、あなたのことは信じ、頼っていました」彼は続けた。「あなたのこと、あなたと送ろうと考えている人生のことを話すとき、フィオナの顔は輝きました……だからこそ、オードリックの裏切りとアーガイル城への襲撃のあと、そしてウィリアムが生まれる前のあなたとの別れにあれほど心を痛めたのです。あなたはフィオナに誰かに頼ってもいいのだと教えてくれました。そのあとで……」オリックは肩をすくめた。「フィオナは母親にされたのと同じように、あなたに捨てられたと思ったのです。でも、犯人はオードリックでした。あの男は私に、フィオナがあなたに書いた手紙をすべて焼き捨てるようエロイーズに命じたと言っていました。だからあなたのもとに届かなかったのです。もし私が知っていれば、自分であなたのもとまで届けていたでしょう。でも実際は、私もあなたがフィオナを捨てたと思い込みました」

オリックの肩が落ち、その声には後悔がにじんでいた。自分と同じ気持ちだとブランドンは思った。

「あなたの言うとおりです、オリック。私は赤ん坊のことを知らなかったが、そんなことは関係なかった。私はオードリックがどんな人間か、何ができるかを知っていた。そう簡単にフィオナを諦めてはいけなかったんだ。でも、私は自分が彼女を……誰であろうと、信頼できるとは思えなかった。私も心から人を信じることが難しいのです」

「一から始めるのに遅すぎることはありません。何十年もかかりましたが、私はようやく父親だと名乗ることができ、フィオナも過去に受けてきた虐待が決して自分のせいではなかったことを知り、理解しています。あなたたち二人が互いのもとに戻るのに遅すぎることはないんです。しかも、あなたを導いてくれる美しい男の子もいる」オリックはウィリアムがすやすや眠るベビーベッドにほほ笑みかけた。

「そうですね。あなたが言うチャンスがあることを願いましょう。それから前にも言いましたが、ありがとうございました。あなたの助けがなければ、ウィリアムと兄は生きて逃げられなかったでしょう。あなたには大きな借りができました」

「こちらこそ、娘と孫と一緒に住むことを許してくださって感謝しています。そんなことができるなんて夢にも思っていなかったから。レアド、その借りは完済されていると思ってください」

ブランドンはにっこりした。「わかりました」

オリックは会釈し、部屋を出ていった。

ブランドンはフィオナの腕のすべすべした柔らかな肌に額をつけた。自分はどうしようもないまぬけだった。そして今は、起こった出来事をどう修復すればいいのか見当もつかない。どんなに強く望もうとも、フィオナの回復を操ることはできないのだ。

「フィオナ」ブランドンはささやいた。「お願いだ、どうか目を覚ましてくれ」

「私にそんなに懇願しなくていいのよ」フィオナが

弱々しく答え、ブランドンに握られた手を動かした。

ブランドンは顔を上げた。今聞こえた言葉は自分の妄想だろうか？　彼女のぼんやりした目と視線が合うと、全身が喜びに包まれた。フィオナがにやりと笑うのを見て、ブランドンは笑い声をあげた。

「今の話の間、ずっと起きていたのか？」

フィオナは頭をかすかに動かした。「良いところだけ……私が書いた手紙をエロイーズが燃やしたと知って、あなたがオリックに……私の実父に援護のお礼を言っているのを聞いて、オリックをここに置いてくれたことを知ったわ。オリックに優しくしてくれてありがとう。あの人は私を助けて、大きな犠牲を払って私たちを逃がしてくれたわ」

「ああ、そうだね。私はオリックに感謝しているし、君が生きていてくれたことを本当にありがたく思っている。君は私たち全員を震え上がらせたんだからな」ブランドンは笑い、フィオナの額にキスをしたあと、顔にかかっていた赤褐色の髪を押しやった。

「ローワンも？」フィオナはたずねた。

「ああ、ローワンもだ」

「あらまあ、それはずいぶん深刻だったのね」

ブランドンはすぐさま真顔になった。「深刻だったよ。でも、こうして目覚めてくれた……」言葉を切る。この数日間に言いたかった多くのことをすべてフィオナに伝えたかった。言葉は熱心に唇へと押し寄せ、ここから出してくれと懇願していた。

「ウィリアムは？」フィオナは不意にたずね、ブランドンの背後のベビーベッドに警戒の目を向けた。

「眠っている。元気だよ。君を恋しがっていた」

私も君が恋しかった。

フィオナはほっとしたようにほほ笑み、ブランドンの手から手を抜いた。何とか起き上がろうとし、顔をしかめる。ブランドンが背中の後ろに枕を置くと、フィオナはため息をついてもたれかかった。

「デヴリンは？」フィオナは顔をしかめてたずねた。「生きているの？　オードリックに殺された？」

「いや。デヴリンもここにいて、生きているし、快方に向かっている。君の様子を見て甥に会うために、毎日ここへ来ているよ」

　眉間からしわが消え、フィオナはうなずいた。

「弟に優しくしてくれてありがとう。あの子、ひどい虐待を受けていたの」

「ああ。我々が逃げるときにオリックを助けてもくれた。私がそのような英雄的行為を見過ごせるはずがないだろう？　でも、フィオナ……」ブランドンは一刻も早く自分がどれほど彼女を愛しているかを伝え、自分が犯した間違いを認めたくて話し始めた。どれほど二人の未来を変えたいと思っているか、どれほど自分がまぬけだったかを伝えようとしたとき、フィオナが再び遮った。

「ごめんなさい」彼女はだしぬけに言い、その目は真剣で、ブランドンの胸を見つめていた。

「フィオナ、謝る必要は……」ブランドンは言ったが、フィオナに黙らされた。

「これだけは言わせて。お願い」フィオナは言い張り、深く息を吸ってブランドンと目を合わせた。

「私がこれ以上あなたに迷惑をかけるつもりがないことを知ってほしいの。あなたに言われたように、ウィリアムと一緒に村で暮らすわ。あなたが私たちにしてくれた提案を今ではありがたく思っているし、理解もしているけど、私は愚かにもプライドのためにそれを拒絶してしまったの。ウィリアムには、ここであなたと、あの子を愛する人に育てられる資格があるわ。ウィリアムにその環境を与えたいの。私にはなかったものだから」

　何だって？

「君はわかっていないと思うんだ、フィオナ……」ブランドンはフィオナに向かって頭を振った。

「それから宝石のことも」フィオナは息を切らして続けた。「見つけたとき、すぐにあなたに言うべきだった。ごめんなさい、また嘘をついてしまって」

「フィオナ、わかっているよ、だから――」

「お願いだから、勇気がしぼむ前に言わせてちょうだい」フィオナは手を握ってブランドンを黙らせた。「だめだとわかっていたけど、宝石を一つ持っていったの。ウィリアムが大きくなったときにあなたの物を一つでもあげたくて。一粒のエメラルドよ」

ブランドンの非難を恐れるように、フィオナは視線を落とした。

「ああ。ミス・エマが君を世話しているときに見つけたよ。私は知っているし、理解もしている」

「知っているのに、私に腹を立てていないの?」フィオナは思いきったようにブランドンを見た。

「ああ」ブランドンはため息をついた。「さっきから言おうとしているように、私は君が生きていて、ウィリアムが生きていることが嬉しいんだ。それ以外のことは何も……」

ノックの音が聞こえ、ブランドンは闖入者のほうを向いた。

ヒューが部屋に入ってきた。フィオナにほほ笑みかける。「お目覚めになったようで良かったです。レアド、ご所望どおり長老がたがいらっしゃいました。書斎であなたをお待ちです」

それは最高のタイミングではなかったが、ブランドンはこれを乗り越えたかったし、その必要があった。前へ進む道がはっきりするのが早いほど、家族とともに、フィオナと息子とともに新生活を始められるのも早くなる。


ブランドンが寝室から出ていくと、フィオナは泣きだしたい衝動と戦った。ブランドンを手放し、ウィリアムをここで育てることに同意するのが正しい行動だったのはわかっている。村の人々がフィオナを気にかけ、愛することは永久になくても、ウィリアムのことは愛し、かわいがってくれるはずだ。

自分たちの愛とブランドンを手放すには、残りの力をかき集める必要があった。ブランドンとスザンナ・キャメロンがこの氏族のレアドと女主人を務める姿を見て、どうすれば心痛で死なずにいられるのかはわからないが、その対処方法を毎日少しずつ身につけていくつもりだ。オードリックに母を殺される前、父が、オリックが長年、同じ城の中に住みながら娘と母を遠くから黙って愛することに耐えられたのなら、フィオナもここでそのような人生を送ることができるはずだ。この氏族はフィオナとウィリアムに快適で安全な生活を与えてくれ、フィオナがうまくやれればいつかは受け入れてもくれるだろう。

それは子供時代のフィオナには決してなかった環境だ。少なくとも今はその理由がわかる。だが、ウィリアムにそのような運命は歩ませたくない。フィオナは勇気がしぼむ前にブランドンに謝り、彼の条件に合意した。勇気がなければそれは難しかっただろう。ブランドンのハンサムな顔と優しさの前では、またもそれ以上のことを望んでしまいそうだった。

ヒューがじゃましてくれたおかげで、フィオナはまぬけにもブランドンへの愛と、自分の愚かな脱走騒ぎのあと彼が自分とウィリアムを救うためにあれほどのリスクを冒してくれたことへの感謝を打ち明けずにすんだ。自分は今にも息子を殺すところだった。それを言うなら、自分たち全員を殺すところだった。すべてを覚えているわけではないけれど、自分の愚かなプライドと不信感のせいで全員が死にかけたことはよく覚えている。二度とそのような過ちを犯してはならない。

フィオナはそれ以上目を開けていられなくなり、眠りへと引き戻されながら、自分とウィリアムはついに、彼が生まれた日以来初めて安全を……本物の安全を手に入れたと感じた。

ブランドンはレアドに任命されて以来初めて自分の決断に完全な自信を持っていて、それを早く長老たちに伝えたくてたまらなかった。ヒューを後ろに従えて大股で階段を下りると、胸を張り、自信たっぷりに書斎へ入った。その肩書きを捨てようとする日になってようやく、自分はレアドなのだと思えた。その馬鹿馬鹿しさは自覚していた。運命がまたもブランドンを思いどおりにしようとしていたが、今回ばかりはそのぞんざいな扱いも気にならなかった。

「ローワン、ベアトリス」自分が希望したとおり、兄と姉が義兄のダニエルとともに同席してくれたことを嬉しく思いながらブランドンは口火を切った。「それから、長老がた」年配の指導者の三人組にうやうやしく会釈をする。

ブランドンは彼らの中に座るのではなく、立ったまま大きな炉棚に寄りかかった。室内を見回し、レアドとしての最後の時間を味わう。

「本日はお越しいただきありがとうございます」

「我々はそなたの招待に驚き、嬉しく思った」アンソンが答えた。「キャメロンの娘との結婚が破談になって以来、そなたと新たな選択肢についてぜひとも話し合いたいと思っていたのだ」節くれだった手は膝の上で組まれ、薄青色の目は期待に満ちている。

「はい。私も将来の計画についてぜひとも話し合いたいと思っています」ブランドンは言った。「まずは、フィオナ・マクドナルドと結婚する計画についてです。もちろん、彼女が元気になりしだいですが。フィオナがようやく回復の兆しを見せたことを、喜んでご報告いたします」

周囲の人々が驚愕（きょうがく）の表情を浮かべる中、ブランドンはひとり笑顔だった。哀れなダグラスがひ弱な肺に飛び込んだ空気にむせそうになり、アンソンが兄の背中をたたいて立ち直らせた。

　ダグラスは顔をしかめた。「私は、そなたがレアドとしてそのような選択をするべきだと思わない」

「あなたが誤解しているのはそこです。私はこの場でレアドの地位を降りるつもりです。私がレアドであり続ける必要はなく、私にその意思もありません。兄は再び氏族を統治できるほど回復しています。私は兄の判断の明晰さを見てきました」

　ローワンがあえいだ。「弟よ、何を言っている。私たちはそんなことは話し合っていない」

　ブランドンは炉棚から離れ、ローワンのほうを向いた。「兄上こそレアドになるべきなんだ。ずっとそうだった。一時は悲嘆によって道を外れていたが、再び健全な判断力を取り戻した。私はそれを知っている。マクドナルド氏族からの救出中、復讐のためにオードリックを追うのではなく息子を安全に連れて帰ってほしいと私が頼むと、兄上はためらわず甥のウィリアムを引き受けてくれた。無私で理性ある人間でなければ、自分の復讐欲を脇に置き、弟と家族、氏族のために幼子の安全を守ろうとはしない。私は生涯あの行動を忘れないだろう」ブランドンは咳払いをした。「兄上は息子の命を救ってくれた」

　唇を引き結び、胸を締めつける感情を抑える。

　ローワンはうなずいた。その目は和らぎ、理解の色が浮かんでいた。

「あの選択、あの自己犠牲のせいで兄上が何を失ったのか私にはわからないし、理解もできないし、一生わからなければいいと思っている」ブランドンは言葉を切った。「でも、いつか兄上に大きな借りを返せることを祈っているよ」

　ベアトリスが手で口を覆い、ローワンの肩に寄りかかって力づけるように腕をつかんだ。姉は、いや、ほかの誰もブランドンがローワンに何を頼んだのかを今まで知らなかったが、ブランドンは兄がかつての怒れる、悲嘆に囚われた男ではなく、無私の強い指導者になれることを全員に知ってほしかった。

「話し合うことがたくさんある」アンソンが答え、両手で三角形を作ってそれを口元に近づけた。

「レアド、明日にでも我々の決定を伝える」ダグラスが口を挟んだ。

「おっと、誤解があるようだ」ブランドンは言った。「私は許可を請うているのではありません。私の決断はすでに下しています。私はただ、この決断を明日氏族に伝える前にあなたがたに知らせようと思っただけです。では、また明日」ブランドンは言い、誰にも答える隙を与えず部屋を出ていった。

長老たちが説得しようとしても無駄だ。ブランドンは人生でこれほど何かを確信したことはなかった。

あとは結婚式の計画を立て、未来の花嫁に自分と結婚してくれるよう説得すればいいだけだ。

29

「ブランドン、今日は家の見学をしたくないわ。昨日、目が覚めてから気分は良くなってきているけど、午後になって少し疲れを感じるの」

フィオナはブランドンの肩に頭をもたせかけ、彼のたくましさに身を任せた。昼過ぎの陽光の下、馬で運ばれていると、雄馬の動きとブランドンの体のぬくもりに眠気を誘われた。今日という日も、天気も完璧だ。それに、気分は少しも悪くない。さっきのは嘘だ。ただ、フィオナは落ち込んでいた……馬鹿馬鹿しいことに。

二人が昔のように、一緒に馬に乗って眼下の峡谷や湖を探索しているなら良かった。だが、これは二人が恋愛の始めによくしていた日中の冒険とはまったく違った。今日、フィオナはウィリアムと一緒に住む家を選ぶのだ。城から遠く離れ、ブランドンの部屋から遠く離れ、彼から遠く離れた家を。

フィオナはため息をついた。もちろんこの選択肢には感謝している。それは事実だが、ブランドンを別の女性に取られる痛みがまだあった。その棘が抜けるには時間がかかるだろう。実際のところ、心の傷より肩の傷のほうがずっと早く癒えるはずだ。だが、たとえ自分のプライドのかけらであっても、ウイリアムを最大限に幸せにする妨げになるものはすべて捨てると誓ったのだ。

そうは言っても、後ろのブランドンから風呂上がりの香りにぴりっとした麝香がかすかに混じった、とりわけ良い匂いがしていることに変わりはない。そのうえ、とても魅惑的な紫がかった灰色のコートをチュニックの上に羽織り、フィオナが見たことのない濃い灰色のトルーズをはいている。これからはスザンナ・キャメロンがブランドンを褒めるのだと思うと、彼女が羨ましかった。

「婚礼はいつの予定？」フィオナは実務的になろうと、彼を手放す事実を受け入れようとしてたずねた。

ブランドンは笑った。「もうすぐだ」

彼の曖昧さにフィオナは呆れた顔をした。自分は本気で礼儀正しくあろうとしているのに、ブランドンはひどく扱いづらい態度をとっている。「花嫁は合意した条件に満足しているの？」

「先方はいくつか変更を求めてきたが、最終的にはお互いに満足いく結論に達したよ」

またも完全に無意味な答えだ。動揺が湧き起こり、フィオナは馬の上でもぞもぞ動いた。ブランドンは自分とその話をしたくないのかもしれないし、彼にはその権利がある。フィオナは村の家屋の最初の列を眺めながら、新たな話題を切り出した。

「とてもすてきな家ね」

それは事実だった。家の周囲はきれいに掃除され、それぞれの家の外の小さな庭には新たな作物と花が芽吹いている。やがてフィオナははっとした。

「みんなはどこにいるの？ とても静かだし、こんなに天気が良い日なのに誰も外に出ていないわ。おかしくない？」

ブランドンは何も答えず、フィオナは眉間にしわを寄せた。

馬は進み続け、村の中心部を見下ろす小さな丘を上った。ブランドンが雄馬を止めると、歓声が聞こえ、氏族全員のように見える人々が小さな舞台のまわりに大きな人だかりを作っているのが見え、フィオナはあえいだ。その木製の舞台はレースとプレードと小枝で飾られている。

フィオナはそれを見てまたあえぎ、胃痛を感じた。チャペルの中ではなく屋外であること以外、それは結婚式の風景に似ていた。

ブランドンはスザンナとの結婚式に自分を連れてきたのだろうか？

フィオナは吐きそうになり、手綱を握る彼の手をつかんだ。こんなことには参加できない。「お願い、スザンナ・キャメロンとの結婚式を見せるために私をここへ連れてきたんじゃないと言って」

「違うよ」ブランドンがフィオナの耳元でささやき、その声にはいたずらっぽい響きがあった。

「じゃあ、いったいぜんたい何が起きているの？ これは結婚式に見えるわ」

ブランドンはフィオナのあごを指でつまんで持ち上げ、自分と向き合わせた。「そのとおり。これは私たちの結婚式だ」

フィオナがブランドンの目の中に真実を探すと、それはそこにあり、温かな茶色の奥で踊っていた。

「何ですって？ 私をからかっているの？ 私たち

が今日結婚するの？　今から？」

「そうだ」

　ブランドンはほほ笑み、たこのできた親指で優しく官能的にフィオナの下唇をなぞり、フィオナは体が震えるのを感じた。

「ただし、君が受け入れてくれたらね。フィオナ、私と結婚してくれるか？」

　一瞬、衝撃で体が麻痺したあと、頭がこの混乱を整理しようとした。

「スザンナは？」フィオナはたずねた。「契約は？　私の記憶が確かなら、あなたたちは婚約したわ」

「私たちは結婚しないことで合意したんだ。新たな契約を二人とも積極的に受け入れた」ブランドンはにっこりした。「スザンナは君とウィリアムの救出を自分の兵士たちに援護させると申し出てくれ、それと引き換えに私は婚約を破棄し、彼女のお父上が我々に向ける怒りに耐えることになった」

「それから……？」

「それから、今後必要になったときにスザンナに力を貸す」

　フィオナは唇を歪めた。「長老たちは？　あの人たちがあなたの決定を支持するはずがないわ。私を嫌っているもの」

「私はレアドの地位を降りたんだ」

　ブランドンのあごの筋肉がぴくりと動き、フィオナは喉がつまった。

「何ですって？　どうして？　私はあなたにそんなことは頼んでいないわ。あなたにその地位を手放してほしくはなかった」

「わかっているよ。これは私が自分で望んだことなんだ。私たちのために。私たちの息子のために」

「私たちのためにレアドの地位を捨てたの？」フィオナの目に涙があふれた。こんなことは望んでいなかった……少しも。ブランドンの犠牲が大きすぎる。

「もし私があなたとの結婚を断ったら？」

「それでも、私はレアドにならないことを選ぶだろう」ブランドンの喉仏が動き、彼はフィオナの目を見つめた。

「あなた、本気なのね？」

「ああ」ブランドンは答え、そよ風に髪が乱れた。

フィオナは群衆を振り返った。「あの人たちはすべて知ったうえでここにいるの？　あなたがスザンナ・キャメロンではなく私と結婚することを？」

ブランドンはフィオナの髪を耳の後ろに押しやった。「そうだ。知っている。みんな私たちを、そして君を祝うために集まっているんだ」

フィオナは丘の下で静かに自分たちを見守っている群衆を眺め、涙が出そうになった。

「どうして？　あの人たちはつい一週間前まで私を憎んでいたし、私はみんなに受け入れてもらう資格がないし、そんな成果も上げていないわ」

「そうか？　君は命がけで息子を守ったじゃないか。肩に短剣が刺さっても、あの子を守り続けた」

「でも、そもそも私が逃げ出したせいであの子を危険な目に遭わせたのよ。私の責任だわ」

「ああ、でも君はあの子を救うために自分の氏族とオードリックと戦った。弟さんもオリックもだ。彼らは君たちの行動に敬意を払い、今では一年前に起きたことが君のせいではないのも理解している。それに、オリックと君のお母上に関する真実も知っている……私たちの子供を救い、守ろうとした君の身に何が起きたのかも」

「そうなの？」

「ああ。見てくれ」ブランドンが手を振ると、氏族の男性も女性も歓声をあげた。ブランドンは手を下ろした。「今度は君がやってみて」フィオナを促す。

これは罠？　私を辱めるための策略？

だがフィオナは何とかして、何らかの方法で信頼を学ぶ必要があった。それを今始めるのだ。唇を噛（か）みながら目を閉じ、片手を上げておずおずと振った。

さっきと同じく大きな歓声があがり、フィオナが片目ずつ目を開けると、それが自分に向けられているのがわかった。数週間前にここへ来たときはフィオナを嘲り、罵っていた人々が、今はフィオナとブランドンに歓声を送っている。フィオナの心は希望で満ち、頬に涙がこぼれた。まさか今日がこんな一日になるとは予想もしていなかった。これはフィオナの想像力を超えていた。

ブランドンがコートのポケットから指輪を取り出した。簡素な銀の指輪で、エメラルドがはめられている。フィオナがブランドンの母親の宝石の中からいつかウィリアムに贈ろうと思って盗んだものだ。

フィオナはあえいだ。「あのエメラルド！」

「ああ。これは私たちにもう少しで互いを失うところだった瞬間と、失わずにすんでどれほど幸運かを思い出させてくれる」ブランドンは指輪をフィオナの前に掲げた。「母も君にこれを持っていてほしいと思うんだ。これは君と同じくらい明るく輝き、激しく、まばゆい。愛しているよ、私のフィオナ」

フィオナは指輪に手を伸ばし、震える指でそれをつかみながら、これは夢ではないかと思った。

「それで、フィオナ……私の花嫁になってくれるか？」ブランドンはかすれた声で問いかけながら、フィオナの頬に手のひらを当て、彼が現実であり、この瞬間も現実であることを思い出させてくれた。

「ええ、ブランドン・キャンベル、あなたの花嫁になるわ」

ブランドンがフィオナを引き寄せてキスすると、群衆から大歓声が起こり、その声はフィオナの心の中と同じくらい喜びに満ちていた。

「準備はいいか？」キスが終わると、ブランドンはたずねた。

「今、結婚するの？　ここで？　みんなの前で？」

フィオナの肌の下で緊張が弾け、それが興奮と彼の花嫁になりたいという思いと闘った。

「そうだ」ブランドンの目には熱意と幸せがにじんでいて、その気持ちはフィオナも負けなかった。

「準備は万端よ」

ブランドンはほほ笑むと、馬をゆっくり穏やかに走らせ、今や人々が両側に並ぶ青々とした丘の斜面を下りていった。二人が通ると、人々は笑顔で歓声を送り、色とりどりの花びらが真っ青な空に舞った。

フィオナは笑い声をあげた。「前は私に罵声を投げつけた人が、私に花吹雪を浴びせているわ」

「君がここへ来た日からたくさんのことが変わったんだ。変えたのが私であることもわかっている。それは全部、君と君の愛のおかげだよ、フィオナ。私はそのことに、君に感謝している」

ブランドンの唇がフィオナの耳に軽く触れ、フィオナは身震いした。

「私も変わった。私たちは戦い、互いのもとへ戻る道を見つけた、そうだろう？　簡単なことではなかったが、それをやってのけたんだ」

フィオナは飛んできた鮮やかなピンクの花びらをつかみ、手の中でこすって柔らかな花の香りを放った。遠くに目をやると、オリックと弟のデヴリンが隣り合って立ち、近くにローワン、ベアトリス、ダニエル、ウィリアムを抱いたミス・エマが見えた。

フィオナは息を吸い込んだ。「こんな瞬間が想像できた？　見て……」自分たちが結婚式を挙げる小さな木製の舞台のまわりに並ぶ家族を手で示す。

「いや、これは奇跡だ、間違いない」

「そうね」フィオナはほほ笑み、自分たちの家族と、自分のまわりにいるすべての氏族に手を振った。

「たくさんの奇跡のうちの一つだと思うわ」

エピローグ

〝グレンコーの三姉妹〟と呼ばれる山々に沿って柔らかなピンクと紫とオレンジに輝く夕日の向こうに薄闇の気配が迫り、灰色の山頂は熱心に空へ手を伸ばしているように見える。

　ブランドンはその山々が、結婚の誓いで結びついた自分とフィオナが手をつないで湖に向かって歩くのを満足げに眺め、自分たちにほほ笑みかけているのであればいいなと思った。ついに二人は正式な夫婦になり、数週間前にブランドンがフィオナを見つけ、泥棒だと思った草深い土手に再び立っている。

　ブランドンは今にも声をあげて笑いそうになった。あの朝は何という冒険だったのか。そしてあれ以来、自分はどれだけのものを手に入れたのか。妻、息子、未来。ぼろぼろになった兄との関係を修復し、レアドの地位を降り、フィオナはオリックが……彼女を愛し、大事にしてくれる男性が実の父だと知った。母親に関する真実も知り、今では長い間思い込んでいたように、自分は母親に捨てられたわけではないと理解している。そのすべてが奇跡だった。

　今日の結婚式は花と祝福であふれ、フィオナがここへ来たとき嘲っていた人々は、彼女が勇敢で機転の利く女性であり戦士であること、昔からそうだったことを認め、彼女に賛辞と花びらと愛情を浴びせた。

　そして、フィオナはブランドンの妻になった。

「君を見ていると息が止まるよ、フィオナ・マクドナルド」ブランドンは息子も互いへの愛も諦めなかったこの女性への誇りと愛情に満ちあふれていた。

「私もあなたを見ていると息が止まるわ、旦那様」

フィオナが言い、ブランドンの手を取って頬に押し当て、ブランドンはその手で頬を包んだ。「でも私はあなたのものになったのだから、私のことはフィオナ・キャンベルと呼ばなくてはならないわよ」フィオナは満面の笑みを浮かべていた。

「君に私のプレードを身につけてもらえるのが誇らしいよ」しかも、ブランドンがフィオナに体を覆わせるためにそれを放り、その縞模様に彼女がふさわしくないと思った最初の朝とは違うのだ。自分は何と救いようのないまぬけだったのだろう。

二人はリーヴェン湖の水辺で足を止め、水際のすべすべした小さな石に繰り返し打ち寄せる波の涼しげなぱちゃぱちゃというリズムに耳をすました。

そう、ブランドンがずっと願っていたとおり、ついにフィオナが自分のものになったのだ。熱と欲望がブランドンの体にあふれた。そして、愛。愛がブランドンの腹の奥深くに溜まった。これこそが、昔も今も変わらないフィオナだ。輝く太陽の中だろうと戦闘の真っ只中だろうと、どんな結果が待っていようと、ブランドンはフィオナを追って飛び込むつもりだった。

ブランドンはフィオナの顔を愛撫し、ゆっくり顔を近づけてキスをした。フィオナの唇が開くと、彼女の息の静かな熱さがブランドンの中へ蜂蜜のように流れ込み、血管を巡った。ブランドンはフィオナに何度もキスをし、やがて彼女の体と魂を焼き尽くしたい、あらゆる意味において彼女を妻にしたいという欲求で息もほとんど吸えなくなった。

フィオナの腫れたピンクの唇に笑みが浮かんだ。

「旦那様、泳がない？ 私、暑くてたまらないの」

ブランドンは笑った。「妻よ、いいね。良い考えだ。私も暑くてほてっている」

フィオナはゆっくり誘うように水辺へ近づき、歩きながらドレスをゆるめ、体からするりと落とした。

ブランドンは立ちつくし、フィオナの体に陽光が降り注ぐさまを見つめた。そして一歩ずつ水に入ると、フィオナはブランドンがかつて、数週間前のあの早朝より前に彼女はそうなのではないかと想像していたとおり、半女半鳥の海の精(セイレーン)になった。

フィオナが湖の中へ姿を消したあと立ち上がると、肩と胸から水が滝のように流れ落ちた。ああ、彼女は美しい……そして、私のものなのだ。

ブランドンはすたすたと湖へ歩いていき、ブーツをかなぐり捨て、トルーズと上着を脱いで、最後にチュニックを体から引っ張り上げた。熱くなった血液を水が冷ましてくれる。

フィオナはブランドンへ手を伸ばして首に両腕を回し、両脚をウエストに巻きつけた。

ブランドンはフィオナの髪の上でうなった。「そろそろ本当の意味で君を私のものにし、あらゆる意味で私の妻になってもらうよ」その言葉を彼女の首に向かってささやくと、全身に喜びが絡みついた。

フィオナがブランドンの濡(ぬ)れた体をすべり下りて答えた。「ええ、旦那様。あなたは一生、私から離れられないわ」

「ああ。太陽が月に追いつくまで……」

フィオナはブランドンの唇に勢いよく唇を重ね、ブランドンはうめいた。それ以上の誘いは必要なかった。フィオナはブランドンのもの、ブランドンだけのものに、ブランドンはフィオナのものになった。

永遠に。

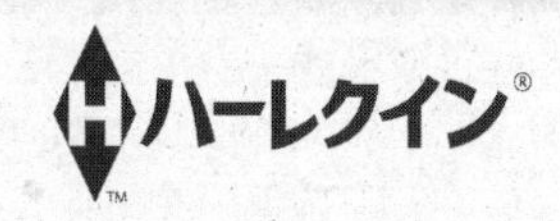

ハイランダーの秘密の跡継ぎ
2024年8月5日発行

著　　者	ジェニーン・エングラート
訳　　者	琴葉かいら（ことは　かいら）
発 行 人	鈴木幸辰
発 行 所	株式会社ハーパーコリンズ・ジャパン 東京都千代田区大手町 1-5-1 電話 04-2951-2000（注文） 0570-008091（読者サービス係）
印刷・製本	大日本印刷株式会社 東京都新宿区市谷加賀町 1-1-1
装 丁 者	AO DESIGN
表紙写真	© Irina Kharchenko ｜ Dreamstime.com

ISBN978-4-596-63915-8 C0297

8月9日発売 ハーレクイン・シリーズ 8月20日刊

ハーレクイン・ロマンス　愛の激しさを知る

王の求婚を拒んだシンデレラ《純潔のシンデレラ》	ジャッキー・アシェンデン／雪美月志音 訳	R-3897
ドクターと悪女《伝説の名作選》	キャサリン・スペンサー／高杉啓子 訳	R-3898
招かれざる愛人《伝説の名作選》	スーザン・スティーヴンス／小長光弘美 訳	R-3899
世界一の大富豪はまだ愛を知らない	リン・グレアム／中野　恵 訳	R-3900

ハーレクイン・イマージュ　ピュアな思いに満たされる

大富豪と孤独な蝶の恋	ケイト・ヒューイット／西江璃子 訳	I-2815
愛の岐路《至福の名作選》	エマ・ダーシー／霜月　桂 訳	I-2816

ハーレクイン・マスターピース　世界に愛された作家たち ～永久不滅の銘作コレクション～

オーガスタに花を《ベティ・ニールズ・コレクション》	ベティ・ニールズ／山本みと 訳	MP-100

ハーレクイン・プレゼンツ作家シリーズ別冊　魅惑のテーマが光る 極上セレクション

もう一度恋して	レベッカ・ウインターズ／矢部真理 訳	PB-391

ハーレクイン・スペシャル・アンソロジー　小さな愛のドラマを花束にして…

愛は心の瞳で、心の声で《スター作家傑作選》	ダイアナ・パーマー 他／宮崎亜美 他 訳	HPA-61

文庫サイズ作品のご案内

- ◆ハーレクイン文庫……………毎月1日刊行
- ◆ハーレクインSP文庫…………毎月15日刊行
- ◆mirabooks………………毎月15日刊行

※文庫コーナーでお求めください。

7月刊 好評発売中！

Harlequin 45th Anniversary

ハーレクイン"の話題の文庫
毎月4点刊行、お手ごろ文庫！

『奪われた贈り物』
ミシェル・リード

ジョアンナとイタリア人銀行頭取サンドロの結婚生活は今や破綻していた。同居していた妹の死で、抱えてしまった借金に困り果てた彼女は夫に助けを求め…。

（新書 初版：R-1486）

『愛だけが見えなくて』
ルーシー・モンロー

ギリシア人大富豪ディミトリに愛を捧げたのに。アレクサンドラが妊娠を告げると、別れを切り出されたばかりか、ほかの男と寝ていただろうと責められて…。

（新書 初版：R-2029）

『幸せのそばに』
スーザン・フォックス

不幸な事故で大怪我をし、妹を亡くしたコリーン。周囲の誤解から妹の子供たちにまで嫌われ絶望する。そんな彼女を救ったのは、子供たちの伯父ケイドだった。

（新書 初版：I-1530）

『ちぎれたハート』
ダイアナ・パーマー

ノリーンの初恋の人、外科医ラモンが従妹と結婚してしまった。その従妹が不慮の死を遂げ、ノリーンは彼に憎まれ続けることに…。読み継がれるD・パーマーの伝説的な感動作！

（新書 初版：D-761）

※ハーレクインSP文庫は文庫コーナーでお求めください。